橋

（手稿本）

廢名　著

廢名（一九〇一年－一九六七年）

原名馮文炳，湖北黃梅人，師從周作人，在文學史上被視為京派代表作家。代表作有長篇《橋》及《莫須有先生傳》《莫須有先生坐飛機以後》等。廢名的小說以「散文化」聞名，他將周作人的文藝觀念引至小說領域加以實踐，融西方現代小說技法和中國古典詩文筆調於一爐，文辭簡約幽深，兼具平淡樸訥和生辣奇僻之美。

總序一

兒童文學的歷史與記憶

林文寶

大陸海豚出版社所出版之中國兒童文學經典懷舊系列，要在臺灣出版繁體版，這是臺灣兒童文學界的大事。該套書是蔣風先生策劃主編，其實就是上個世紀二、三十年代的作家與作品，絕大部分的作家與作品皆已是陌生的路人。因此，說是經典有失嚴肅；至於懷舊，或許正是這套書當時出版的意義所在。如今在臺灣印行繁體版，其意義又何在？

考查各國兒童文學的源頭，一般來說有三：

一、口傳文學
二、古代典籍
三、啟蒙教材

而臺灣似乎不只這三個源頭，綜觀臺灣近代的歷史，先後歷經荷蘭人佔據三十八年（一六二四—一六六二），西班牙局部佔領十六年（一六二六—

一六四二），明鄭二十二年（一六六一—一六八三），清朝治理二〇〇餘年（一六八三—一八九五），以及日本佔據五十年（一八九五—一九四五）。其間，相當長時間是處於被殖民的地位。因此，除了漢人移民文化外，尚有殖民者文化的滲入；尤其以日治時期的殖民文化影響最為顯著，荷蘭次之，西班牙最少，是以臺灣的文化在一九四五年以前是以漢人與原住民文化為主，殖民文化為輔的文化形態。

一九四五年十月二十五日國民黨接收臺灣後，大陸人來臺，注入文化的熱血液。接著一九四九年十二月七日國民黨政府遷都臺北，更是湧進大量的大陸人口。而後兩岸進入完全隔離的型態，直至一九八七年十一月臺灣戒嚴令廢除，兩岸開始有了交流與互動。一九八九年八月十一至二十三日「大陸兒童文學研究會」成員七人，於合肥、上海與北京進行交流，這是所謂的「破冰之旅」，正式開啟兩岸兒童文學交流歷史的一頁。

其實，兩岸或說同文，但其間隔離至少有百年之久，且由於種種政治因素，目前兩岸又處於零互動的階段。而後「發現臺灣」已然成為主流與事實。

因此，所謂臺灣兒童文學的源頭或資源，除前述各國兒童文學的三個源頭，又有受日本、西方歐美與中國的影響。而所謂三個源頭主要是以漢人文化為主，其實也就是傳統的中國文化。

臺灣兒童文學的起點，無論是一九〇七年（明治四〇年），或是一九一二年（明治四十五年／大正元年），雖然時間在日治時期，但無疑臺灣的兒童文學是屬於華文世界兒童文學的一支，它與中國漢人文化是有血緣近親的關係。因此，了解中國上個世紀新時代繁華盛世的兒童文學，是一種必然尋根之旅。

本套書是以懷舊和研究為先，因此增補了原書出版的年代（含年、月）、出版地以及作者簡介等資料。期待能補足你對華文世界兒童文學的歷史與記憶。

林文寶，現任臺東大學榮譽教授，曾任臺東大學人文文學院院長、兒童文學研究所創所所長、亞洲兒童文學學會臺灣會長等。獲得第三屆五四兒童文學教育獎，中國文藝協會文藝獎章（兒童文學獎），信誼特殊貢獻獎等獎肯定。

原貌重現中國兒童文學作品

蔣風

今年年初的一天，我的年輕朋友梅杰給我打來電話，他代表海豚出版社邀請我為他策劃的一套中國兒童文學經典懷舊系列擔任主編，也許他認為我一輩子與中國兒童文學結緣，且大半輩子從事中國兒童文學教學與研究工作，對這一領域比較熟悉，了解較多，有利於全套書系經典作品的斟酌與取捨。

一開始我也感到有點突然，但畢竟自己從童年開始，就是讀《稻草人》《寄小讀者》《大林和小林》等初版本長大的。後又因教學和研究工作需要，幾乎一而再、再而三與這些兒童文學經典作品為伴，並反復閱讀。很快地，我的懷舊之情油然而生，便欣然允諾。

近幾個月來，我不斷地思考著哪些作品稱得上是中國兒童文學的經典？哪幾種是值得我們懷念的版本？一方面經常與出版社電話商討，一方面又翻找自己珍藏的舊書。同時還思考著出版這套書系的當代價值和意義。

中國兒童文學的歷史源遠流長，卻長期處於一種「不自覺」的蒙昧狀態。而清末宣統年間孫毓修主編的「童話叢刊」中的《無貓國》的出版，可算是「覺醒」的一個信號，至今已經走過整整一百年了。即便從中國出現「兒童文學」這個名詞後，葉聖陶的《稻草人》出版算起，也將近一個世紀了。在這段不長的時間裡，中國兒童文學不斷地成長，漸漸走向成熟。其中有些作品經久不衰，而一些作品卻在歷史的進程中消失了蹤影。然而，真正經典的作品，應該永遠活在眾多讀者的心底，並不時在讀者的腦海裡泛起她的倩影。

當我們站在新世紀初葉的門檻上，常常會在心底提出疑問：在這一百多年的時間裡，中國到底積澱了多少兒童文學經典名著？如今的我們又如何能夠重溫這些經典呢？

在市場經濟高度繁榮的今天，環顧當下圖書出版市場，能夠隨處找到這些經典名著各式各樣的新版本。遺憾的是，我們很難從中感受到當初那種閱讀經典作品時的新奇感、愉悅感、崇敬感。因為市面上的新版本，大都是美繪本、青少版、刪節版，甚至是粗糙的改寫本或編寫本。不少編輯和編者輕率地刪改了原作的字詞、標點，配上了與經典名著不甚協調的插圖。我想，真正的經典版本，從內容到形式都應該是精致的、典雅的，書中每個角落透露出來的氣息，都要與作品內在的美感、精神、品質相一致。於是，我繼續往前回想，記憶起那些經典名著的初版本，或者其他的老版本——我的心不禁微微一震，那裡才有我需要的閱讀感覺。

在很長的一段時間裡，我也渴望著這些中國兒童文學舊經典，能夠以它們原來的面貌重現於今天的讀者面前。至少，新的版本能夠讓讀者記憶起它們初始的樣子。此外，還有許多已經沉睡在某家圖書館或某個民間藏書家手裡的舊版本，我也希望它們能夠以原來的樣子再度展現自己。我想這恐怕也就是出版者推出這套書系的初衷。

也許有人會懷疑這種懷舊感情的意義。其實，懷舊是人類普遍存在的情感。它是一種自古迄今，不分中外都有的文化現象，反映了人類作為個體，在漫長的人生旅途上，需要回首自己走過的路，讓一行行的腳印在腦海深處復活。

懷舊，不是心靈無助的漂泊；懷舊也不是心理病態的表徵。懷舊，能夠使我們憧憬理想的價值；懷舊，可以讓我們明白追求的意義；懷舊，也促使我們理解生命的真諦。它既可讓人獲得心靈的慰藉，也能從中獲得精神力量。因此，我認為出版本書系，也是另一種形式的文化積澱。

懷舊不僅是一種文化積澱，它更為我們提供了一種經過時間發酵釀造而成的文化營養。它為認識、評價當前兒童文學創作、出版、研究提供了一份有價值的參照系統，體現了我們對它們批判性的繼承和發揚，同時還為繁榮我國兒童文學事業提供了一個座標、方向，從而順利找到超越以往的新路。這是本書系出版的根本旨意的基點。

這套書經過長時間的籌畫、準備，將要出版了。

我們出版這樣一個書系，不是炒冷飯，而是迎接一個新的挑戰。

我們的汗水不會白灑，這項勞動是有意義的。

我們是嚮往未來的，我們正在走向未來。

我們堅信自己是懷著崇高的信念，追求中國兒童文學更崇高的明天的。

二〇一一年三月二〇日

於中國兒童文學研究中心

蔣風，一九二五年生，浙江金華人。亞洲兒童文學學會共同會長、中國兒童文學學科創始人、中國國際兒童文學館館長。曾任浙江師範大學校長。著有《中國兒童文學講話》《兒童文學叢談》《兒童文學概論》《蔣風文壇回憶錄》等。二〇一一年，榮獲國際格林獎，是中國迄今為止唯一的獲得者。

整理說明

一、《橋》，包括上、下兩卷。一九三二年四月，上卷單行本由開明書店出版，內含上、下兩篇，其中上篇十八章，下篇二十五章。下卷今存十章，前八章已發表，後兩章未刊。

二、上卷上篇存初稿七章，謄清稿十五章；下篇存謄清稿二十六章。下卷第三章、第四章、第五章、第九章、第十章均存手稿一種，第一章、第二章、第六章、第八章均存手稿二種，第七章存手稿三種。本書主體部分，依據最後出現之稿本和最後修改之文本整理、排印。

三、全稿除下卷第一章、第二章、第七章、第八章外，其餘各章僅有序號而無題目。為統一起見，本書將此四章的題目分別改為相應的序號。

四、上卷諸章，手稿本均未標點，本書參照原刊本或初版本予以添加。

五、本書每章都加注，說明其發表情況或收入單行本之具體情形。

六、書末有兩項附錄，一為上卷上篇前七章初稿，一為版本摭談。

目錄

上卷

上篇

二

小林每逢到一個生地方，他的精神，同他的眼睛一樣，新鮮得現射一種光芒。無論是一間茅棚，好比下鄉「做清明」，走進茶鋪休歇，他也不住的搜尋，一條板凳、一根煙管，甚至那牛矢黏搭的土牆，都給他神祕的歡喜。現在這一座村莊，幾十步之外，望見白垛青牆，三面是大樹包圍，樹葉子那麼一層一層的綠，疑心有無限的故事藏在裡面，露出來的高枝，更如對了鷂鷹的腳爪，陰森得攫人。瓦，墨一般的黑，仰對碧藍深空。

沒有提防，稻田下去是一片芋田！好白的水光。團團的小葉也真有趣。芋頭，小林吃過，芋頭的葉子長大了也看見過，而這，好像許許多多的孩子赤腳站在水裡。

迎面來了一個黑皮漢子，跟著的正是壩上遇見的那匹狗。漢子笑閉了眼，嘴巴卻張得那麼大。先開言的是主人的奶奶：
「三啞叔，我們家來了新客。」
「哈哈哈，新客，這麼一個好新客。」
「街上的小林哥兒。」
「小林哥兒？——金銀花，跑到我們壩上來摘花？」
「是的，我爬到樹上摘的。」
「琴兒也是哥兒摘的。」
「是的。」
那狗也表示它的歡迎，尾巴只管搖。小林指著芋田問：
「這是吃的芋頭嗎？」
「是的，吃的芋頭，都是我栽的，——認得三啞叔嗎？」
三啞叔蹲下去對了他的眼睛看，又站起來，嘴巴還是張得那麼大，走了，回頭望，忽然喊一聲，比作手勢——
「奶奶，我在河裡摸了這麼長一條鯽魚哩。」
「那好極了，款待哥兒。」

這時小林站住，呆呆的望著這位奶奶。
婆婆也立刻站住，但她不能知道小林心上這陡起的念頭——
「奶奶，我的媽媽要尋我吃飯。」
到了小林說出口，婆婆笑哈哈的解釋他聽了，剛才三啞是去牽牛，已經囑咐了他，叫他先進城去，到東門火神廟那塊找程太太，說小林哥兒被史家莊的奶奶留住，晚上就打發人送回的。這原不是唐突的事，他們本來相識，婦人家沒有來往罷了。
婆婆的笑裡又有淚哩，大概老年人的眼淚是笑出來的。本是安撫小林，朝那邊一看，琴子瞪起兩眼，然後又一齊走。繞一道石鋪的路，跨上臺階，便是史家奶奶的大門。

注：載於一九三〇年八月十一日《駱駝草》週刊第十四期，題為「史家莊」，署名廢名。收入開明書店一九三二年四月版《橋》，為上篇「三 史家莊」。

三

小林家所在的地方叫做「後街」。後街者，以別於市肆。在這裡都是住戶，其不同乎鄉村，只不過沒有種田。

從他家出來，繞一兩間房子，是一塊坦。就在這坦的一隅，一口井。小林放學回來的時候，他的姐姐正往井沿洗菜，他連忙跑近去，要姐姐給他吊桶，取水在他是怎樣歡喜的事！然而還得姐姐一路來拉繩子。深深的，圓圓的水面，映出姊弟兩個，連姐姐的頭髮也看得清楚。姐姐暫時真在看，小林把吊桶一撞——影子隨著水搖個不住了。

姐姐提了水蹲在一旁，小林又抱著井石朝井底盡盡的望，一面還故意講話，引那回聲。姐姐道：

「小林，我說問你——」

他掉轉頭了。

「問我什麼？」

「你把我的扇子畫得像什麼樣子！我又沒有叫你畫。」
「哈，畫得不像嗎？」
「像——像一堆石頭！」
「我是畫石頭哩。真的，我是畫石頭。」
說著很窘。姐姐笑了。
「人家都說我的父親會畫畫，我看父親畫的多是石頭，我也畫石頭。」
「你的石頭是這地上的石頭，不是畫上的石頭。」
「那麼——它會把你的扇子壓破！」
笑著跑了，替姐姐提了菜籃。
母親在院子裡是忖著他快要回，候他，見了他，卻道：
「怎麼今天放學放得早？」
他鼓著嘴答：
「飯沒有熟，就說我放學放得早！」
姐姐也已經進來了。
「拿來媽媽看，姐姐說我的石頭是地上的石頭！——石頭不是地上的那還有天上的？」

「什麼石頭，這麼爭得起勁？」

「就是那扇子，他說他是學父親畫石頭。」

「畫石頭？這些畫我都卷起來了，藏在箱子裡，你怎麼也找得見？——不要學這，畫別的好花。」

「他想是看見石頭容易畫，又用不著顏料，拿墨亂塗就是。」

「容易？那才不容易！先生告訴我，父親為得畫石頭，跑到山上，跑到水邊，有時半夜也出去，看月亮底下的石頭。」

「是的，先生是告訴你要那麼用功讀書。」

母親說著從荷包裡掏出兩枚銅子叫他去買包子吃。

小林接了銅子，三步當作兩步的跳出門檻，仿佛不讓母親仔細望他的後影，而母親到底是在望。

一個莊家漢進門，自稱史家莊的長工，不消說，是意外的事。

史家莊離城有三里之遙

「上街，他跑那麼遠，那是你父親——」

正在吃飯，姐姐不覺停了筷子，端首對母親——母親知道的多了。

「你父親的一個朋友，也多年亡故了，家裡是一位老太太。」

注：載於一九二七年六月四日《語絲》週刊第一三四期，為〈無題之十二〉，署名廢名。又載一九三〇年八月十一日《駱駝草》週刊第十四期，改題〈井〉，署名廢名。收入開明書店一九三二年四月版《橋》，為上篇〈四井〉。

四

太陽快要落山，小林動身回家。

說聲走，三啞拿進了一根竹子，綠枝上插了許多紅花。

「哥兒，你說奇不奇，竹子開花。」

「不是開的，我知道，是把野花插上去的。」

但他已經從三啞的手上接去了。

「這是我們村裡一個潑皮做的，我要他送哥兒。」

「替我道謝。」

笑著對三啞鞠了一個躬。

至於那他自己摘的金銀花，小林自己沒有作聲，大家似乎也都忘記了。

「三啞叔，你送哥兒過橋才好哩。」婆婆說。

「那個自然，奶奶。」

大家一齊送出門，好些個孩子跑攏來看，從坂裡朝門口走是一個放牛的，騎在牛上。

騎牛在他又是怎樣好玩的事，他望著三啞叔他也要騎牛了。

「三啞叔，我把你的牛騎了走好嗎？」

「你喜歡騎嗎？那好極了，有我不怕的。」

牛就在那堦下的稻草堆旁，三啞牽來，他就騎。

孩子們喝采，三啞牽繩，牛一腳一腳的踏，空中搖曳著竹枝花。

漸漸的走進了稻田，門口望得見的，三啞的蓬髮，牛尾巴不時掃過禾，小林則鼂子一般高出一切。

他們是在講話。

「哥兒，我還沒有聽見你叫我哩，我自己叫自己『三啞叔』！」

「三啞叔。」

「哈哈哈。王家灣，老兒鋪，前後左右都曉得我三啞叔，三啞叔就是史家莊，史家莊就是三啞叔，——三啞叔也有他的老家哩，三啞叔！」

三啞叔忽然對誰發氣似的。

「你不是奶奶自家屋的人嗎？」

「不是，不是，我也不叫三啞，我是叫老三。」

「是的，這個名字不好，三啞叔——」

「哈哈哈，叫罷，就是三啞叔。三啞叔是個討米的哩，哥兒，正是哥兒這麼大，討米討到奶奶門口，哥兒，你看討米的有什麼話講？看見我只是曉得吃飯，不說話，就叫我叫啞巴！」

小林豎著耳朵聽，三啞叔這樣的好人也討飯！立刻記起了他家隔壁「村廟」裡也有一個叫化子，回去要同姐姐商量瞞著母親偷飯那叫化子吃。

他家隔壁確乎是一個村廟，這是可以做這個故事的考證材料的。

「哥兒——你這眼睛是多麼玲瓏！你怕我嗎？哈哈哈。不要怕，三啞叔現在不是討米的，是一個忠心的長工，除非我家奶奶百歲升天，三啞叔是不離開史家莊的。」

小林又有點奇怪，討米的怎會變到長工，他急於想問一問底細，舌頭在那裡動，覺得這是不好開口的。總之三啞叔是再好沒有的一個人。

「三啞叔，今天你就在我家過夜好不好？我上街買好東西你吃。你喝酒不？」

「哈哈哈，我的哥兒，不，不，奶奶在家裡等。」

一大會兒沒有言語，牛蹄子一下一下的踏得響。

要上壩了，三啞叫他下來。

「下來罷，上壩不好騎。」三啞說。

小林連忙跑上壩，平素習見得幾乎沒有看見的城圈，展在眼前異樣的新鮮。樹林滿被金光，不比來時像是垂著耳朵打瞌睡，蟬也更叫得熱鬧，疑心那叫的就是樹葉子。一輪落日，掛在城頭，祠堂，廟，南門，北門，最高的典當鋪的涼亭，都一一的看得清楚。

「這牲口，我一吼它就不走了，我把它拴在這樹上。哥兒，它跟我有十幾年，我的奶奶留我放牛，二十五年共是三條。」
小林是要說自己的話，聽了三啞的話，自己的話又忘了，只吐一聲——
「三啞叔。」
暫時的望著三啞。
「你先前到我家你怎會找得到呢？那有綠鼎的是火神廟，廟後邊那房子就是的，——三啞叔，我說你還是一路到我家去。」
三啞笑著擺頭。
「你不去，牽牛回去，我會過橋的，我時常一個人過橋玩。」
「那麼你走，我望你過去就是了。」
小林兩手捧竹枝，石橋上慢慢的過去，走到盡頭，回身，三啞還站在這頭，笑閉了眼睛，小林只聽得清聲音——
「走，哥兒。」

注：載於一九三〇年八月十一日《駱駝草》週刊第十四期，題為〈落日〉，署名廢名。收入開明書店一九三二年四月版《橋》，為上篇〈五落日〉。

五

小林並沒有一直進城。

我已經說過，這小林的口裡叫「城外」，其實遠如西城的人也每每是這麼稱呼。東城，提起來真是一個最親昵的所在。這原故，便因為一條河，差不多全城的婦女都來洗衣，橋北城牆根的洲上。這洲一直接到北門，青青草地橫著兩三條小道，不知從什麼時候起，但開闢出來的，除了女人只有孩子，孩子跟著母親或姐姐。生長在城裡而又嫁在城裡者，有她孩子的足跡，也就有她做母親的足跡。本來洲岸不高，春夏水漲，不另外更退出了沙灘，搓衣的石頭捱著岸放，恰好一半在水。

記得一位詩人寫了一首詩，關於這河的，在下面：

小河的水，
昨夜我夢見我的愛人，

她叫我盡盡的走，
比你更快的盡盡的走，
一直追到那一角清流，
我的愛人照過她的黑髮，
濯過她的素手。

小林現在上學，母親不准他閒耍，前四五年，當著這樣天氣，這樣時分，母親洗衣，他就坐在草地。草是那麼青，頭上又碧藍一片天，有的姑娘們輕輕的躲在他的背後，雙手去蒙住他的眼睛——

「你猜，猜不著我不放。」

然而他最喜歡的是望那塔。

塔立在北城那邊，比城牆還高得多多，相傳是當年大水，城裡的人統統湮死了，大慈大悲的觀世音用亂石堆成，（錯亂之中卻又有一種特別的整齊，此刻同瓦一般顏色，長了許多青苔，）站在高頭，超渡並無罪過的童男女。觀世音見了那悽慘的景像，不覺流出一滴眼淚，就在承受這眼淚的石頭上，長起一棵樹，名叫千年矮，至今居民朝拜。

城牆外一切，塗上了淡淡的暮色，塔的尖端同千年矮獨放光霞，終於也漸漸暗了下去，烏鴉一隻隻的飛來，小林異想天開了，一滴眼淚居然能長一棵樹，將來媽媽打他，他跑到這兒來哭，他的樹卻要萬丈高，五湖四海都一眼看得見，到了晚上，一顆顆的星不啻一朵朵的花哩。

今天來洗衣的是他的姐姐。

小林走過橋來，自然而然的朝洲上望。姐姐也已經伸起腰來在招手了。她是一面洗一面留意她的弟弟的。

小林跑去，那竹枝搖曳得甚是別致。

「小林，你真淘氣，怎麼跑那麼遠呢？」

接著不知道講什麼好了，仿佛是好久好久的一個分別。而在小林的生活上，這一剎那也的確立了一大標杆，因為他心裡的話並不直率的講給姐姐聽，這在以前是沒有的，倘若要他講，那是金銀花同「琴子妹妹」了。

「你是怎麼認識的呢？怎無緣無故的一個人跑到人家屋裡去呢？」

「我是在壩上撞見那奶奶的，她說她明天到我家來玩。」

「哪，——你先回去罷。媽媽在家裡望。」

這時才輪到他手上的花，好幾位姑娘都掉轉頭來看。

「小林，你這花真好。」

注：載於一九二六年七月二十六日《語絲》週刊第八九期，為〈無題之三〉之「1、此意可題之曰夏晚」，署名廢名。又載一九三〇年八月十一日《駱駝草》週刊第十四期，改題〈洲〉，署名廢名。收入開明書店一九三二年四月版《橋》，為上篇〈六洲〉。

六

吃過早飯，祖母上街去了，琴子跟著「燒火的」王媽在家。全個村裡靜悄悄的，村外稻田則點點的是人，響亮的相呼應。

是在客房裡，王媽紡線，琴子望著那窗外的枇杷同天竹。祖母平常談給她聽，這客房從前是她父親的書房，天井裡的花臺，樹，也還是父親一手經營的，她因此想，該是怎樣一個好父親，栽這樣的好樹，一個的葉子那麼大，一個那麼小，結起果子來一個黃，一個紅，團團滿樹。太陽漸漸升到天頂，看得見的卻是一角青空，大葉小葉交映在粉牆，動也不動一動。這時節最吵人的是那許多雞兒，也都跑出去了，壩上壩下扒抓鬆土，只有可愛的花貓伏在由天井進來的門檻，腦殼向裡，看它那眼睛，一線光芒，引起了琴子的留意。

「王媽，貓在夜裡也會看的，是不是？」

「是的，它到夜裡眼睛格外張得大。」

幾時我不睡，來看它，——哪怕有點嚇人，我看得見它，它看不見我。

「說錯了，它看得見你，你看不見它。」

「不——」

琴子答不過來了，她本不錯，她的意思是，我們包在黑夜之中，同沒有一樣，而貓獨有眼睛在那裡發亮。

「奶告訴我說她就回來，怎麼還不回？」

「小林哥哥的媽媽怕要留奶奶吃中飯。」

「叫三啞叔去問問。」

「人家笑話你哩，——看小林哥哥，昨天一個人在我們這裡玩了一半天。」

琴子是從未離開祖母吃過一餐飯的，今天祖母說是到小林哥哥家去，當時的歡喜都聚在小林哥哥家，仿佛去並不是祖母要離開她。

突然偏頭向王媽笑了，「奶回來了，」立刻走出堂屋，堂屋同客房只隔一道壁。是一個婆婆，卻不是祖母。

「唱命畫的進門來，一帶福壽二帶財。」

「你又來唱命畫嗎？我奶不在家。」琴子惘然的說。

「老太太不在家，姑娘打發糯米粑，我替姑娘唱一個好命畫。」

王媽媽出來了——

「婆婆，好久沒有看見你呀。」

「媽媽，你好呀？這一晌跑得遠，——姑娘長高了許多哩，可憐見的，怪不得老太太那麼疼。」

婆婆說著握一握琴子的手。琴子還沒有出世，她早已挾著畫包走進史家莊了。什麼地方她都到過，但似乎很少有人知道她的名姓，「唱命畫的，」大家就這麼稱呼著。琴子時常記起她那許多的畫，一張張打開看才好哩，然而要你抽了那一張，她給你看那一張。

「琴兒請婆婆唱。」

琴子捱了近去，她是急於要抽一張的。

婆婆展開畫——

「相公小姐聽我講，昔日有個趙顏郎——」

「趙顏求壽嗎？」王媽不等唱完高聲的問。

「是的，再好沒有的，你看，一個北斗星，一個南斗星，——趙顏後來活到九十九。」

琴子不覺笑——

「九十九，我奶奶要活到九十九。」

她是替她的祖母抽。

婆婆接著唱下去。王媽也沒有聽清琴子的話。

不止一次，琴子要祖母抽，祖母只是擺頭罷了，心裡引起了傷感，「兒呵，真是孩子氣，我還抽什麼呢？」現在她是怎樣的歡喜，「九十九」，巴不得祖母即刻回來，告訴祖母聽。

注：載於一九三〇年八月十一日《駱駝草》週刊第十四期，題為〈貓〉，署名廢名。收入開明書店一九三二年四月版《橋》，為上篇〈七貓〉。

八

到今日，我們如果走進那祠堂那一間屋子裡，——十年來這裡沒有人教書——可以看見那褪色的牆上許多大小不等的歪斜的字跡。這真是一件有意義的發見。字體是那樣孩子氣，話句也是那樣孩子氣，叫你又是歡喜，又是惆悵，一瞬間你要喚起了兒時的種種，立刻你又意識出來你是踟躇於一室之中，捉那不知誰的小小的魂靈了，——也許你在路上天天碰著他，而你無從認識，他也早已連夢也夢不見曾經留下這樣的塗抹，勞你搜尋了。

請看，這裡有名字，一條桌子的長痕上面，「程小林之水壺不要動」，這不是我們的主人公嗎？同樣的字跡的，「初十散館」，「把二個銅子王毛兒」，「薛仁貴」，「萬壽宮，丁丁響」，還有的單單寫著日月的序數。

是的，王毛兒，我們的街上的確還有一個賣油果的王毛兒，因此我拜訪過他，從他直接或間接的得了許多材料，我的故事有一部分應該致謝於他。

「萬壽宮，丁丁響」，這是小林時常談給他的姐姐聽的。萬壽宮在祠堂隔壁，是城裡有名的古老的建築，除了麻雀，烏鴉，吃草的雞羊，只有孩子到。後層正中一座殿，它的形式，小林比作鐵拐李帶的帽子，一角繫一個鈴，風吹鈴響，真叫小林愛。他那樣寫在牆上，不消說，是先生坐在那裡大家動也不敢動，鈴遠遠的響起來了。

冬天，萬壽宮連草也沒有了，風是特別起的，小林放了學一個人進來看鈴。他立在殿前的石臺上，用了他那黑黑的眼睛望著它響。他並沒有出聲的，但他彷彿是對著全世界講話，不知道自己是在傾聽了。簷前烏鴉忒楞楞的飛，屙的矢滴在地下響，他害怕了，探探的轉身，耽心那兩旁房屋子裡走出狐狸，大家都說這裡是出狐狸的。

跨出了大門，望見街上有人走路，他的心穩住了，這時又注意那天燈。

凡屬僻靜的街角都有天燈的，黃昏時分聚著一大堆人談天，自然也是女人同小孩。離小林的大門不遠有一盞，他在四五年前，跟著母親坐在門檻，小小的臉龐貼住母親的，眼睛馳到那高高的豆一般的火。他看見的萬壽宮門口的天燈，在白天，然而他的時間已經是黃昏了，他所習見的自己門口的燈火，也移在這燈上。頭上還有太陽的唯一的證據，是他並不怕，——夜間他一個人敢站在這樣的地方嗎？燈下坐著那狐狸精，完全如平素所聽說的，年青的女子，面孔非常白，低頭做鞋。她的鞋要與世上的人同數，天天有人出世，她也做得無窮盡；倘若你走近前去，她就拿出你的鞋來，要你穿著，那麼你再也不能離開她了……想到這裡，小林又怕，眉毛一皺，——燈是沒有亮的，街上有人走路。

氣喘喘的見了姐姐——

「姐姐，那打更的怎不怕狐狸精呢？夜裡我聽了更響，總是把頭鑽到被窩裡，替他害怕。」

「你又在萬壽宮看鈴來嗎？」

姐姐很窘的說，——母親是不准小林到這樣的地方的。

注：載於一九二六年四月五日《語絲》週刊第七三期，為〈無題〉之一，署名馮文炳。又載一九三〇年

八月十八日《駱駝草》週刊第十五期，改題〈萬壽宮〉，署名廢名。收入開明書店一九三二年四月版《橋》，為上篇〈八萬壽宮〉。

九

連小林一起共是八個學生，有一個比小林大一點，名叫老四，一切事都以他兩人為領袖。小林同老四已經讀到《左傳》了，三八日還要做文章，其餘的或讀國文，或讀「四書」，只有王毛兒是讀《三字經》。

一天，先生被一個老頭子邀出去了，——這個老頭子他們真是歡迎，一進門各人都關在心裡笑。先生剛剛跨出門檻，他們的面孔不知不覺的碰在一塊，然而還不敢笑出聲，老四探起頭來向窗外一望，等到他戲臺上的花臉一般的連跳連嚷，小嘍囉們才喜得發癢，你搓我，我搓你。讀國文的數菩薩，讀「四書」的尋「之」字，罰款則同為打巴掌。小林老四呢，正如先生替戲臺寫的對子，「為豪傑英雄吐氣」。

小林的英雄是楚霸王。先生正講到《鋼鑑》上楚漢之爭。他非常惋惜而且氣憤，所以今天先生的不在家，他並不怎樣的感到不同。

「小林，我們一路到萬壽宮去捉羊好嗎？」老四忽然說。

小林沒聽見似的，說自己的話：

「學劍不成！」

「總是記得那句話。」

「我說他倘若把劍學好了，天下早歸了他！」

老四瞪著眼睛對小林看，他不懂得小林這話是怎麼講，卻又不敢開口，因為先生總是誇獎小林做文章會翻案。

「他同漢高祖挑戰，一劍射得去，沒有射死，倘若他有小李廣花榮那樣高的本事，漢高祖不就死了嗎。」

老四倒得意起來了，他好容易比小林強這一回——

「學劍？這個劍不是那個箭，這是寶劍，——你不信你問先生。」

小林想，不錯的，寶劍，但他的心反而輕鬆了許多。這時他瞥見王毛兒坐在那裡打瞌睡，連忙對老四搖手，叫老四不要作聲。

他是去拿筆的，拿了筆，輕輕的走到毛兒面前，朝毛兒的嘴上畫鬍子。
王毛兒睜開眼睛，許多人圍著他笑，他哭了，說他做一個夢。
「做夢嗎？做什麼夢哩？」
「爸爸打我。」
小林的高興統統失掉了，毛兒這麼可憐的樣子！
大家還是笑，小林氣憤他們，碎著一個孩子道：
「你這個小蟲！回頭我告訴先生！」
「是你畫他鬍子哩！」
另外一個，拉住小林的袖子——
「是的，小林哥，他是不要臉的傢伙，輸了我五巴掌就跑。」
王毛兒看著他們嚷，不哭了，眼淚吊在鬍子旁邊，小林又把手替他揩抹，——抹成了一臉墨，自己的手上更是不用說的。

注：載於一九二六年四月五日《語絲》週刊第七三期，為〈無題之二〉，署名馮文炳。又載一九三〇年八月十八日《駱駝草》週刊第十五期，改題〈鬧學〉，署名廢名。收入開明書店一九三一年四月版《橋》，

為上篇〈九鬧學〉。

十一

讀者，你還肯聽嗎？我把前回的事再接著講一講。

他們從家家墳轉頭，先生還沒有回。有幾個說回家去吃飯，老四不准，「人家煙囪裡不看見出煙哩！」——先生臨走囑咐過他，「吃飯的時候，我如果沒有回，可以放學。」

大家氣喘喘的坐在門檻上乘涼。小林披著短褂，兩個膀子露了出來，順口謅一句：

「快哉此風，寡人所與庶人共者也。」

老四暗地裡又失悔，這一句好文章被小林用了去了，本於《古文觀止》上的〈黃州快哉亭記〉，曾經一路讀過的。

「姜太公在那裡釣魚。」

一個是坐在地下，眼望簷前石頭雕的菩薩。大家也立刻起來，又蹲下去，一齊望，彷彿真在看釣魚，一聲不響的。

「你猜這邊的那個小孩子是誰？」

小林的話。

好幾個爭著說：

「國文上也有，也是挾一本書站在他媽媽面前，——孟子，是不是？」

「是的，這典故就叫做孟母斷機。」

老四倒不屑於羼在一起了，也掉轉眼睛看了一看，終於還是注意姜太公。而王毛兒，跟著小林的「機」字霹靂一聲：

「拳頭一捋，打死一個雞！」

這一喊，大家的腦殼統統偏過來，笑得毛兒無所措手足了，幸而沒有掉出眼淚。不，決不會有眼淚的，因為他這時簡直不覺到有一個小小的身子站在這塊給他們的笑吹跑了。然而他之所以那麼一喊，也實在是歡喜，今天早晨，先生教到「除隋亂，創國基」，他覺得非常有趣，雜在許多聲音當中高聲的唱就是剛才那樣唱法。（我們鄉音，拳頭的拳讀若除，捋與亂音近。）

這裡乘涼，是再好沒有的。一個大院子，除了一條寬道，大蔴石鋪的，從門口起成丁字形伸出去，都是野花綠草，就在石頭縫裡也還是長了草的。一棵柏樹，周圍四五抱，在門口不遠，樹枝子直捱到粉牆，簷前那許多雕刻，有的也在蔭下。石地上影子簇簇，便遮著這一群小人物。

毛兒在那裡不得開交，小林突然雙手朝地上一撲，大家也因之轉變了方向了。小林是捉日頭，斑斑駁駁的日光，恰好他面前的一小叢草給照住了，疑心有人在什麼地方打鏡子。他是打鏡子的能手，常是把姐姐的鏡子拿到太陽地方向姐姐臉上打。抬頭，本是想透過樹頂望，而兩邊只管擺，那日光又正照住了他的眼睛，擺也擺不脫，大家好笑。等到他再低頭，草分成了兩半圓，一半是蔭的，現得分外綠。

「小林，快！快！那邊，紗蠅！」

是老四急促而又吞聲的喊他，喊他捕蜻蜓，一個大黃蜻蜓，集在他那邊草上，只要他朝前一探手，可以捕得夠。

「快！快！」

他循著老四手指的方向看過去，看見了，但他不動手。

「快點！要飛了！」不只老四一人喊。

他依然沒有動手，只是看——

「好大的黃眼睛！」

這分明不是說給他的夥計們聽的，而夥計們的催促，他也分明沒有聽見。大家急的不得了，他接著且拍手，想試一試那眼睛看的是什麼，或者還逗出它一聲叫來哩。

「這樣的東西總不叫！」

他很窘的不出聲的說。其實他這時是寂寞，不過他不知道這兩個字是用在這場合，——不，「寂」，「寞」他還不能連在一起，他所經驗的古人無有用過而留下他的心眼。看這類動物，在他不同乎看老鼠或看虎，那時他充分的歡喜，歡喜隨著號笑傾倒出來了。而這，總有什麼餘剩著似的。

老四不耐煩，竄到前面去，蜻蜓卻也不讓他捉住，大家都悵望著它的飛程，到了看不見，不期然而然的注意那兩個燕子。

院子既大，天又無雲，燕子真足以牽引他們，漸漸飛得近，箭一般的幾乎是要互相擦過。

「好長的尾巴！」小林說。

「燕，候鳥也。」另外一個說。

「你讀得來，講得來嗎？候鳥是怎麼講法呢？」小林問。

「小林，不要想，連忙說出來，燕子同雁哪個是秋來春去，春去秋來？」老四說。

小林預備說，嘴一闔，笑起來了，果然一口氣說不清。

小嘍囉們也都笑，看了小林的笑而笑。

「老四，你是喜歡春天還是喜歡秋天？」小林問。

首先答應的卻是王毛兒：

「我喜歡冷天，冷天下雪。」

出乎毛兒的意外，大家不再笑他，他立刻熱鬧了許多。他的話是信口說出的，剛出口，要連舌頭吞進去才好。

「我喜歡秋天，『八月初一雁門開』，我喜歡看雁。」小林自己說。

「是的，我也喜歡看雁，雁會排字，『或成一字，或成人字。』」另外一個說。

「你看見兩個字一齊排嗎？我看見的，那時我還沒有讀書，就認得這兩個字。」小林說。

「雁教你認的！」老四嘲笑似的說。

「哈哈哈。」是大家笑。

小林認識這兩個字，的確可以說是雁教的。六七歲的光景，他跟他的母親下河洗衣，坐在洲上，見了雁，喊母親看。一字形，母親說，「這是一字」；人字形，「這是人字。」母親還說雁可以帶信，他說，「何不叫它多排幾個呢？省得寫。」後來他同母親看戲，看到《汾河灣》，那扮薛丁山的同他差不多年紀，手執一弓，他問母親，「這麼一個小孩子，會射什麼呢？」母親的心裡已經是一陣陣傷痛，知道丁山將有怎樣的運遇，冷冷的答道，「射雁。」他頓時拉住母親的手，仿佛是母親打發那孩子去的，「雁那麼好的鳥，射它做什麼呢？」有一回，母親衣洗完了，也坐下沙灘，替他繫鞋帶，遠遠兩排雁飛來，寫著很大的「一人」在天上，深秋天氣，沒有太陽，也沒有濃重的雲，淡淡的，他兩手撫著母親的髮，盡盡的望。

「老四，你喜歡放野火不呢？那也要到下半年。」小林又問。

「野火我放過好幾回，我到我外婆家，許多人一路上官山上玩，點起火來滿山紅。」

「那真好玩！官山上都是墳哩！」

「墳怕什麼呢？墳燒得還好玩些，高高低低的。」

「是的，去年，我記得，天已經黑了，我跟我的姐姐在城外玩，望見對面山上有火，我拉姐姐上城去看，那簡直比玩龍燈還好玩。」

說到這裡，有一個又在那裡吹起喇叭來了。只有他的喇叭裝在荷包裡，其餘的一到門口就扯散，葉子撒得滿地。

「這許多芭茅葉，不收住，先生回來問哩。」老四說。

各人趕忙拾起。

「拿來我！」

小林斬截的一聲。芭茅都交給了他。他團成一個球，四面望，——向草地跑。

他是跑到那獅子旁邊，——草地上有一對石獅子。

他把芭茅球塞在獅子口裡。

大家又笑。

他看一看獅子的影子，——躺下去了，影子大過他的身子。

老四對大家搖手，叫不要笑，他的意思是，讓小林一個人睡著，他們偷偷的回去。

頑皮的小林，是到他的姐姐來找他吃飯把他從太陽地下喊醒。

注：載於一九二六年四月二十六日《語絲》週刊第七六期，為〈無題之二〉，署名馮文炳。又載一九三〇年八月十八日《駱駝草》週刊第十五期，改題〈獅子的影子〉，署名廢名。收入開明書店一九三二年四月版《橋》，為上篇〈一一 獅子的影子〉

十二

今天小林要接到一匹牛兒，紫絳色的牛兒，頭上紮一個彩紅球。照習慣，孩子初次臨門，無論是至戚或好友，都要打發一點什麼，最講究的是牛兒。比如我，有一匹，是我的外婆打發我的，後來就賣給那替我豢養的莊家。小林那回走進史家莊，匆匆又轉去了，史家奶奶天天盤計在心，催促三啞看哪一個村上有長得肥碩樣子好看的牛兒沒有。

剛好小林新從病愈，特地趁這日子送去賀喜他。送牛的自然也是三啞，他打扮得格外不同，一頭蓬髮，不知在哪裡找得了一根紅線，束將起來。牽牛更擔一挑擔子，這擔子真別致，青篾圓籮盛著二十個大桃子。然而三啞的主意卻還在底下襯托著的稻草，他用了一下午的工夫從稻草堆上理出了這許多嫩黃草來，才想到去買桃子。他這樣的心計，史家奶奶是明白的，見他赤著腳兜了桃子回來，說道：

「你也該洗腳了。」

他彎著腰，對奶奶的眼睛看，笑道：

「牛到哥兒家，兩天要停留罷，吃什麼呢？我辦了許多草去。」

「是的。」

「挑草不好看，我挑一擔桃子去。」說著指桃子。

「是的，謝謝三啞叔。」

牛兒進城，不消說，引起個個觀望。還沒有走過橋，滿河的杵聲冷落了下去，只見得循著河岸，婦人家，姑娘們，有的在竹杆子撐著的遮陽之下，都已經抬起身子了。是笑呢，還是對了太陽——總之拿這時的河水來比她們的面容，是很合式的罷。

史家莊的長工，程小林的牛，知道的說，不知道的問。

三啞——他是怎樣的歡喜，一面走，一面老是笑，扁擔簡直是他的翅膀，飛。但他並不回看人，眼睛時而落在籮筐，時而又偏到牛兒那邊去。城門兩丈高，平素他最是留意，講給那不慣上街的人聽，現在他擠進去了，他也不覺得。

走過了火神廟，昂頭，正是那白白的門牆——

「三啞叔！」

「哈，哥兒。」

小林跳出來了，立刻放炮。他早已得了信，捏了花鞭炮等著。

三啞喝了酒才回去，預備一兩日後又來牽牛，牽到鄉下去，因為他買的時候也就代為約定了一個豢養的人家。

小林的院子裡有一棵石榴，牛兒就拴在石榴樹下。鄰近的孩子們三三五五的走進來看，同小林要好的小林引到屋子裡去，看桃子，——母親用了三個大盤子擺在堂屋正中懸掛的壽星面前。

「壽星老頭子手上有桃子，還要把我的桃子給他吃，讓我們偷他一個罷。」

小林自己這麼說，別個自然沒有不樂意的。然而他的姐姐躲在後面瞄著他，他剛剛爬到几上，伸手，姐姐一聲——

「太，捉賊！」

小林回轉身來笑了——

「我要偷壽星老頭子手上的桃子。」

「壽星老頭子的那個桃子你偷，你只不要動他這個。」姐姐笑。

「這個呢？是我的！」

「不管是你的是他的，你且偷那個桃子我看看。」

「畫的怎麼偷法呢？」最小的一個孩子說。

小林笑得跑來倒在姐姐懷裡了。

「我們還是去看牛兒。」孩子們說。

牛兒站在那裡，動也不動一動。他們用盡種種方子惹它。小林拿草伸到它的口邊，它也不以為這是主人，一樣的只看見它的眼睛在表示，表示的什麼可說不清了。

有一個去拉它的尾巴，他是名叫鐵牛的，用了那麼大的力，牛突然抱著樹碰跳碰跳了，嚇得大家退後好幾步，石榴花也撒了一陣下來，撒到牛身上。

然而大家氣憤——

「真是個鐵牛！」

鐵牛一溜煙跑了。

到了天快黑了，牛兒兀的叫幾聲，只有小林一個人在院，也隨著叫一聲，起初是驚，立刻喜得什麼似的，仿佛這才放心。他午飯沒有吃，雖然被母親迫著在桌上坐了一會，一心守著看牛吃不吃草。

姐姐提水到院子裡來澆花，他說：

「我忘記了！三啞叔告訴我天黑的時候，把點水牛喝哩。」

姐姐笑道：

「你牽到河裡去喝。」

「好，我牽到河裡去喝。」

他連忙去解繩子，但母親也已經走出來了——

「虧你當真的哩！家裡有一個大缽，水放在缽裡它喝。」

小林背著牛，就在牛的身旁，站住了。

「人家要問你，是哪個送你的牛，你怎麼答應呢？」姐姐又笑。

「三啞叔送的。」他斬截的說。

媽媽姐姐都笑。

蓬蓬石榴樹葉做成了大翅膀，院子裡的一切淹沒下去了。終於連石榴樹葉也隱隱於模糊之中，——一定又都到小林的夢裡去出現罷，正如一顆顆的星出現在天上。

注：載於一九二六年九月二十五日《語絲》週刊第九八期，為〈無題之五〉之一，署名廢名。又載一九三〇年八月二十五日《駱駝草》週刊第十六期，改題〈送牛〉，署名廢名。收入開明書店一九三二年四月版《橋》，為上篇〈一二 送牛〉。

十三

第二天小林自己牽了牛兒往史家莊去，下得壩來，知道要循哪一條路走，——

似乎有人喊他……

真的，是史家奶奶。

他想不到這樣出乎意外的到了，並沒有聽清史家奶奶的話，遠遠的只管說——

「我媽媽叫我牽來的，它一早起來就叫，嘛——又不吃草，媽媽說，『今天天陰，不晒人，你自己牽去罷，牽到奶奶家去，交給三啞叔。』」

婆婆不消說高興的了不得，小林來了，何況是病後。而小林——彷彿史家莊他來得太多，當他一面走路，一面就想，牽牛，這個理由充不充足？所以他的步子開得很慢，幾乎是畫之字，時時又盼一盼牛。牛大約也懂得這個意思，要下壩，兩個平排的，臨著綠野，站了一會。

自然，這因為史家莊現在在他的心上是怎樣一個地方，——媽媽也的確吩咐他來。

婆婆走近他的面前來了——

「是的，牲口也怕生，來得好，——病都好了嗎？我看長得很好。」

牽牛的繩子從小林的手上接過來，又說：

「來，跟我來，松樹腳下，琴子妹妹也在那裡。」

琴子妹妹——小林望得見了。

松樹腳下就在那頭的壩腳下，這麼叫，很明白，因了一棵松樹。

我們可以想像這棵松樹的古老，史家奶奶今年近七十歲，很年青的時候，便是這樣不待思索的聽大家說，又說給別人聽，而且松樹同此刻也不見得有怎樣的不同，——它從不能特別的惹起史家奶奶的留意。還有，去看那碑銘，——這裡我得聲明，松樹腳下是史家莊的墳地，有一個碑，叫琴子來稱呼要稱高祖的，碑銘是死者自撰，已經提到松樹，借了李白的兩句——

「蟪咕啼青松，安見此樹老？」

如果從遠處望，松樹也並不看見，它曲而不高，同許多樹合成一個綠林，於稻田之中很容易識別。我們以下壩進莊的大路為標準，未盡的壩直繞到屋後，在路左，墳地正面是路，走在路上，墳，頗多的，才不為樹所遮掩。

像這陰天，真為墳地生色，不是琴子，小林見了松樹要爬上去，——不是小林，琴子也要稀奇，牛兒今天又回來了。

總之，羞澀——還是歡喜呢？完全佔據了這兩個小人物。

「琴兒，你看，小林哥哥把牛牽到這來了。」

「我不曉得那替我拳的人在哪一塊。」
「是的，一會兒我叫三啞叔牽去。坐下歇一歇。」
小林就坐下墳前草地。琴子本來是坐著的。
「琴兒，無論來了什麼客，見了面要問好，——問小林哥好，除了小林哥哥再沒有別的哥哥了。」
「小林哥好。」
「妹妹好。」
小小的琴子這時實在覺到自己的孤零了。小林——他幾乎吊眼淚，也實在可憐這麼一個琴子妹妹了，琴子妹妹是沒有媽媽的，連牛兒在他家住一天也不斷的叫它的媽媽！
婆婆讓牛在一旁，捱近他們兩個坐。
小林終於看松樹。
「那是松樹嗎？松樹怎麼這麼盤了又盤？」
琴子好笑，盤了又盤就不是松樹！但她不答。婆婆道：
「你沒有見過這麼的松樹嗎？」

「我在我父親的畫帖上見過，我以為那只是畫的。」
「畫的多是有的。」
婆婆不覺心傷了。慢慢又一句：
「今天是琴子媽的忌日，才燒了香，林兒，你也上前去作一作揖。」
小林伸起腰來，預備前去，突然眉毛一揚，問：
「哪一個呢？」
真的，哪一個呢？婆婆到底是老人，有點痲糊。
琴子已經指給小林看了——
「這個。」
說聲作揖，小林簡直是喜歡，好玩的事。跪下去，一揖，想起了什麼似的又一掉頭——
「奶奶，是不是五霸者三王之罪人也的那個罪字。」
他的樣子實在好笑，琴子忍不住真笑了。婆婆也摸不著頭腦。
他是問忌日的忌，——忌日對於他是一個新名詞。
「啊，不是，是百無禁忌的忌。」

小林又想：「忌日，什麼叫做忌日？是不是就是生日？」他卻不再問了，連忙爬起來，喝一聲牛兒，——牛兒踏近一個墳的高頭。

注：載於一九二六年九月二十五日《語絲》週刊第九八期，為〈無題之五〉之二，署名廢名。又載一九三〇年八月二十五日《駱駝草》週刊第十六期，改題〈松樹腳下〉，署名廢名。收入開明書店一九三二年四月版《橋》，為上篇〈一三 松樹腳下〉。

十四

小林真要感謝他是病後，史家奶奶留他多住幾天再回去，而且他在這裡做起先生來了。

婆婆說：

「你就叫琴子讀書罷。」

琴子好久沒有讀書，因為莊上的一個村學她不肯去。小林教她，自然是綽然有餘的。

琴子先在客房裡，小林走進去──

「奶奶叫我教你讀書。」

琴子不理會似的，心裡是非常之喜。

小林笑：

「有朋自遠方來，不亦樂乎？」

「哈哈哈。」婆婆從外笑。

「你們笑我，我不讀！」

這把小林嚇了一跳，他此時已經坐下了椅子，面前一個方桌，完全是先生模樣。

「不是笑你。」輕輕的望著琴子說。

琴子倒真笑起這麼可憐的先生了。

「我要學寫字。」

「我寫一張，你映我的寫。」

「好。」

什麼映本呢？「上古大人」，不稀罕；《百家姓》，姓趙的偏偏放在第一，他也不高興。想起了一個好的，連忙對琴子道：

「磨墨磨墨！」

琴子磨了墨，他又道：

「眼睛閉住。」

「不，——你塗墨我臉上！」

「你真糊塗！塗墨你臉上那怎麼好看呢？我替你寫一個好映本，要寫起了才讓你看。」

「我不看，你寫。」

小林寫的是：

一去二三里，

煙村四五家，

樓臺六七座，

八九十枝花。

琴子看——

「哈，一，二，三，四，五，六，七，八，九，十，——都有。」說一個手點一個。

小林又瞥見壁上的一橫幅小畫，仿照那款式在紙的末端添這幾個小字：「程小林寫意。」

「這是做什麼呢？」琴子問。

「我的名字。」

「我的映本怎麼寫你的名字呢？要寫『學生史琴子用心端正習字』。」

他還要在空縫裡寫，指著叫琴子認。

「憂字。」琴子說。

「這怎麼是憂字？」

「不是憂字是什麼？你叫奶奶來認——」

琴子話沒有說完，不覺臉紅了，——小林瞪著眼睛看她。

是愛字，然而也非怪琴子錯認了，草寫的，本像憂字。一個字成了一點墨，小林一筆塗了。

「你把我的映本塗壞了。」

婆婆聽了他們爭，進來了，拿著映本看，忍不住笑——

「好，好，——這四句改成畫，那才真是一個通先生。」

小林也站起來，眼巴巴望那一點墨，看那字塗沒有塗掉。

「琴子，你在學裡讀什麼書呢？」

「讀《大學》。」

「《大學》讀完了呢？」

「一本書只剩了幾葉，我讀到那幾個難字就沒有讀下去。」

「難字，——我猜得著，黿鼉蛟龍是不是？」

「是的。」

「那要說《中庸》，不是《大學》。」婆婆說。

「這幾個字真難，我們從前也是一樣，——你倘若講得來，你還怕哩，黿鼉蛟龍，嚇得死人的東西！」

「真是的，我見了那字就有點怕。」

「可是我有一回做文章，說天地是多麼大，多麼長久，鈔了這裡幾句，日月星辰，天覆地載，載華嶽而不重，振河海而不泄，得了許多的圈圈。」

琴子自然是莫明其妙，而婆婆，當小林流水一般的說，望著他——

「兒呵——」

聲音很低，接著又沒有別的，慢慢的道：

「今天就這樣放學罷，出去乘涼。」

注：載於一九二六年十一月十三日《語絲》週刊第一〇五期，為〈無題之六〉之一，署名廢名。又載一九三〇年九月一日《駱駝草》週刊第十七期，改題〈習字〉，署名廢名。收入開明書店一九三二年四月版《橋》，為上篇〈一四 習字〉。

十五

燈下，自己躺著打滾，別人圍著坐，談故事自然更好，——這大概孩子們都是喜歡的罷。

小林現在便是這樣。

只可惜三啞跑去睡覺去了，史家奶奶又老是坐在椅子上栽瞌睡。還有琴子，但她不說話，靠著燈紮紙船。

小林望天花板，望粉牆，望琴子散了的頭髮。

「哈哈哈，你看！」

「看什麼？」琴子掉過頭來問。

小林伸了指頭在那裡指，琴子的影子。

「呀，我怕。」

「你自己的影子也怕？」

影子比她自己大得多多。

琴子仿佛今天才看見影子似的，看，漸漸覺得好玩，伸手，把船也映出來，比起自己算是一個老鼠。

「你坐在你的船上，你會沉到水裡去！」

這時他也映在牆上了，飛身站起來了，很可笑的一個樣子。
「你笑它也笑。」琴子看著小林的影子說。
「你的影子不像你，你笑它沒有笑。」
「你看你的影子笑不笑！」
琴子真笑了——
「真的，影子不笑。」
「你哭它也哭哩。」
他又裝一個哭臉。婆婆突然睜開眼睛——
「唔，哭什麼？好好的玩。」
「哈哈哈，我們是在這裡玩哩。」
婆婆又栽了下去。
「你看奶奶的影子，——奶奶的白辮子同你的黑辮子一樣是黑的。」
「奶的怎麼叫辮子呢？你真是胡叫。我們小姑娘的才叫辮子。——我們到底是小孩子，影子也是小孩子。」
「你走開，我替你掉一個影子，看你認不認得。」

「好。」

琴子就到燈的那邊，一看牆上沒有，拍手叫道：

「影子不見了。」

小林笑——

「那邊牆上。」

「你真掉了，比先前小得多哩。」

「哈哈哈，——你上床睡下去，我再掉一個。」

「你睡下去，我替你掉一個！——哈哈哈，你當我真不知道，你不站在這裡，哪裡還有影子呢？」

婆婆在那裡呼嚕呼嚕。

「奶！奶！不要睡！」琴子說。

「不，沒有睡，你們說，我都聽見。」

「聽見，聽見些什麼？」

「聽見我們哭！」

「哈哈哈。」

兩人一齊笑。

「琴子，我同你說正經話，昨天夜裡我聽見雞叫，今天我不睡，聽聽哪一個雞先叫。」

「你不睡，我也不睡，——雞叫，雞天天夜裡叫。」

「可是我在我家裡總沒有聽見。」

「夜裡還有夜火蟲，你在你家看見麼？我們坂裡非常之多。」

「我們常常捉夜火蟲玩哩，那也沒有看見。」

「還有一樣東西，別個看不見，它也能夠亮，—你猜是什麼東西？」

小林使勁的答：

「鬼火！」

琴子又怕了，兩手一振。

「不要嚇我，——我是說貓，貓的眼睛。」

「我看花也是夜裡亮的。」

「你又哄我，花怎麼會亮呢？」

「真的，不是哄你，我家的玫瑰花，頭一天晚上我看它，還是一個綠苞子，第二天清早，它全紅了，不是夜裡紅的嗎？所以我說花也是夜裡亮的，不過我們睡覺去了，不知道。」

「我們不睡覺，也看它不見。」

「它總紅了。」

但無論如何是不能服琴子之心的。

「琴子，今天我真不睡，——這許多的東西都不睡覺。」

「你不睡，你就坐在這裡，叫影子陪——」

窗外的貓打架。

連小林也怕起來了。

婆婆醒了，抬頭——

兩個小人兒幾乎縮成了一團，面面相覷。

注：載於一九二六年七月二十六日《語絲》週刊第八九期，為〈無題之三〉之「2、此章就題之曰夜罷」，署名廢名。又載一九三〇年九月八日《駱駝草》週刊第十八期，改題〈花〉，署名廢名。收入開明書店一九三二年四月版《橋》，為上篇〈一五花〉。

十六

小林只不過那麼說，他不睡覺，然而在睡覺之前，又跑到大門口玩了一趟。鄰近村上一個人家送路燈，要經過史家莊壩上，他同琴子拉著婆婆引他們去。

「昨天，前天，——今天是最後一個晚上哩，明天沒有了。」琴子這麼說。

送路燈者，比如你家今天死了人，接連三天晚上，所有你的親戚朋友都提著燈籠來，然後一人裹一白頭巾，——穿「孝衣」那就現得你更闊綽，點起燈籠排成隊伍走，走到你所屬的那一「村」的村廟，燒了香，回頭喝酒而散。這所謂「村」，當然不是村莊之村，而是村廟之簡稱，沿用了來，即在街上，也是一樣叫法。村廟是不是專為這而設，我不得而知，但每數村或數條街公共有一個，那是的確的。

倘若死者是小孩，隨時自然可來吊問，卻用不著晚上提燈籠來，因為小孩仿佛是飛了去，不「投村」。

那麼，送路燈的用意無非是替死者留一道光明，以便投村。

村廟其實就是土地廟。何以要投土地廟？史家奶奶這樣解釋小林聽：土地神等於地保，死者離開這邊而到那邊去，首先要向他簽一個名。

「死了還要自己寫名字，那是多麼可憐的事！」小林說。

但三啞昨天也告訴了琴子，同史家奶奶說的又不同。琴子說：

「奶，三啞叔說是，死人，漆黑的，叫他往哪裡走呢？他又是一個生人——」

小林打斷琴子的話——

「才說他是死人，又說他是一個生人！」

「怎麼不生呢？他剛剛死，什麼也不清楚。」

「那要說生鬼，——好好，你說。」

「所以他到村廟裡歇一歇，土地菩薩引他去。」

「我怕他是捨不得死，到村廟裡躲一躲！哈哈。——那土地菩薩，一大堆白鬍子，廟又不像別的廟，同你們的牛欄那麼大，裡面住的有叫化子，我一個人總怕進去得。」

婆婆預備喝小林，說他不該那麼說，而琴子連忙一句：

「你到村廟裡玩過嗎？」

說的時候面孔湊近小林，很奇怪似的。

婆婆的聲音很大——

「不要胡說。」

「真的，奶奶，我家隔壁就是一個村廟，我時常邀許多人進去玩，看叫化子。」

婆婆真是又好笑，只得讓他們去說。琴子更奇怪，街上也有村廟！

「叫化子不怕鬼嗎？」

「怕鬼又有什麼辦法？連飯也沒有得吃，自己沒有房子住，只好同鬼住！」

「同鬼住！——哈哈哈。」

笑是兩人的聲音。

「噯喲，人死了真可憐，投村！倘若有兩個熟人一天死了倒好，一路進去，——兩人見面該不哭罷？」

他說著自己問自己。忽然抬頭問婆婆——

「奶奶，叫化子死了怎麼投村呢？他家裡不也有一個村廟嗎？他又住在這廟裡。」

這叫史家奶奶不好答覆了。他們已經走出了大門，望見壩上的燈，小林喝采：

「啊呀！」

史家莊出來看的不只他們三人。

「他家有錢嘞，提一個燈籠去，帶一件孝衣轉。」

「燈籠真不少！」

「親戚朋友多嘞。」

在小林，不但說話人的面孔看不見，聲音也生疏得很，偏了一偏頭，又向壩上望。

這真可以說是隔岸觀火，坂裡雖然有塘，而同稻田分不出來，共成了一片黑，倘若是一個大湖，也不過如此罷？螢火滿坂是，不正如水底的天上的星嗎？時而一條條的仿佛是金蛇遠遠出現，是燈籠的光映在水田。可是沒有聲響，除了蛙叫。那邊大隊的人，不是打仗的兵要銜枚，自然也同這邊一樣免不了說話，但不聽見；同在一邊的，說幾句，在夜裡也不能算是什麼。

其實是心裡知道一人提一燈籠，看得見的，既不是人，也不是燈，是比螢火大的光，沿著一條線動，——說是一條線，不合式，點點的光而高下不齊。不消說，提燈者有大人小孩，而大人也有長子矮子。

這樣的送路燈，小林是初見，使得他不作聲。他還有點怕，當那燈光走得近，偶然現一現提燈者的腳在那裡動，同時也看得見白衣的一角。他簡直想起了鬼，——鬼沒有頭！

他在自己街上看送路燈，是多麼熱鬧的事，大半的人他都認識，提著燈籠望他笑，他呼他們的名字，有他的孩子朋友雜在裡面算是一員，跑出隊，揚燈籠他看，談笑一陣再走。然而他此時只是不自覺的心中添了這麼一個分別，依然是望著一點點的光慢慢移動，朝一定的方向，——一定，自然不是就他來說，他要燈動到哪裡，才是走到了哪裡。

「咊，完了！」

燈光一個一個的少，沒有了，他這麼說。

「到樹林那邊去了。」琴子說。

許許多多的火聚成了一個光，照出了樹林，照出了綠坡，坡上小小的一個白廟，——不照它，它也在這塊，琴子想告訴小林的正是如此。

注：載一九二六年十一月十三日《語絲》週刊第一〇五期，為〈無題之六〉之二，署名廢名。又載一九三〇年九月八日《駱駝草》週刊第十八期，改題〈送路燈〉，署名廢名。收入開明書店一九三二年四月版《橋》，為上篇〈一六 送路燈〉。

十七

小林睜開眼睛，窗子外射進了紅日頭，又是一天的清早。昨夜的事，遠遠的，但他知道是昨夜。

只有琴子還在那一個床上睡，奶奶呢，早已上園摘菜去了。

琴子的辮子蓬得什麼似的，一眼就看見。昨天上床的時候，他明明的看了她，哪裡是這樣？除了這一個蓬鬆的辮子，他還看得見她一雙赤腳，一直赤到膝頭。

琴子偏向裡邊睡，那邊是牆。

小林坐起來，揩一揩眼矢。倘若在家裡，哪怕是他的姐姐，他一定翻下床，去抓她的腳板，或者在膝頭上寫字。現在，他的心是無量的大，既沒有一個分明的界，似乎又空空的，——誰能在它上面畫出一點說這是小林此刻意念之所限呢？

琴子的辮子是一個祕密之林，牽起他一切，而他又管不住這一切。

「琴子呵，你醒來！」他仿佛是這樣說。琴子如果立刻醒來了，而且是他叫醒的，恐怕他兀的一聲哭罷，因為琴子的一睜眼會在他的心上落定了。

「郭公郭公！

郭公郭公！」

什麼地方郭公鳥兒叫。這一叫倒叫醒了他，不，簡直救了他，使得他說，「讓你一個人睡，我去看郭公！」

「郭公郭公！」

他剛剛翻到床下——

「我還做了一個夢！」

琴子掉過來了，眼睛是半睜開的。

「起來，我告訴你聽，昨天我做了一個夢。」

琴子慢慢一句：

「清早起來就說夢，吃飯我砸了碗，怪你！」

「你信那些話！我在我家裡，一做了夢，起來告訴我的姐姐，總沒有看見她砸破碗。」

小林是夢見活無常。活無常，雖是他同他的同學們談話的好材料，而昨夜的夢見，當是因了瞥見送路燈的白衣。活無常是穿白衣的，面孔也塗得粉白，眉毛則較之我們平常人格外黑。映在小林的腦裡最深的，還不是城隍廟，東嶽廟的活無常，那雖然更大，卻不白的多，是古舊的，甚且有蜘蛛在他高高的紙帽上做網。七月半「放猖」，人扮的活無常，真白，腳穿草鞋，所以跟著大家走路他別無聲響，——小林因此想到他也不說話。是的，他不說話。

據說真的活無常，倘若在夜裡碰見了，可以去抱他。他貌異而心則善，抱他要他把路上的石子秤作金子。不知怎的，小林時常覺得他要碰見活無常，一動念儼然是已經碰見了，在城外的洲上。何以必在城外的洲上？這可很難說。大概洲上於他最熟，他所住的世界裡又是一個最寬廣的地方，容易出鬼。至於秤石作金，則每每是等到意識出來了，他並沒有碰見活無常，才記起。

他告訴琴子他夢見活無常，正是洲上碰見活無常的一個夢。

分明是夢，說是夜裡，活無常卻依然那麼白，白得他害怕。不見天，不見地，真是夜的模樣，而這夜連活無常的眉毛也不能遮住，幾乎愈是漆黑，活無常愈是白得近來，眉毛也愈在白臉當中黑。同樣，自己在洲上走，彷佛人人可以看得見。不過到底是夜裡，不看見有人。尤其古怪的，當他釘眼望活無常的眉毛的時候——活無常是想說話罷，也就在這時候猛然知道是做了一個夢。

小林唧咕唧咕的說，把琴子的眼睛說得那麼大。琴子一聽到活無常這三個字，聯想到的是秤石作金，小林的夢裡沒有提到，她也慢慢的隨著眼睛的張開而忘卻了。

「這麼一個夢。」

她惘然的說。起初說小林不該一早起來說夢，夢說完了又覺得完得太快似的。此時她已經從床被上移坐在床沿，雙腳吊著。

小林就在她面前，眼睛落在她的赤腳。她拿手指眼矢，她抬頭道：

「哭什麼呢？」

琴子知道是說來玩的，笑了。

「你這樣看我做什麼？」

「我看你的瞳子。」

其實除非更湊近琴子的眼睛跟前，瞳子是看不見的。

「郭公郭公！」

又是郭公鳥兒叫。

「郭公鳥兒叫我：『小林哥哥！』」

琴子真個學叫：

「小林哥哥！」

這一學是純乎天籟。

注：載於一九二七年六月十八日《語絲》週刊第一三六期，為〈無題之十三〉，署名廢名。又載一九三〇年九月十五日《駱駝草》週刊第十九期，改題〈瞳人〉，署名廢名。收入開明書店一九三二年四月版《橋》，為上篇〈一七 瞳人〉。

十八

太陽遠在西方，小林一個人曠野上走。

「這是什麼地方呢？」

眼睛在那裡轉，吐出這幾個聲音。

他本是記起了琴子昨天晚上的話，偷偷的來找村廟，村廟沒有看見，來到這麼一個地方。

這雖然平平的，差不多一眼望不見盡頭，地位卻最高，他是走上了那斜坡才不意的收不住眼睛，而且暫時的立定了，——倘若從那一頭來，也是一樣，要上一個坡。一條白路長長而直，一個大原分成了兩半，小林自然而然的走在中間，草上微風吹。

此刻別無行人，——也許坡下各有人，或者來，或者剛剛去，走的正是這條路，但小林不能看見，以他來分路之左右，是可以的。

那麼西方是路左，一層一層的低下去，連太陽也不見得比他高幾多，他仿佛是一眼把這一塊大天地吞進去了，一點也不留連，——真的，吞進去了，將來多讀幾句書會在古人的口中吐出，這正是一些唐詩的境界。然則留連於路之右嗎？是的，看了又看，不掉頭，無數的山，山上又有許多的大石頭。

其實山何曾是陡然而起？他一路而來，觸目皆是。他也不是今天才看見，他知道這都叫做牛背山，平素在城上望見的，正是這個，不但望見牛背山上的野火，清早起來更望見牛背山的日出。所以他這樣看，恐怕還是那邊的空曠使得他看罷，——空曠上的太陽也在內。石頭倒的確是特別的大，而且黑！石頭怎麼是黑的——又不是畫的？這一遲疑，滿山的石頭都看出來了，都是黑的。樹枝子也是黑的。山的綠，樹葉子的綠，那自然是不能生問題。山頂的頂上有一個石頭，只有它最高，與天相接，——上面什麼動！——一隻鵁鷹！一動，飛在石頭之上了，不，飛在天之間，打圈子。青青的天是遠在山之上，黑的鵁鷹，黑的石頭，都在其間。

一剎間隨山為界偌大一片沒有了那黑而高飛的東西了，——石頭又與天相接。鵁鷹是飛到山的那邊去了，他默默的相信。

「山上也有路！」

是說山之窪處一條小路。可見他沒有見過山上的路，而一見知其為路。到底是山上的路，彷佛是動上去，—並不是路上有人，路蜿蜒得很，忽而這兒出現，忽而又在那兒，事實上又從山腳出現到山頂。這路要到哪裡才走？他問。自然只問一問就算了。然而他是何等的想上去走一走！此時倘若有人問他，做什麼人最好，他一定毫不躊躇的答應是上這條路的人了。他設想桃花灣正是這山的那邊，他有一個遠房的親戚住在桃花灣，母親說是山腳下。他可以到桃花灣，他可以走這條路。但他又明白這僅僅是一個設想似的，不怎樣用力的想。

他沒有想到立刻上去，——是何故？我只能推測的說是有這麼一個事實暗示著：太陽在那邊，是要與夜相近，不等他上到高頭，或者正上到高頭，昏黑會襲在他的頭上。

總之，青山管不住的綠，這一條白道，要他瞻仰了，要他瞻仰了。有這一條路，點破了，——更不如說綠到這裡擠破了，叫人終於朝這來看。小林此刻實在是如此，並山而不見，只有路。至於他是走在綠野當中大路上，簡直忘卻，（也真是被忘卻，他的一切相知，無論是大人或小孩，誰能平白的添進這樣的一個小林呢？）倘若頃刻之間有一個人一路攀談，談話的當兒也許早已離開了這地方罷。

他覺得他，一個人，一掉頭，如落深坑——

那邊的山又使得這邊的空曠更加空曠了，山上有路，空曠上有太陽。

依然慢慢的開步子，望前面，路還長得很哩，他幾乎要哭了，窘——

「這到底是什麼地方呢？」

突然停止了，遠遠路旁好像一隻——不，是立著的什麼碑。

多麼可喜的發見，他跑。

很睄不起似的，——不是說碑不好看，麻石的，是看了碑上的四個大字：

「阿彌陀佛」。

這四個字誰也會念，時常到他家來的一個癩頭尼姑見了他的母親總是念。

他又有一點稀奇——

「就是這麼阿彌陀佛。」

聽慣了而今天才知道是這麼寫。

石碑在他的心上，正如在這地方一樣，總算有了一個東西，兩手把著碑頭，看不起的字也盡盡的看。到了抬頭，想到回去，他可怕了——

對面坡上，剛才他望是很遠，現在離碑比他所從來的那一方近得多，走來一個和尚。

他頓時想起了昨夜的夢，——怪不得做了那麼一個夢！

雖然是一天的近晚，究竟是白天，和尚的走來隨著他的道袍的擴大填實了他，哪裡還用得著相信真的是一個人來了？

未開言，和尚望他笑，——他覺得喜歡這個和尚！

最有趣的，和尚走近碑，正面而立，念一聲阿彌陀佛，合什，還灣了身子下去，深深的鞠一個躬，灰色的道袍撒在路上，拖到草邊。

「小孩，你在這裡做什麼？」

「師父，你對這石頭作揖做什麼呢？」

兩人的問差不多是同時。

「石頭——這是五祖寺的五祖菩薩當年走這裡過休歇的地方。」

小林精神為之一振，覺得五祖寺的五祖菩薩是一個了不得的菩薩，那麼不要小看了這石頭！

「這一齊叫做什麼地方呢？」

「這地方嗎？——你是從哪裡來的？」

「我從史家莊來。」

「那麼你怎不知道這地方呢？這叫做放馬場。」

放馬場！小林放眼向這放馬場問了！——一聽這三個字，他喚起了一匹一匹的白馬。

馬到這裡來吃草倒實在好，然而很明白，這只是一個地名，馬在縣裡同駱駝一樣少，很小很小的時候衙門口的馬房裡見過幾匹。

他是怎樣的悵惘，真叫他念馬。

「小孩，你頭上盡是汗。」

和尚拿他的袍袖替他扇。

「從前總放過的，」他暗地裡說，以為從前總一定放過馬的了沒有說出。著者因此也想翻一翻縣誌，可惜手頭無有，關於放馬場，不知那上面可以得著說明否？

「你回去麼？我們兩人一路走。」

「師父到哪裡去呢？」

「我就在關帝廟，離史家莊不遠，——你知道麼？」

「不知道，——我找了一半天村廟沒有看見。」

和尚好笑，這個孩子不會說話。

一句一句的談，和尚知道了底細。村廟就在關帝廟之側，不錯，樹林過去，如琴子所說，小林卻也恰恰為樹林所誤了，另外一個樹林過去，到放馬場。

兩個人慢慢與碑相遠。

「師父，你記得《三國》嗎？關公的刀後來又找著了，——我起初讀到關公殺了的時候，他的馬也死了，很著急，他的青龍偃月刀哪裡去了呢？不是沒有下落嗎？」

突然來了這麼一問，——問出來雖是突然，腦子裡卻不斷的糾纏了一過。我們也很容易找出他的線索：關廟，於是而關公，關公的刀，和尚又是關公廟裡的和尚。

和尚此刻的心事小林也猜不出呵，——和尚曾經是一個戲子，會扮趙匡胤，也會扮關雲長，最後流落這關廟做和尚，在廟裡便時常望著關公的通紅的臉發笑，至今「靠菩薩吃飯」已經是十幾年了。

「你倒把《三國演義》記得熟，——青龍偃月刀落到我的手上，你信嗎？」和尚笑。

這個哪裡會信，反而叫他不肯再問了，回一聲笑。和尚也不說下去。

這樣，小林又了卻了一樁事。關公的刀，《三國演義》——似乎真的沒有說明被誰拿了去？常是闖入他的思想。其實凡事倘若都這樣「打破沙罐問到底」，豈獨關公的刀而已哉？即如他所崇拜的英雄楚霸王的馬，雖然經主人的手送了人，渡江而後，也不知下場，徒徒給李賀做了一個詩材。大概楚霸王的事只是先生擇要講一點他聽，不重要的省掉了。不然放馬場還應該首先聯想到這一匹馬？——噯喲，這是我胡亂搭一搭題罷了，他那裡牽扯得許多，他現在想的是，他在這裡認識了關廟的和尚，回去告訴琴子。若說項羽的馬，他實知道，力拔山兮的歌他讀過，騅不逝的騅是馬之名，先生說。而且關公不也有赤兔馬嗎？——馬字已經離開他好遠。

他走在和尚前，和尚的道袍好比一陣雲，遮得放馬場一步一步的小，——快要整個的擺在道袍之後。

一到斜坡，他一口氣跑下。

跑下了而又掉頭站住，和尚還在坡上走。

山是看得見的，太陽也依然在那塊，——比來時自然更要低一些。

注：載於一九二六年八月二十三日《語絲》週刊第九三期，為〈無題之四〉，署名廢名。又載一九三〇年九月十五日《駱駝草》週刊第十九期，改題〈碑〉，署名廢名。收入開明書店一九三一年四月版《橋》，為上篇〈一八碑〉。

下篇

一

在讀者的眼前，這同以前所寫的只隔著不滿一葉的空白，這個空白實代表了七八年的光陰。

小林——已經不是「程小林之水壺」那個小林了，是走了幾千里路又回到這「第一的哭處」。這裡我用一個引號，因為這五個字是借他自己的，——說來很長，簡單一句，我曾經覓得的他手寫的信札，有一封信這樣稱呼生地。人生下地是哭的。

其實他現在的名字也不是小林，但這沒有多大的關係罷，讀者既然與「小林」熟了，依然用它。

他到了些什麼地方，生活怎樣，我都調查得清楚。我的故事不必牽扯太多，只從他在最後所到之處寫給他的姐姐的一封信上抄一句：

「……這裡是我的新書……」

這個引號是原來有的。

我得補一句：不像王毛兒，上了一兩年學，回去替爸爸偷煤炭，小林終於是「讀書之人」。

「這裡是我的新書」，——即此已同「程小林之水壺不要動」迥然兩個面目了。

在這「新書」當中，有一篇小小的文章是我此刻就要談的。題名Fire，敘一個鄉村晚間的失火。一個較大的孩子，名叫Stephanakis，同一個小姑娘，Aspasia，一路到一個地方去躲避——這樣反而麻煩得很，抄原文罷：（編注：原稿未抄原文。原文，請見「附錄二《橋》版本摭談」）

接著著者這麼說：

小林讀了這一個故事，是怎樣的歡喜入迷！他也常常喊什麼厭世，嘆什麼「萬古共悲辛」，那是無聊賴罷了，這故事——讓我打一個比方，不亞於日本的什麼仙人見了洗衣的女人露出來的腿子。

至於原因，當不用我說，他同他的琴子正有類似的遭際。所不同的，他們的doll是金銀花。而我著者，也還要待些時才能這樣說：

據我訪問他在那裡一些知友的結果，他決然歸家，簡直是因了這Doll's Story。

注：載於一九二七年五月二十一日《語絲》週刊第一三三期，為〈無題之十一〉之一，署名廢名。收入開明書店一九三二年四月版《橋》，其前半部分為下篇〈一 第一的哭處〉，後半部分為上篇〈一 第一回〉。

二

小林在回家以前兩三年，也時常接到琴子的信。擺在面前的是今日之字，所捉得住的則無論如何是昔日之人，一個小姑娘！這其間便增了無限的有趣。不知有多少次，設想一旦碰見了……於是乎笑。

笑在他的臉上光顧一光顧，心的底裡卻深深的住起了哭了，——上帝替可憐的琴子只留下一個祖母！若問他自己也沒有爸爸，沒有爸爸倒還是一個可驕的事似的。哭雖是哭——自然不一定要眼淚的哭，這哭又仿佛做了綠的葉子，恰恰是來襯托他的花。

他說他是一個平凡的園丁，他要到他的「小園」裡去栽培，去收穫。有時他又這樣說：「我覺得我是一個道地的地之子。」

注：載於一九二七年五月二十一日《語絲》週刊第一三三期，為〈無題之十一〉之二，署名廢名。收入開明書店一九三二年四月版《橋》，與〈無題之十一〉之三合併，為下篇〈二且聽下回分解〉。

三

這天晚上是小林從外方回來以後第一次從史家莊回來的晚上。

俄國的一位作者，燈光之下，坐在桌旁，聽到有人敲門，因而寫了〈晚間的來客〉。小林現在在燈光之下，他的桌上，打開這〈晚間的來客〉。

〈晚間的來客〉並不是今天才謀面，一個薄本子當中所占的幾葉紙也不能例外的已經成了褪色，今天又使得他想起來。讀者如果讀過這一篇文章，一定猜想他是想到了他同琴子間的偶然，——偶然，是的，不盡是。

我的生活的每一刻，都留下一個無心的……

讀著，笑。

但立刻似乎又追尋這笑，聽不到，觸不著，而卻可以不可思議的擴張前去，為黑夜所不能限。

〈晚間的來客〉終於是視而不見。

他的笑，完全是歡喜的笑，——那麼我們說他根本不懂得這篇文章，〈晚間的來客〉哪裡有叫你歡笑的餘地？這樣說是對的，——他平時又何嘗不是深慨於這多麼簡單而嚇人的真理呢？

然而他是歡喜的笑。他的眼睛放出來的原都是歡喜的光，我不如一語道破事實罷——

「我也會見了細竹，她叫我，我簡直不認識！」

這就是事實，他一進門告訴他的母親的話。

細竹——對於讀者也唐突，——哈哈哈，做文章也用得著〈晚間的來客〉所表示的真理，缺少了她，也許我就沒有這麼大的興趣來寫這一部故事哩。我鄭重的提出這名字。

細竹是怎麼一個人呢？那是很容易答覆的，有了那一個「她」字已經答覆了一半，在小林的記憶裡是熟得忘記了的一個小東西——與其說熟得忘記了倒不如說是不成問題，而一天之內，說得苛刻確只「一刻」，她竟在他的瞳孔裡長大了，多麼有趣的一個大姑娘。

這個「小東西」真是與琴子相依為命，寢食常在一塊，不相識的人看來要以為是姊妹，其實不過是同族。她比琴子小兩歲，那時小兩歲便有那樣的差別，就是，同一個男孩子沒有差別，褂子不穿，夏天的太陽底下跑出跑進，以致於小林抹殺了她。

讀者將問，「請說小林同琴子的會見罷！」那麼只怪我一管筆照顧不來，而且又急於要解釋那笑，——那樣解釋了，我究竟有點不自首肯，心之波流有如流水，哪裡有一個截得斷的波說這是在那裡推逐？何況我們的小林的心靈？那是百川匯合的海。倘若細竹百倍的有趣，正因為有他的琴子在裡面。燈光之下首先浮現的的確是細竹，然而這是應該有的賠償，他抹殺了她。

但是我還沒有切實的答覆讀者的問。他們倆的會見只費一轉眼，而這一轉眼儼然是一「點睛」，點在各人久已畫在心上的一條龍，龍到這時才真活了，再飛了也不要緊。

寫到這裡我只好套一句老話——

且聽下回分解。

注：載一九二七年五月二十一日《語絲》週刊第一三三期，為〈無題之十一〉之三，署名廢名。收入開明書店一九三二年四月版《橋》，與〈無題之十一〉之二合併，為下篇〈二一且聽下回分解〉。

四

小林的歸來，正當春天。

蟪蛄不知春秋，春天對於他們或者沒有用處，除此以外誰不說春光好呢？然而要說出小林的史家莊的春天，卻實在是一件難事。幸而我還留下了他的一點點故事在前，——跟著時光退得遠了罷，草只是綠，花只是香，它，從何而聞得著見得著呢？不然，天地之間到底曾經有過它，它簡直不知在哪裡造化了此刻的史家莊！

何況人物裡添了細竹。比如她最愛破口一聲笑，笑完了本應該就了事，一個人的聲音算得什麼？在小林則有彌滿於大空之概，遠遠的池岸一棵柳樹都與這一笑有關係。

他能像史家莊的放牛的孩子一樣連屋背後的草皮被人挖了一鋤也認得出嗎？自然是不能，史家莊還有許多好玩的地方他沒有到過，就是琴子與細竹兩人間有趣的生活，他喝的也不過是東海的一滴。但這無損於他的春天的美滿，——反似乎更是美滿得古怪！

接著浮上我的心頭的，是史家莊的一個晚上，——小林並不在場，在他自己家裡酣睡，——我們硬把這歸在他的夢境也無不可！琴子，細竹，以及其他的一切，真是已經不僅是存在這世界上的某個人或某個物了。史家奶奶已經睡了，細竹跟著琴子在另一間房裡，她突然想到要去看鬼火。看鬼火是三月三的事，今天還是二月二十六，她說，「三月三有鬼火，今天我不信就沒有，去！」琴子答應她，她趕忙點燈籠。琴子問：

「你做什麼？」

「才答應我去看，又問我做什麼！」

「我問你這是做什麼？」指著燈籠對她笑。

「不要亮怎麼行呢？」

「你真是一個呆婆娘！看鬼火要亮？人家當你是一個鬼火哩！」

不要燈籠把奶奶的拐杖拄著走。

並不用走得遠，打開後園的門，下壩河岸上就是看鬼火的最好的地方，三月三少不了有許多人來看。河在面前是不成問題的，有它而不看它，看也看不見，一直朝極東邊望，倘若有鬼火一定在那裡，那裡盡是野墳。

呆婆娘首先跨出門，首先看見今夜是這麼黑，——然而也就這樣在看不見之中拉回頭了。

最使得她耐不住的，是話要到房裡才能破口說。燈光又照見了她們的面孔，同時她也頓足一聲：

「琴姐，你說我淘氣，你倒真有點淘氣！出去了為什麼又轉來呢？」

「那麼漆黑的，你看怎麼走得下去！」

鬼火沒有看，拐杖倒丟在園裡。是琴子拿著，關門的時候隨手放下了。

「不要生氣，我們再去。」琴子笑。

「去——去屙尿睡覺！」

「真的，拐杖我忘記帶進來，再一路去拿。」

琴子端了洋燈，走，細竹跟在後面。

出房小小的天井，燈光慢慢移動，細竹不覺很清新，看那洞黑裡白白的牆漸漸展出。牆高而促，仰頭望——一個壁虎正突見！

「琴姐！」

琴子走到了由天井進到另一間房的門框之下，探轉頭，——燈掉到那一邊去了，壁虎又入於陰黑。

此時紛白的牆算是最白，除外只有她們兩人的面孔。細竹的頭髮更特別現得黑而亂散，琴子拿燈直對她。

「來，站在那裡做什麼呢？」

她依然面著黑黑的一角不動。

「你來看！」

琴子舉燈，依著那方向望，——燈光與眼光一齊落定壁角畫的紅山茶。

「這是我不如你，你還留心了這一朵花。」琴子頓時也很歡喜，輕輕的說。

「我哪裡是叫你看這花呢？」

倒是琴子引起她來看這花了。等她再記起壁虎，琴子又轉身走進了兩步，把她也留在燈光以外。

「我見了一條蛇，你不看！」搶上前去說。

「你又在見鬼。」

「真的，一條蛇捕在牆上，你不信你拿燈去照。」

「我拿燈去照——我要到園裡去照花你看。」

「不但是蛇，而且是虎，回頭你再看。」

「你不用打謎兒，我猜得著。『階前虎心善』，真是老虎也嚇不了我。」

「嚇不了你，我寫一個虎字就嚇得你壞！大膽剛才就不該轉來。」

說著進了園，兩人一時都不則一聲，——面前真是花！

「照花你看」，琴子不過是見了壁上的花隨便說來添趣，手上有一盞燈哪裡還格外留心去記住呢？燈——就能見花，一點也不容你停留，白日這些花是看得何等的熟，而且剛才不正擦衣而過嗎？及至此刻，則頗用得著驚心動魄四個字。

但這到底是平常不過的事，琴子一心又去拿拐杖，舉燈照。細竹道：

「桃花真算得樹，單有它高些。」

她雖也朝園門那裡走，而偏頭看。只有桃花最紅，確也最高，還沒有幾多的葉子，暗空裡真是欲燃模樣。其餘的綠葉當中開花，花不易見。

琴子拿起了拐仗。

「你看，幾天的工夫就露濕了。」

「奶奶的拐杖見太陽多，怕只今天才見露水。」

「你這話叫人傷心。」

說的時候兩人腦殼湊在一塊。花徑很窄，琴子遞燈細竹，叫她先走。琴子果然也注意桃花，進屋還得關一個小門，並不砰然一關，沉思的望，不禁憶起兒時聽小林說，花在夜裡紅了我們不曉得。

注：載一九二七年三月十二日《語絲》週刊第一二二期，為〈無題之七〉，署名廢名。收入開明書店一九三二年四月版《橋》，為下篇〈三燈〉。

五

她們兩人走進房來，燈放在桌上解衣睡覺。

琴子已經上了床，不過沒有躺下去，披衣坐。細竹襪子也脫好了，忽然又拖著鞋竄到桌子面前，把燈扭得一亮。

「你又發什麼瘋？」

細竹並不答，坐下去，一手灣在懷裡抱住衣服，——她的扣子都解散了，一手伸到那裡動水瓶。

「我來寫一個日記，把今夜我們兩人的事都寫下來，等程小林來叫他看。」

「我不管，受了涼就不要怪我！」琴子說，簡直不拿眼睛去理會她。

「你這楊柳倒是替我折來寫字的。」

琴子不答，低頭，閉眼，仿佛是坐在那裡數數珠模樣。

細竹並不真是拿楊柳來寫字，是用它蘸水磨墨，一面蘸，一面注視著硯池笑，覺得很好玩。楊柳是小小一青枝，黃昏時候，兩人在河邊玩，琴子特地折回插在瓶裡。

「你磨墨，庾子山替你寫了一句！」琴子轉過頭來望她一望，見她一言不發，故意打動她。

「你總是做庾子山的奴隸，做夢也是庾子山。」

「我說出這一句詩來你才相信我的話不虛哩。」

「真的嗎？」截然一掉身，雙手搭在椅背，對琴子。

「你看，赤腳而且又是袒胸！」

「你不管，——你說。」

「寒壁畫花開。」

「要得，要得，我正在想那壁上的花，這就算得一句，——這怕是程小林告訴你記住的，是不是呢？」

細竹也看過這一首詩，記得詩題有什麼示內人的字樣。

「不要胡扯，——這該你是奴隸罷，替人家磨墨！」

琴子這句話是雙關，因為她會寫字，過年寫春聯，細竹把莊上許多人家的紙都拿來要她寫，自己告奮勇磨墨。

「嗟，我也跟你一路胡鬧起來了！你再不睡，我就喊奶奶。什麼日記夜記的。」

琴子動手要吹燈，細竹才上床。但兩人還是對坐而談。

「我捨不得那一硯池好墨，觀世音的淨水磨的！」

這又是笑琴子。琴子從小在鎮上看賽會，有一套故事是觀音灑淨，就引起了很大的歡喜。今天折楊柳回來，還寫了這麼兩行：

一葉楊柳便是天下之春，

南無觀世音的淨瓶。

「可惜此刻還沒有到放焰口的時候，不然就把南無觀世音的淨瓶端上臺。」

細竹又說。

「這有什麼可笑呢？那我才真有點喜歡，教孩子們兜來兜一兜我的楊柳水。——我可不要你來！」

這是還細竹一禮。七月半莊上放焰口，豎起一座高臺，臺上放一張桌子，桌子中間有一碗清水，和尚拿楊柳枝子向臺前灑，孩子們都兜起衣來，爭著沾一滴以為甘露。就在去年，細竹也還是搶上前去兜，惹得大家笑。

「我們真是十八扯，一夜過了春秋！」

琴子又說，伸腰到桌子跟前吹熄了燈。

她們自己是面而不見，史家莊的春之夜卻不因此更要黑，當燈光照著她們刺刺不住，也不能從那裡看出一點亮來。自然，天上的星除外。

注：載於一九二七年四月九日《語絲》週刊第一二六期，為〈無題之八〉之一，署名廢名。收入開明書

店一九三二年四月版《橋》，為下篇〈四日記〉。

六

「春眠不覺曉，處處聞啼鳥。」

細竹唱。未唱之先，仿佛河洲上的白鷺要飛的時候展一展翅膀，已經高高的伸一伸手告訴她要醒了。這個比方是很對的。不過倘若問細竹自己，她一定不肯承認，因為她時常在河邊看見鷺鷥，那是多麼寬曠的青天，碧水，白沙之間，她們睡覺的地方只是小小一間房子。她卻沒有想一想，她的手是那麼隨興的朝上一伸，伸的時候何曾留心到她是在家裡睡覺？更何曾記得頭上有一個屋頂，屋頂之外才是青天？如果同夏天一樣，屋子裡睡得熱又跑到天井外竹楊上去睡，清早醒來睜開眼睛就是青天，那才真覺得天上地下好不局促哩。坐起來，看見琴子也睜開了眼睛，道：

「我怕你還在睡哩。」

琴子不但聽見鳥啼，更聽了細竹唱，她醒得很早，只要看一看她的眼睛便知她早已在春朝的顏色與聲音之中了。她的眼睛是多麼清澈，有如桃花潭的水，聲響是沒有聲響，而桃花不能躲避它的紅。

「那是哪一個，這麼早就下了河？」細竹聽了河邊有人在那裡擣衣，說。

「你這麼時候醒來說這麼時候早，——倘若聽見的是雞叫，雞也叫得太早哩！」

細竹穿了衣走了。不過一會的工夫又走進來。她打開園門到外面望了一望。

「趕快起來梳頭，好晴的天！」說著在那裡解頭髮。

「六月天好，起來不用穿得衣服。」琴子穿衣，說。

「穿衣服還在其次，我喜歡大家都到壩上樹腳下梳頭。」

「你還沒有在樹腳下梳過頭，去年你在城裡過一個夏天，前年還是我替你打辮子。」

「我記得，你們坐在那裡梳，我就想起了戲臺上的鬼，大家都把頭髮那麼披下來。」

「今年我來看你這個鬼！」

「我並不是罵人。現在我倒還有點討厭我的頭髮，奈它不何，小孩子的時候，巴不得辮子一下就長大，跟你們一路做鬼。我記得，我坐著看你們梳，想天上突然起一陣風，把你們的頭髮吹亂了它，或者下一陣雨也好。」

「下雨倒真下過，大概就是去年，天很熱，我起得很早，沒有太陽，四房的二嫂子端了一乘竹榻先在那裡梳，我也去，頭髮剛剛解散，下雨。」

「可惜我不在家，——那你不真要散了頭髮走回嗎？」

「雨不大，樹葉子又是那麼密，不漏雨。」

「小孩子想的事格外印得深，就是現在我還總彷彿壩上許多樹都是為我們梳頭栽的，並不想到六月天到那裡乘涼，只想要到那裡梳頭。」

「哈哈。」琴子突然笑。

「你又想起了什麼，這麼笑？」

「你一句話提醒我一個好名字，我們平常說話不是叫頭髮叫頭髮林嗎？——」

「我曉得，我曉得，真好！我們就稱那樹林曰頭髮林。」細竹連忙說。

「我說出來了你就『曉得』！」

她們此刻梳頭是對著房內那後窗，靠窗也放了一張桌子，窗外有一個長方形的小院，兩棵棕櫚樹站在桌上可以探手得到。

院牆那邊就是河壩，棕櫚樹一半露在牆外。

小林到現在為止，還沒有見過琴子，細竹到「頭髮林」裡披髮，只見了兩次她們披髮於棕櫚樹之前。他曾對細竹說：

「你們的窗子內也應該長草，因為你們的頭髮拖得快要近地。」

細竹笑他，說她們當不起他這樣的崇拜。他更說：「我幾時引你們到高山上去掛髮，叫你們的頭髮成了人間的瀑布。」湊巧細竹那時同琴子為一件事爭了好久，答道：「那我可要怒髮沖天！」小林說得這麼豪放，或許是高歌以當泣罷。有時他一個人走在壩上，盡盡的望那棕櫚樹不做聲，好像是想：棕櫚樹的葉子應該這樣綠！還有，院牆有一日怕要如山崩地裂！——琴子與細竹的多少言語它不應該迸一個總迴響嗎？院牆到底是石頭，不能因了她們的話而點頭。

細竹是先梳，所以也先拿鏡子照，兩個鏡子，一個舉在髮後，一個，自然在前，又用來照那鏡子裡的頭髮。

「你看，這裡也是一個頭髮林。」

琴子知道她是指鏡子裡面返照出來的棕櫚樹。

這時壩上走著一個放牛的孩子，孩子騎在牛背。牛踏沙地響，他們兩人沒有聽見，但忽然都抬頭，因為棕櫚樹颯然一響，——

那孩子順手把樹搖了一搖。

細竹只略為一驚，琴子的頭髮則正在扭成一綹，一時又都散了。細竹反而笑。她立刻跑出去，看是誰搖她們的樹。

注：載於一九二七年四月九日《語絲》週刊第一二六期，為〈無題之八〉之二，署名廢名。收入開明書店一九三二年四月版《橋》，為下篇〈五棕櫚〉。

七

站在史家莊的田坂當中望史家莊，史家莊是一個「青」莊。

三面都是壩，壩腳下竹林這裡一簇，那裡一簇。樹則沿壩有，屋背後又格外的可以算得是茂林。草更不用說，除了踏出來的路只見它在那裡綠。站在史家莊的壩上，史家莊被水包住了，而這水並不是一樣的寬闊，也並不處處是靠著壩流。每家有一個後門上壩，在這裡河流最深，河與壩間一帶草地，是最好玩的地方，河岸盡是垂楊。迤西，河漸寬，草地連著沙灘，一架木橋，到王家灣，到老兒鋪，史家莊的女人洗衣都在此。

天氣好極了，吃了早飯，琴子下河洗衣。

琴子真是一個可愛的姑娘，什麼人也喜歡她。小林常說她「老者安之，少者懷之，」雖是笑話，卻是真心的評語。沙灘上有不少的孩子在那裡「揀河殼」，見了他們的琴姐，圍攏來，要替琴姐提衣籃。琴子笑道：

「你們去揀你們的河殼，回頭來都數給我，一個河殼一個錢。」

「姐姐替我們紮一個風箏！」

他們望見遠遠的天上有風箏。

「紮風箏，你們要什麼樣的風箏呢？」

「紮一個蜈蚣到天上飛。」一個孩子說。

「蜈蚣紮起來太大，你們放不了，——就是你們許多一齊拉著線也拉不住它。」

琴子說著一眼看盡了他們。

「姐姐說紮什麼就是什麼。」

「我替你們紮一個蝴蝶。」

「就是蝴蝶！蝴蝶放得高高的，同真蝴蝶一樣。」

一個孩子說：

「姐姐，你前回替我紮的球，昨天天黑的時候，我們在稻場上拍，我拍得那麼高，拍得飛到天上飛的蝙蝠中間去了！」

「哈哈，一口氣說這麼長。」

這孩子有點口吃，他以為是了不得的事，一句一句的對琴子說，其餘的居然也一時都不作聲讓他說。

琴子來得比較晚，等她洗完了衣，別的洗衣的都回去了，剩下她一個人坐在沙上。她是脫了鞋坐在沙上晒，——剛才沒有留心給水濺濕了，而且坐著望望，覺得也很是新鮮。那頭沙上她看見了一個鷺鷥，——並不能說是看見，她知道是一個鷺鷥。沙白得炫目，天與水也無一不是炫目，要她那樣心境平和，才辨得出沙上是有東西在那裡動。她想，此時此地真是鷺鷥之場，什麼人的詩把鷺鷥用「靜」字來形容，確也是對，不過似乎還沒有說盡她的心意，——這也就是說沒有說盡鷺鷥。靜物很多，鵮鷹也最靜不過，鷺鷥與鵮鷹是怎樣的不能說在一起！鵮鷹棲岩石，鷺鷥則踏步於這樣的平沙。她聽得沙響，有人來，掉頭，是紫雲閣的老尼姑。她本是雙手抱住膝頭，連忙穿鞋。老尼姑對她打招呼：

「姑娘，你在這裡洗衣呵。」

「是的。師父過河嗎？」

「是的，我才在姑娘家來，現在到王家灣去，——這是你家奶奶打發我的米。」

尼姑說著把裝米的布袋與手拄的棍子放下來，坐下去。

「噯喲，我也歇一歇。」

「師父該在我家多坐一坐，喝茶，有工夫就吃了午飯再去。」

「是的，我坐了好大一會，奶奶泡了炒米我吃，——此刻就要去。我喜歡同姑娘坐坐談談。」

琴子看了老尼的棍子橫在沙上，起一種虔敬之感。

「姑娘呵，像我們這樣的人是打到了十八層地獄，——比如這個棍子，就好比是一個討米棍。」

這越發叫琴子有一點肅然。

「師父不要這樣說。」

只說這一句。沒有說出來的是：「倘若真有所謂地獄，我們要靠師父這棍子到地獄裡去引路，人世的辛苦磨得它這樣光澤！」

這個尼姑無論見了什麼人，尤其是年青的姑娘，總是述說她的一套故事，紫雲閣附近的村莊差不多沒有人不曉得這套故事，然而她還是說。她請琴子有工夫到她廟裡去玩玩，接著道：

「我們修行人當中也有好人——」

一聽這句，琴子知道了，但也虔敬的去聽——

「從前有兩個老人在一個庵裡修行。原來只有老道姑一個人，一天一個七十多歲的老漢來進香，進了香，他討茶喝，他接了茶，坐在菩薩面前喝，坐在拜席上喝，——姑娘，修行人總要熱心熱腸才好，我們廟裡，進香的問我討茶，沒有茶我也要重新去燒一點茶。」

歇了一會，問一問琴子的意見似的。

「是的。」琴子點一點頭。

「他坐在拜席上喝。他嘆氣。好心腸的道姑問他還要不要茶，他不要。他說，『真星不惱白日，真心是松柏長青，世上惟有真字好。』道姑問他，『香客，你心裡有什麼事呢？我看你的樣子心裡有什麼事。』姑娘，他就告訴好心腸的道姑，說他心裡有事，說他走了一百五十里路，走了三天，走到這深山裡來，他朝山拜廟，到了許多許多地方。」

說到許多許多四個字，伸手到沙上握住棍子，仿佛這樣可以表示許多。倘若是莊上的別一個姑娘，她一定一口氣替尼姑把下文都說了，琴子還是聽——

「他說他年青的時候生得體面，娶一個醜媳婦，他不要他的媳婦，媳婦真心愛他，一日自己逃走了，讓丈夫另外娶一個體面的。現在他七十多歲，哪裡還講體面二字，他只念他從前的『真心』，他有數不盡的懺悔。」

說到這裡也知道加重起語勢了，說那老道姑就是那老漢的「真心」，他們兩人接著是如何的哭，兩個老人從此一處修行。琴子倒忽略了老尼的用力，只不自覺的把那習聽了的結果幻成為一幕，有山，有庵堂，庵堂之內老人，老道姑……

尼姑說完也就算了，並沒有絲毫意思問這套故事好不好。琴子慢慢的開言：

「師父還是回我家去喝茶，吃了飯再到王家灣去。」

「不，奶奶剛才也留了又留，——回頭再來。」

但也還不立刻起來，兩人暫時的望著河，河水如可喝，琴子一定上前去捧一掌敬奉老尼。

老尼姑拄著棍，背著袋，一步一探的走過了橋，琴子提衣籃回家。

注：載於一九二七年五月七日《語絲》週刊第一三〇期，題為〈沙灘上（無題之九）〉，署名廢名。收入開明書店一九三二年四月版《橋》，為下篇〈六 沙灘〉。

八

小林來到史家莊過清明。明天就是清明節。

太陽快要落山，史家莊好多人在河岸「打楊柳」，拿回去明天掛在門口。人漸漸走了，一人至少拿去了一枝，而楊柳還是那樣蓬勃。史家莊的楊柳大概都頗有了歲數。它失掉了什麼呢？正同高高的晴空一樣，失掉了一陣又一陣歡喜的呼喊，那是越發現得高，這越發現得綠，仿佛用了無數精神儘量綠出來。這時倘若陡然生風，楊柳一齊抖擻，一點也不叫人奇怪，奇怪倒在它能夠這樣啞的綠。小林在樹下是作如是想。

但這裡的聲音是無息或停，——河不在那裡流嗎？而小林確是追尋聲音，追尋史家莊人們的呼喊，向天上，向楊柳。不過這也只在人們剛剛離開了的當兒。草地上還有小人兒，小人兒圍著細竹姐姐。

他們偏也能這樣默默的立住，把他們的姐姐圍在中間坐！其實這不足奇，他們是怎樣的巴不得「柳球」立刻捏在手上，說話既然不是拿眼睛來說，當然沒有話說。

打楊柳，孩子們於各為著各家要打一個大枝而且要葉子多以外，便是紮柳球。長長的嫩條，剝開一點皮，盡朝那尖頭捋，結果一個綠球繫在白條之上。不知怎的，柳球總是歸做姑娘的紮，不獨史家莊為然。

中間隔了幾棵楊柳，彼此都是在楊柳蔭下。楊柳一絲絲的遮得細竹——這裡遮了她，那裡更綴滿了她一身，小林也看得見。孩子們你一枝我一枝堆在細竹姐姐的懷裡，鞋子上有，肩膀上也有！卻還沒有那樣大膽。敢於放到姐姐的髮上，放到髮上會蒙住了眼睛，細竹姐姐是容易動怒的，動了怒不替他們紮。

「你們索性不要說話呵。」小林一心在那裡畫畫，惟恐有聲音不能收入他的畫圖。他想細竹抬一抬頭，她的眼睛他看不見……

「哈哈，這是我的！」

「我的！」

不但是說，而且是叫。然而細竹確也抬了頭。

「不要吵！我把給哪一個就是哪一個。」細竹拂一拂披上前來的頭髮，說。

一聲命令，果然都不作聲，等候第二個。柳球已經揑在手上的，慢慢走過來，盡他的手朝高上舉。不消說，舉到什麼地方，他的眼睛跟到什麼地方。就是還在圍住細竹的那幾個，也一時都不看細竹手上的，逐空中的。

「鏘鏘鏘，鏘，鏘鏘！」舉球的用他的嘴頭做鑼鼓。

「小林先生，好不好？」又對小林說。

「好得很，──讓我揑一揑。」

小林也盡他的兩手朝上一伸。

「哈哈，舉得好高！」

小林先生沒有答話，只是笑。小林先生的眼睛裡只有楊柳球，——除了楊柳球眼睛之上雖還有天空，他沒有看，也就可以說沒有映進來。小林先生的楊柳球浸了露水，但他自己也不覺得，——他也不覺得他笑。小林先生的眼睛如果說話，便是：

「小人兒呵，我是高高的舉起你們細竹姐姐的魂靈！」

小林終於是一個空手，而白條綠球舞動了這一個樹林，同時聲音也布滿了。最後紮的是一個大枝，球有好幾個，舉起來彈動不住。因此又使得先得者失望，大家都丟開自己的不看，單看這一個。草地上又冷靜了許多。這一層細竹是不能留心得到，——她還在那裡坐著沒有起身，對小林笑：

「楊柳把我累壞了。」

「最後的一個你不該紮。」小林也笑。

「那個才紮得最好——」

細竹說著見孩子們一齊跑了，捏那大枝的跑在先，其餘的跟著跑。

「哈哈，你看！」
細竹指著叫小林看，一個一個的球彈動得很好看。
「就因為一個最好，惹得他們跑，他們都是追那個孩子。」
「是呀，——那個我該自己留著，另外再紮一個他！」
「上帝創造萬物，本也就不公平。」小林笑。
「你不要說笑話。他們爭著吵起來了，真是我的不是，——我去看一看。」
細竹一躍跑了。
「『草色青青送馬蹄』。」
小林望著她的後影信口一唱。
「你不要罵人！」
細竹又掉轉頭來，厲聲一句。隨又笑了，自然又是跑。
小林這時才想一想這句詩是怎樣講法，依然望著她的後影答：
「在詩國裡哪裡會有這些分別呢？」
細竹把他一個人留在河上。
寂寞真是上帝加於人的一個最利害的刑罰。然而上帝要赦免你也很容易，有時只須一個腳步。小林望見三啞擔了水桶下河來挑水，用了很響亮的聲音道：

「三啞叔，剛才這裡很好玩。」

「是的，清明時節我史家莊是熱鬧的，——哥兒街上也打楊柳嗎？」

「一樣的打，我從小就喜歡清明打楊柳。」

「哈哈哈。」

三啞笑。小林「從小」這兩個字，掘開了三啞無限的寶藏，現在頂天立地的小林哥兒站在他面前，那小小的小林似乎也離開他不遠。小林，他自然懂得他的三啞叔之所以歡喜。

「三啞叔，你笑我現在長得這麼大了？」

「哈——」

三啞不給一個分明的回答，他覺得那樣是唐突。

「明天大家到松樹腳下燒香，哥兒也去看一看。」

「那一定是去。」

三啞漸漸走近了河岸。

「哥兒，這兩棵楊柳是我栽的。哥兒當初到史家莊來的時候，——哥兒怕不記得，它大概不超載了一兩年。」

三啞說，沿樹根一直望到樹杪，望到樹杪擔著水桶站住了，盡望，嘴張得那麼大，彷彿要數一數到底有幾多葉子。

「記得記得。」小林連忙答。

小林突然感到可哀，三啞叔還是三啞叔，同當年並沒有什麼分別！他記起他第一次看見三啞叔，三啞叔就是張那麼大的嘴。在他所最有關係的人當中，他想，——史家奶奶也還是那樣！

其實，確切的說，最沒有分別的只是春天，春天無今昔。我們不能把這裡栽了一棵樹那裡伐了一棵樹歸到春天的改變。

那兩棵楊柳之間就是取水的地方，河岸在這裡有青石砌成的幾步階級。

三啞取水。小林說：

「我住在史家莊要百歲長壽，喝三啞叔這樣的好水！」

「哈哈哈。」

「三啞叔栽的楊柳的露水我一定也從河水當中喝了。」

「哈哈哈。」

三啞這一笑，依然是因為小林第一句，第二句他還沒有聽清白。

注：載一九二七年五月十四日《語絲》週刊第一三二期，題為〈楊柳（無題之十）〉，署名廢名。收入開明書店一九三二年四月版《橋》，為下篇〈七 楊柳〉。

九

三啞挑完了水，小林一個人還在河上。

他真應該感謝他的三啞叔。他此刻沉在深思裡，遊於這黃昏的美之中，——當細竹去了，三啞未來，他是怎樣的無著落呵。但他不知道感謝，只是深思，只是享受。心境之推移，正同時間推移是一樣，推移了而並不向你打一個招呼。

頭上的楊柳，一絲絲下掛的楊柳——雖然是頭上，到底是在樹上呵，但黃昏是這麼靜，靜仿佛做了船，乘上這船什麼也探手得到，所以小林簡直是搴楊柳而喝。

「你無須乎再待明天的朝陽，那樣你綠得是一棵樹。」真的，這樣的楊柳不只是一棵樹，花和尚的力量也不能從黃昏裡單把它拔得走，除非一支筆一掃，——這是說「夜」。

「叫它什麼一種顏色？」

他想一口說定這個顏色。可是，立刻為之悵然，要跳出眼睛來問似的。他相信他的眼睛是與楊柳同色，他喝得醉了。

走過樹行，上視到天，真是一個極好的天氣的黃昏的天。

望著天笑起來了，記起今天早晨細竹厲聲對琴子說的話：「綠了你的眼睛！」這是一句成語，凡有人不知惡漢的利害，敢於惹他，他便這樣說，意思是：「我你也不看清楚！？」細竹當然是張大其辭，因了琴子無意的打了她一下。小林很以這話為有趣，用了他的解釋。

但此刻他的眼睛裡不是綠字。

踱來踱去，又踱到樹下，又昂了頭——

「古人也曾說柳發——」

這樣就算是滿足了，一眼低下了水。

「呀！」

幾條柳垂近了水面，這才看見，——還沒有十分挨近，河水那麼流，不能叫柳絲動一動。

他轉向河的上流望，仿佛這一望河水要長高了這一個方寸，楊柳來擊水響。

天上現了幾顆星。河卻還不是那樣的闊，叫此岸已經看見彼岸的夜，河之外——如果真要畫它，沙，樹，尚得算作黃昏裡的東西。山——對面是有山的，做了這個 horizon 的極限，有意的望遠些，說看山……

看不見了。

想到怕看不見才去看，看不見，山倒沒有在他的心上失掉。否則舉頭一見遠遠的落在天地之間了罷。

「有多少地方，多少人物，與我同存在，而首先消滅於我？不，在我他們根本上就沒有存在過。然而，倘若是我的相識，哪怕畫圖上的相識，我的夢靈也會牽進他來組成一個世界。這個世界——夢——可以只是一棵樹。」

是的，誰能指出這棵樹的分際呢？

「沒有夢則是什麼一個光景？……」

這個使得他失了言詞，他有點怕。我們平常簡單的稱之曰「睡」。

「……that vivid dreaming which makes the margin of our deeper rest.」

念著英國的一位著作家的話。

「史家莊呵，我是怎樣的同你相識！」

奇怪，他的眼睛裡突然又是淚，——這個為他遮住了是什麼時分哩。

這當然要叫做哭呵。沒有細竹，恐怕也就沒有這哭，——這是可以說的。為什麼呢？……

星光下這等於無有的晶瑩的點滴，不可測其深，是汪洋大海。

小林站在這海的當前卻不自小，他懷抱著，——這叫做愛嗎？

「噯呀！」

這才看見夜。

在他思念之中夜早已襲上了他。

望一望天——覺得太黑了。又笑，記起兩位朋友。一年前，正是這麼黑洞洞的晚，同三人在一個果樹園裡走路，N說：

「天上有星，地下的一切也還是有著，——試來畫這麼一幅圖畫，無邊的黑而實是無量的色相。」

T思索得很窘，說：

「那倒是很美的一幅畫，苦於不可能。比如就花說，有許多顏色的花我們還沒有見過，當你著手的時候，就未免忽略了這些顏色，你的顏色就有了缺欠。」

N笑道：

「我們還不知道此時有多少狗叫。」

因為聽見狗叫。

T是一個小說家。

注：載於一九二八年二月二十七日《語絲》週刊第四卷第九期，為〈無題之十四〉之一，署名廢名。收入開明書店一九三二年四月版《橋》，為下篇〈八 黃昏〉。

十

史家奶奶琴子兩人坐在燈下談天，盡是屬於傳說上的。這回的清明對於史家奶奶大大的不同了，歡歡喜喜的也說過節。原因自然是多了小林這一個客。老人，像史家奶奶這樣的老人，狂風怒濤行在大海，恐怕不如我們害怕；同我們一路祭奠死人，站在墳場之中——青草也堆成了波呵，則其眼睛看見的是什麼，決不是我們所能夠推測。往年，陪了琴子細竹去上墳，回轉頭來，背地裡細竹常是埋怨琴子「不該吊眼淚，惹得奶奶幾乎要哭！」她實在的覺得奶奶這麼大的年紀不哭才好。然而奶奶有時到底哭了一哭，她也哭而已，算是「大家傷心一場，」一哭就同是傷心，吊眼淚就是哭，——本來，淚珠兒落了下來，哪裡還有白頭與少女的標記呢？但這都不是今年的話。今年連琴子也格外的壯觀起來了，「清明是人間的事，與大地原無關。」奶奶同她談，她恰用得著野心二字，—這在以前是決沒有的。

一個人實在可以改變大家的天地。

這時小林徘徊於河上，細竹也還在大門口沒有進來。燈點在屋子裡，要照見的倒不如說是四壁以外，因為琴子的眼睛雖是牢牢的對住這一顆光，而她一忽兒站在楊柳樹底下，一忽兒又跑到屋對面的麥壟裡去了。這一些稔熟的地方，誰也不知誰是最福氣偏偏趕得上這一位姑娘的想像！不然就只好在夜色之中。

「清明插楊柳，端午插菖蒲，艾，中秋個個又要到塘裡折荷葉，——這都有來歷沒有？到處是不是一樣？」史家奶奶說。

「不曉得。」

琴子答，眼睛依然沒有離開燈火，——忽然她替史家莊唯一的一棵梅花開了一樹花！

這棵梅花長在細竹家的院子裡。

這個新鮮的思想居然自成一幕，剛才一個一個的出現的都不知退避到哪一角落裡去了。抬頭，很興奮的對奶奶道：

「過年有什麼可插呢？要插就只有梅花。但梅花太少。」

史家奶奶的眼睛閉住了，仿佛一時覺得燈光太強，而且同小孩子背書一般隨口這樣一聲：

「歲寒然後知松柏之後凋。」

話出了口，再也不聽見別的什麼了，眼睛還是閉著。這實在只等於打了一個呵欠，一點意思也沒有。而琴子，立時目光炯然，望著老人，那一雙眼睛就真是瞎子的眼睛她也要它重明似的，道：

「奶，過年家家貼對子，紅紙上寫的也就是些春風楊柳之類。」

「哈，我的孩子，——史家莊所有的春聯，都是你一人的心裁，虧你記得許多。」

「細竹倒也幫了許多忙。」

琴子笑。連忙又道：

「她跑到哪裡玩去了？還沒有回來。」

「想是到她自己家裡去了。小林兒也沒有回來哩，——他跑到哪裡去了？外面都是漆黑的。」

沒有答話，靜得很。

燈光無助於祖母之愛，少女的心又不能自己燃起來——

真是「隨風潛入夜」。

細竹回來了，步子是快的，慢開口，隨便的歌些什麼。走近這屋子的門，站住，一眼之間，看了一看琴子，又看史家奶奶，但沒有停唱。

「小林哥哥哪裡去了呢？」史家奶奶問。

「他還沒有回來嗎？」

這個聲音太響，而且是那樣的一個神氣，碰出了所經過的一切，史家奶奶同琴子不必再問而當知道。

「一定還在那裡，我去看。——」

琴子的樣子是一個 statue 當然要如 Hermione，那樣的一個 statue，專候細竹說。這個深，卻不比小林的深難於推測，——她自己就分明的見到底。此後常有這樣的話在她心裡講：「我很覺得我自己的不平常處，我不膽大，但大膽的絕對的反面我又決不是，我的靈魂裡根本就無有畏縮的地位。人家笑我慈悲——這兩個字倒很像，可惜他們是一般婦人女子的意義。」想了這麼些，思想的起原反而忘記了：對了小林她總有點退縮，——此其一。這個實在無道理，太平常。不過世間還沒有那大的距離可以供愛去退縮。再者，她的愛裡何以時常飛來一個影子，恰如池塘裡飛鳥的影子？這簡直是一個不祥的東西——愛！這個影，如果刻出來，要她仔細認一認，應該像一個「妒」字，她才怕哩。

聽完那句話，又一手拉住這個不知天高地厚的妹妹，而且笑——

「你去看！」

自然沒有說出聲。

細竹就湊近她道：

「我們兩人一路去，他一定一個人還在河上。」

「你們不要去，我打燈籠去。」

史家奶奶說。

黑夜遊出了一個光——小林的思想也正是一個黑夜。

「小林兒！」

「奶奶嗎？噯呀，不要下壩，我正預備回來。」

這些地方，史家奶奶不打燈籠也不會失足的。光照一處草綠——史家奶奶的白頭髮也格外照見。

注：載於一九二八年二月二十七日《語絲》週刊第四卷第九期，為〈無題之十四〉之二，署名廢名。收入開明書店一九三二年逾月版《橋》，為下篇〈九燈籠〉。

十一

松樹腳下都是陳死人，最新的也快二十年了，綠草與石碑，宛如出於一個畫家的手，彼此是互相生長。怕也要拿一幅古畫來相比才合式。這是就看官所得的印像說話，若論實物的濃淡，雖同樣不能與時間無關係，一則要經剝蝕，一則過一個春天惟有加一春之色，——滄海桑田權且不管。

清明上墳，照例有這樣的秩序：男的，挑了「香擔」，盡一日之長，凡屬一族的死人所占的一塊土都走到；女的就其最親者，與最近之處。這一天小林起得很早，看天，是一個陰天，但似不至有雨落。吃了早飯，他獨自沿史家莊的壩走，已望見東邊山上，四方樹林，冒煙。一片青山，不大分得出墳，這裡那裡的人看得見，因了穿的衣服。走到松樹腳下，琴子細竹坐在墳前，等候三啞點火。已經燒了好幾陣火過去了。他小的時候也跟他的族人一路遍走二十里路的遠近，有幾位好事者把那奠死人的醃肉，或者鯉魚，就香火燒吃。他當然要嘗一臠。那幾位現在都是死人了，有一個，與小林是兄弟輩，流落外方。

陰天，更為松樹腳下生色。樹深草淺，但是一個綠。綠是一面鏡子，不知掛在什麼地方，當中兩位美人，比肩——小林首先洞見額下的眼睛，額上髮……叫他站住了，仿佛霎時間面對了 Eternity。淺草也格外意深，幫他沉默。

細竹對他點一點頭。這個招呼，應該是忙人行的，她不過兩手拄了草地閒坐。琴子微露笑貌，但眉毛，不是人生有一個哀字，沒有那樣的好看。

莫明其所以的境地，逝去的時光又來幫忙——他在這裡牽過牛兒！劈口問三啞道：

「三啞叔，我的牛兒還活在世上沒有？」

牛兒就在他的記憶裡吃草。

三啞正在點炮放。細竹接著響起來了——

「哪裡還是牛兒呢？耕田耕了幾十石！——你不信我就替你們放過牛。」

琴子暗地裡笑，又記起《紅樓夢》上的一個「你們」。

三啞站起身，拂一拂眼睛，答小林——

「哥兒應該得不少的租錢了。明天有工夫我引你到王家灣去看。前回細竹姑娘看見了，說是一匹好黃牛，牽到壩上吃草。」

站了一會，看他們三個坐地，又道：

「放了炮應該作揖了。」

小林笑：

「我是來玩的。」

細竹也對了三啞笑：

「你作揖，我們就這樣算了。」

小林慢慢的看些什麼？所見者小。眼睛沒有逃出圈子以外。而圈子內就只有那點淡淡的東西，——琴子的眉毛。所以，不著顏料之眉，實是使盡了這一個樹林。古今的山色且湊在一起哩！——真的，那一個不相干的黛字。那樣的眉毛是否好看，他還不曉得，那些眼睛，因為是詩人寫的，卻一時都擠進他的眼睛了，就在那裡作壁上觀，但不敢喝采。

「拿什麼畫得這樣呢？」

這句話就是脫口而出，琴子也決不會猜到自己頭上去，——或者猜畫松樹。

「你們這個地方我很喜歡。」

這是四顧而說。

細竹答道：

「黃梅時節，河裡發了山洪，坐在這裡，嘩喇嘩喇的，真是『如聽萬壑松』。」

「你真是異想天開。」

「什麼異想天開？我們實地聽過。五年以前我還騎松樹馬哩，——騎在馬上，綠林外是洪水。」

小林笑。又看一看琴子道：

「你怎麼一言不……」

樹上的黃鶯兒叫把他叫住了。望著聲音所自來的枝子，是——

「畫眉。」

「這哪裡是畫眉呢？黃鶯兒也不認識！」細竹也抬頭望了樹枝說。

琴子開口道：

「回去罷。」

此時三啞已經先他們回去了。但琴子依然不像起身的樣子，坐得很踏實。

小林又看墳。

「誰能平白的砌出這樣的花臺呢？『死』是人生最好的裝飾。不但此也，地面沒有墳，我兒時的生活簡直要成了一大塊空白，我記得我非常喜歡上到墳頭上玩。我沒有登過幾多的高山，墳對於我確同山一樣是大地的景致。」

「你到那邊路上去看，那裡就有一個景致。」琴子說。

小林嘿然了。他剛才經過那一座墳而來，一個中年婦人，當是新孀，蓬頭垢面墳前哭，墳是一堆土。

「墳放在路旁，頗有嘲弄的意味。」

「你這又是自相矛盾。」

細竹笑他。

琴子道：

「這倒是古已有之：『路邊兩高墳，伯牙與莊周。』」

「我想年青死了是長春，我們對了青草，永遠是一個青年。」

「不要這樣亂說。三啞叔不在這裡，不然他聽見了回去要告訴奶奶。」細竹說。

他們真是見地不同。

「要下雨。」

細竹又望了天說，天上的雲漸漸布得厚了。

「這也是從古以來的一個詩材料，清明時節。」小林也望天說。

「下雨我們就在這裡看雨景，看雨往麥田上落。」

細竹一眼望到坂當中的麥田。

小林道：

「那你恐怕首先跑了。」

一面心裡笑——

「想像的雨不濕人。」

注：載於一九二八年三月五日《語絲》週刊第四卷第十期，為〈無題之十五〉，署名廢名。收入開明書店一九三二年四月版《橋》，為下篇〈十 清明〉。

十二

往花紅山的途中，細竹同琴子兩個。上花紅山去折映山紅。花紅山腳下就是老兒鋪——幾家茶鋪而已，離史家莊四里路。

穿著夾衣，太陽照得臉上發汗。今天的衣服是著了顏色的。遇著一個兩個人，對他們看。細竹，人家看她，她也看人家，她的臉上也格外的現著日光強。一路多楊柳，兩人沒有一個是綠的。楊柳因她們失了顏色，行人不覺得是在樹行裡，只遠遠的來了兩個女人，——一個像豹皮，一個橘紅。漸漸走得近了，——其實你也不知道你在走路，你的耳朵裡仿佛有千人之諾諾，但來得近了。這時衣服又失了顏色，兩幅汗顏，——連幫你看這個顏面的黑頭髮你也不見！越來越明白，你又肅靜不過，斜著你的身子偷過去了。過去了你掉一掉頭。你還要掉一掉頭，但是，極目而綠，垂楊夾道！你誤了路程一般的快開你的步子了。「說些什麼？」你問你自己。你實沒有聽見。兩幅汗顏，還是分明的，——你始終不記得照得這春光明媚的你頭上的日頭！

這個路上，如果竟不碰著一個人，這個景色殊等於烏有。

細竹喜歡做日記，這個，她們自己的事情，卻決不會入她們的記錄呵。女人愛照鏡，這就表示她們何所見？一路之上尚非是一個妝臺之前。

「我有點渴。」

「那邊荸薺田，去拔荸薺吃。」

「給人家看見了可叫人笑話。」

「誰認得你是細竹？」

琴子說著笑。

「你不要笑，我知道你是要我的。」

「一會兒就到了，到茶鋪裡去喝茶。」

細竹朝樹底下走，讓楊柳枝子拂她的臉，擺頭。

「你看，戲臺上唱戲的正是這樣吊許多珠子。」

「我要看花臉，不看你這個旦兒。」

「你才不曉得哩！——『輕紅拂花臉』，我也就是花臉。」

「呸！不要臉！」

琴子實在覺得好笑。慢慢另起一題——

「唐人的詩句，說楊柳每每說馬，確不錯。你看，這個路上騎一匹白馬，多好看！」

「有馬今天我也不騎，——人家笑我們『走馬看花』。」

「這四個字——」

這四個字居然能夠引琴子入勝。

「你這句話格外叫我想騎馬。」

這是她個人的意境。立刻之間，跑了一趟馬，白馬映在人間沒有的一個花園，但是人間的花，好像是桃花。可惜這一層細竹回去沒有替她告訴小林。不然小林會想出這個地方來看，這樣一個旁觀者，一定比馬上人更心醉。

「姑娘大概走得累了，馬廠地沒有，我跑去替你牽一匹驢子來騎。」

「驢子是老年人騎的東西。」

說著兩人都笑。前面到了青石橋。

兩邊草岸，一灣溪流，石橋僅僅為細竹做了一個過渡，一躍就站在那邊岸上花樹下，——桃李一樣的一棵，連枝而開花，桃樹尚小。雙手攀了李花的一枝，呼吸得很迫，樣子正如擺在秋千架上，——這個枝子，她信手攀去，盡她的手伸直，比她要低一點。這樣，休息起來了，不但話不出口，而且閉了眼睛，搖一搖髮。髮還是往眼上遮。離唇不到兩寸，是滿花的桃枝，唇不分上下，枝相平。琴子過橋，看水，淺水澄沙可以放到几上似的，因為她想起家裡的一盤水仙花。這裡，宜遠望，望下去，芳草綿綿，野花綴岸，其中，則要心裡知道，水流而不見。琴子卻深視，水清無魚，只見沙了。與水並是流——橋上她的笑貌。

「瞎子過橋沒有你過得慢！」

畢竟還是細竹鹵莽的叫。

小橋慢慢兒過，真不過她一眨眼的工夫。

睡了一覺，虎視眈眈，看她的琴姐專門會出神。琴子才滿眼花笑，她喜於白花紅不多的綠葉。

兩雙眼睛，是白看的，彼此不相看。

琴子橋頭立住，——這時她的天地很廣，來路也望了一望。無魚有養魚的草，對岸澗邊陰處。要走了，看細竹而笑——

「『紅爭暖樹歸。』」

「掉書袋，討厭。」

這個聲音說出她無力了。但她不記得她的衣服是紅的。琴子是笑她這個。

「走罷。」

「你走，我乘一乘陰。」

琴子又無言而笑。這回是佩服她，花下乘陰，有趣。人都是見樹陰想納涼。
細竹信口開河罷了。
「你不是惜陰罷？」
但細竹輕輕的放了手，花不曾為之搖落一瓣。
不是困了，她的動作不是這樣懶。
琴子眼未離花，她倒有點惜光陰的意思。
往前走都是平草地。太陽躲入了白雲。
「那裡多麼綠。」
細竹遠遠的指著陽光未失的一片地方說，眼睛指。
「這裡多麼綠。」
琴子指眼前。
「那個孩子在那裡幹什麼？」
前面一個孩子，離開了路，低身竄到草。
琴子已經看見了——
「蛇。」

蛇出乎草——孩子揑了蛇尾巴。
小小的長條異色的東西，兩位姑娘的草意微驚。
太陽又從她們的背後一齊照上了。
孩子不抬頭，看手上的蛇。抬頭，看一看這兩位姑娘——
他將蛇横在路上。蛇就在路上不動。
細竹動雷霆——
「你這是做什麼！？」
孩子看蛇，笑而不答。
「我們走路，你為什麼攔住我們呢！？」
「不讓你走。」
「你是什麼人，不讓我們走路！？」
「你走。」
「你把蛇拿開！」
她一看，琴子站在蛇的那邊了，她——不循路而走草。
孩子仰天一聲笑，跑了。

「我偏要路上走！」

她還是眼對蛇，——或者是看蛇動罷，但未殺其怒容。

琴子笑道：

「蛇請姑娘走。」

蛇行入草。

注：載於一九二八年三月十九日《語絲》週刊第四卷第十二期，題為〈上花紅山（一）（無題之十六）〉，署名廢名。收入開明書店一九三二年四月版《橋》，為下篇〈一一 路上〉。

十三

一見山——滿天紅。

「夥！」

喝這一聲采，真真要了她的櫻桃口，——平常人家都這樣叫，究竟不十分像。

細竹的。

但山還不是一腳就到哩。沒有風，花似動，——花山是火山！白日青天增了火之焰。

兩人是上到了一個綠坡。方寸之間變顏色：眼睛剛剛平過坡，花紅山出其不意。坡上站住，——乾脆跑下去好了，這樣綠冷落得難堪！紅只在姑娘眼睛裡紅，固然紅得好看，而叫姑娘站在坡上好看的是一坡綠呵，與花紅山——姑娘的眼色，何相干？請問坡下坐著的那一位賣雞蛋的瘌痢婆子，她歇了她的籃子坐在那裡眼巴巴的望，——她望那個穿紅袍的。

穿紅袍的雙手指天畫地！

是呵，細竹姑娘，「as free as mountain winds」，揚起她的袖子。

莫多嘴，下去了，——下去就下去！

怪哉，這時一對燕子飛過坡來，做了草的聲音，要姑娘回首一回首。

這個鳥兒真是飛來說綠的，坡上的天斜到地上的麥——

壟麥青青，兩雙眼睛管住它的剪子筆逕斜。

瘌痢婆子還是看穿紅袍的。

細竹偏了眼，——看痢痢婆子看她。

「賣雞蛋的。」兩人都不言而會。

賣雞蛋的禁不住姑娘這一認識似的，低頭抓頭。她的心裡實在是樂，抱頭然而說話，當然不是說與誰聽——

「我的頭髮林裡是哪有這麼癢！」

樂得兩位旁聽人相向而笑了。實在是一個好笑。抱頭者沒有抬頭，沒有看見這一個好笑。

走上了麥路，細竹哈哈的笑。

「她那哪裡是『頭髮林』？簡直是沙漠！」

琴子又笑她這句話。

「你看你看，她在那裡屙尿。」

「真討厭！」

琴子打她一下，然而自己也回頭一看了，笑。

「有趣。」琴子不過拍一拍她的肩膀，她的頭髮又散到面前去了，拿手拂髮而說。接著遠望麥林談——

「這個瘌痢婆掃了我的興。記得有一回——現在想不起來為了什麼忽然想到了，想到野外解溲覺得很是一個豪興……」

「算了罷，越說越沒有意思。我不曉得你成日的亂想些什麼，——我告訴你聽，有許多事，想著有趣，做起來都沒有什麼意思。」

細竹雖讓琴子往下說，但她不知聽了沒有？劈口一聲——

「姐姐！」

湊近姐姐的耳朵唧噥，笑得另是一個好法。

琴子又動手要打她一下——

「野話！」

抬起手來卻替她趕了蜂子。一個黃蜂快要飛到細竹頭上。姐姐聽了幾句什麼？麥壟還了麥壟——退到背後去了。方其脫綠而出，有人說，好像一對蝙蝠（切不要只記得晚半天天上飛的那個顏色的東西！）突然收攏了那麼的大翅膀，各有各的腰身。

老兒鋪東頭一家茶鋪站出了一個女人。琴子心裡納罕茶鋪門口一棵大柳樹，樹下池塘生春草。細竹問：

「你要不要喝茶？」

「歇一歇。」

兩人都是低聲，知道那女人一定是出來請她們歇住。

走進柳陰，仿佛再也不能往前一步了。而且，四海八荒同一雲！世上唯有涼意了。——當然，大樹不過一把傘，畫影為地，日頭爭不入。

茶鋪的女人滿臉就是日頭。

「兩位姑娘，坐一坐？」

不及答，樹陰下躑躅起來了，湊在一塊兒。細竹略為高一點，——只會讓姐姐瞻仰她！是毫不在意。眼光則斜過了一樹的葉子。

「進去坐。」

琴子對她這一說時，她倒確乎是正面而聽姐姐說，同時也納罕的說了一句——

「這地方靜得很，沒有什麼人。」

茶鋪女人已經猜出了，這一位大概小一些。

移身進去——泥磚砌的涼亭擺了桌子板凳，首先看見一個大牛字，倒寫著。實在比一眼見牛覺得大。「尋牛」的招貼。琴子暗暗的從頭下念。念完了，還有「實貼老兒鋪」，也格外的是新鮮字樣，——老兒鋪這個地方後來漸漸模糊下去了，「老兒鋪」三個字終其身明白著，為什麼叫老兒鋪？又失聲的笑了，一方白紙是貼於一條紅箋之上，紅已與泥色不大分，仔細看來剩了這麼的兩句——

過路君子念一遍一夜睡到大天光

細竹坐的是同一條板凳，懶懶的看那塘裡長出來的菖蒲，若有所失的掉頭一聲：

「你笑什麼？」

茶鋪女人已端了茶罐出來敬她們一碗。

「姑娘，喝一點我們這個粗茶。」

琴子唱個喏。

「兩位姑娘從哪裡來的？」

「史家莊。」

「噯呀，原來是史姑娘，——往哪裡去呢？」

「就是到你們花紅山來玩。」

說著都不由的問自己：「他們怎麼曉得我們？」琴子記起她頭上還是梳辮子的時候來過花紅山一次。那女人一眼看史姑娘喝茶，連忙又出門向西而笑，喊她的「丫頭回來！」——在那邊山上。

琴子拿眼睛去看樹，盤根如巨蛇，但覺得到那上面坐涼快。看樹其實是說水，沒有話能說。就在今年的一個晚上，其時天下雪，讀唐人絕句，讀到白居易的〈木蘭花〉，「從此時時春夢裡，應添一樹女郎花」，忽然憶得昨夜做了一夢，夢見老兒鋪的這一口塘！依然是欲言無語，雖則明明的一塘春水綠。大概是她的意思與詩意不一樣，她是冬夜做的夢。

「你剛才笑什麼？」

細竹又問姐姐。

琴子又笑，抬頭道：

「你看。」

細竹就把「尋——牛」看了一遍。

「你笑什麼？決不失言？」

她以為琴子笑白字，應該作「決不食言」。

「你再往下看。」

「過路君子——哈哈哈。」

注：載於一九二八年五月七日《語絲》週刊第四卷第十九期，為〈上花紅山（無題之十七）〉之二，署名廢名。收入開明書店一九三二年四月版《橋》，為下篇〈一二茶鋪〉。

十四

花紅山簡直沒有她們的座位。一棵樹也沒有，一塊石頭也沒有。琴子很想坐一坐。只有那兩山陰處，壁上，有一棵松樹。過去又都是松林。她站的位置高些。細竹在她的眼下，那麼的蹲著看，好像小孩子捉到了一個蟲，——她很有做一個科學家的可能。琴子微笑道：

「火燒眉毛。」

細竹聽見了，然而沒有答。確乎對了花而看眉毛一看，實驗室裡對顯微鏡的模樣。慢慢的又站起身，伸腰——看到山下去了。

「你喜得沒有騎馬來，——看你把馬拴到什麼地方？這個山上沒有草你的馬吃！」

她雖是望著山下而說，背琴子，琴子一個一個的字都聽見了，覺得這幾句話真說得好，說盡了花紅山的花，而且說盡了花紅山的葉子！

「不但我不讓我的馬來踏山的青，馬也決不到這個山上來開口。」

話沒有說，只是笑，——她真笑盡了花紅山。同時，那一棵松樹記住了她的馬！玩了一半天，休憩於上不去的樹。以後，坐在家裡，常是為這松蔭所遮，也永遠有一匹白馬，鶴那樣的白。最足惜者，松下草，打起小小的菌傘，一定是她所愛的東西，一山之上又不可以道里計，不與同世界。它在那裡—青青向樵人罷。

細竹掉過身來，踏上去，指上拿著一瓣花。兩人不能站到一個位置，儼然如隔水。

「坐一坐罷。」

說坐其實還是蹲，黑髮高出於紅花，看姐姐，姐姐手插荷包。

「春女思。」

琴子也低眼看她，微笑而這一句。

「你這是哪來的一句話？我不曉得。我只曉得有女懷春。」

「你總是亂七八糟的。」

「不是的，——我是一口把說出來了，這句話我總是照我自己的注解。」

「你的注解怎麼樣？」

「我總是斷章取義，把春字當了這個春天，與秋天冬天相對，懷是所以懷抱之。」

只顧嘴裡說，指上的花瓣兒撚得不見了。

「你這倒很是一個豪興。」

琴子一望望到那邊山上去了，聽見是松林風聲，無言望風來。細竹又站起來，道：

「要日頭陰了它才好，再走回去怕真有點熱。」

「我說打傘來你不肯。」

「我不喜歡那樣的傘，不好看。」

「一陣風——花落知多少？」琴子還是手插荷包說。

「這個花落什麼呢？沒有落地。」

細竹居然就低了頭又看一看花紅山的非樹的花。

「是呵——姑娘聰明得很。」

說著從荷包裡拿出了手來。她剛才的話，是因為站在花當中，而且，今天一天，她們隨便一個意思都染了花的色彩，所以不知不覺的那麼問了一問，高興就在於問，並不真是想到花落。細竹的話又格外的使得她喜歡。

「這個花，如果落，不是落地，是飛上天。」

她也就看花而這麼說，立刻又記起綠的花紅山，她那一次來花紅山，是五月天氣，花紅山是綠的。

「細竹，目下我倒起了一個詩思。看你記不記得，這個山上我來過一次，同我的姨母一路，那時山上都是綠的，姨母告訴我花紅山映山紅開的時候很好看，但我總想不起這麼紅，今天不來——」

細竹搶著說道：

「你不用說，今天你不來，君處綠山，寡人處紅山，兩個山上，風馬牛各不相及。」

這一說把琴子的詩思笑跑了。

「跟你一路，真要笑死人，——不要笑，我真不知道那樣將作如何感想，倘若相隔是一天，昨天來見山紅，今天來見山綠，不留一點餘地，事實上紅花終於是青山，然而不讓我們那麼的記住，欣紅而又悅綠。」

花又從細竹的手上落了一瓣。同科學家這麼講，真是風馬牛不相及！哈哈，——看官不要笑，這是執筆人的一句笑話，她悔之而不及，花一響仰首一面笑——

「噯呀！」

怕姐姐又來打她一下，此一摘無心而是用了力了。

於是兩人開步走。

走到一處，夥頤，映山紅圍了她們笑，擋住她們的腳。兩個古怪字樣沖上琴子的唇邊——下雨！大概是關於花上太陽之盛沒有動詞。不容思索之間未造成功而已忘記了。細竹道：

「這上面翻一個筋斗好玩。」

「我記起一篇文章，很有趣，一個小姑娘，另外一個放牛的孩子──兩人大概總是一塊兒放牛，一天那孩子不見那小姑娘，他以為他得罪了她，丟了牛四處找她去。走到山上，滿山的映山紅，──大概也同我們這個山上一樣，頭上也是太陽。孩子就在山上坐下，看花，哪知一望就望見是她──，山凹裡的水泉旁邊。這一點描寫得很好。孩子自然喜歡得很，道，『那不是我的？』恕──我記不得姑娘的名字。」

同時一笑。

「『她在那裡洗澡哩，像一個鷺鷥。』他就喊她，問她為什麼丟了牛一個人跑到這裡來玩呢？以下都寫得好，通篇本來是孩子的獨白，敘出小姑娘──澗邊大概有一株棕櫚樹，小姑娘連忙撇它一葉，坐在草上，蒙起臉來。你想，棕櫚樹的葉子，遮了臉，多美。最後好像是這兩句：『你看你看，她把眼閉著迷迷的笑哩。』我想咱們中國很難找這樣的文章。」

「你又沒有到北京，怎麼曉得咱們？」

琴子益發的想到題外去了──

「我見過北方的駱駝。」

她有一回在自己莊上河邊樹下見一人牽駱駝過河，——大概是賣草藥的。快要到家的時候，琴子忽然想起她們今天看的也就是杜鵑花，她們只是看花，同桃花一樣的看了。何以從來的人是另眼相看？這麼一想，花紅山似乎換了顏色，從來的詩思做了太陽照杜鵑花。——花紅山是在那裡夕陽西下了。

注：載一九二八年五月七日《語絲》週刊第四卷第十九期，為〈上花紅山（無題之十七）〉之三，署名廢名。收入開明書店一九三二年四月版《橋》，為下篇〈一三花紅山〉。

十五

她們兩人今天換新裝預備出門的時候，小林是異樣的喜悅，以前的生活簡直都不算事，來了一個新日子。但他一句話也沒有，看著她們忙碌。琴子已經打扮好了，走出房來，且走且低頭看，——不知看衣上的哪一點？抬頭——「他看見了。」

小林對之一笑。她也不覺而一笑。小林慢慢的問道：

「我不曉得做皇帝的——我假設他是一位聰明的孩子，坐在他的寶座上，是怎樣的一個驕兒？我想你們妝前打扮可以與之相比。」

「你這個好比方！——我又沒有做皇帝。」

小林真是死心踏地的聽，聽完了，他還聽。他剛才那一問，問出來了，總覺得沒有把意思說得透澈，算勉強找到了那一個現成的字眼，「驕兒」。琴子這麼一答，很是一個撒嬌的神氣，完全是來幫助他的意思了。她說她沒有做皇帝，她的撒嬌，實是最好看的一個驕傲，要寶藏無可比擬者形成之，按小林的意思。慢慢他又道：

「你們我想不致於抱厭世觀，即如天天梳頭，也決不是可以厭倦的事。」

琴子笑著走過去了，沒有給一個回答。

老兒鋪雖則離史家莊不遠，小林未嘗問津。有時他一人走在史家莊的沙灘上玩，過橋，但每每站到橋上望一望就回頭了，實在連橋也很少過過去。琴子同細竹走了，他坐在家裡，兩個人，仿佛在一個大原上走，一步一步的踏出草來，不過草是一切路上的草總共的留給他一個緣，不可捉摸，轉瞬即逝。這或者就因為他不識路，而她們當然是走路，所以隨他任意的走，美人芳草。

終於徘徊於一室，就是那個打扮的所在。不，立在窗外，確如登上了歧途，徘徊，勇敢的一腳進去—且住，何言乎「勇敢」？這個地方不自由？非也。小林大概是自知其為大盜，故不免始而落膽。何言乎「大盜」？請以旁觀梳頭說法。昨天清早，細竹起得晏，梳頭，——她的頭髮實在是奈不何，太多！小林一旁說話，說太陽，說河沙，娓娓動聽，而一心是在那裡竊髮而逃之，好像相信真有個什麼人竊不老之藥以奔月。

詩云，「鳶飛戾天，魚躍於淵。」此蓋是小林踏進這個門檻的境界。真是深，深，——深幾許？雖然，最好或者還是臨淵羨魚的那一個人。若有人焉問今是何世——倉皇不知所云！……

鏡子是也，觸目心驚。其實這一幅光明（當然因為是她們的，供其想像）居嘗就在他的幽獨之中，同擺在這屋子裡一樣，但他從沒有想到這裡面也可以看見別人，他自己。

「觀世音的淨瓶」裡一枝花，桃花。拈花一笑。

怎麼的想起了這樣話來——

不知棟裡雲
去作人間雨

於是雲，雨，楊柳，山……模模糊糊的開擴一景致。未見有人進來。說沒有人那又不是，他根本是沒有人不能成景致的一個人。

這個氣候之下飛來一隻雁，——分明是「驚塞雁，起城烏」的那一個雁，因為他面壁而似問：「畫屏金鷓鴣難道也一躍……」

壁上只有細竹吹的一管簫，掛得頗高。

「坐井而觀天，天倒很好看。」一眼出了窗戶，想。可喜的，他的雨意是那麼的就在這晴天之中，其間沒有一個霽字。

真是晴得鮮明，望天想像一個古代的女人，粉白黛綠剛剛妝罷出來。

注：載於一九二八年十一月十二日《語絲》週刊第四卷第四四期，為〈無題之十八〉之一，署名廢名。收入開明書店一九三二年四月版《橋》，為下篇〈一四簫〉。

十六

琴子同細竹回來了，小林看著那說笑的樣子——都現得累了，不禁神往。是什麼一個山？山上轉頭才如此！但他問道：

「你們怎麼不折花回來？」

她們本是說出去折花，回來卻空手，一聽這話，雙雙的坐在那桌子的一旁把花紅山回看了一遍，而且居然動了探手之情！所以，眼睛一轉，是一個莫可如何之感。

古人說，「鏡裡花難折」，可笑的是這探手之情。

細竹答道：

「是的，忘記了，沒有折。」

還是忘記的好，此刻一瞬間的紅花之山，沒有一點破綻，若彼岸之美滿。

小林這人，他一切的豐富，就坐在追求。然而他惘然。比如，有一位女子，一回，兩人都在一個人家慶賀什麼，她談話，他聽，——其實是以一個刺客那麼把住生命的精神凝想著：「你要睡！」他說睡上了她的睫毛。這女人，她的睡相大概很異常。又一回，是深夜失火，他跑去看，她也來了，頓時，千百人拼命喊叫之中，他萬籟俱寂，看她，——他說她是剛剛起來，睡還未走得遠。他說他認得了睡神的半面妝，——這應該算是一個奇跡，可以自豪的？但他只沒有失聲的哭，世界仿佛是一個睡美人之榻，而又是一個陰影，他摸索出來的太陽是月亮。

現在，他悵望於沒有看見的山，對著這山上回來的兩個人。

終於留了他一個人在這一間屋子裡玩，（這裡是客房）不小的工夫，——細竹又進來了，向他道：

「你今天不同我們去，——很好玩。」

這話他當然是聽了，但稀奇得利害，細竹換了衣裳！單衣，湖水的顏色，又是一樣的好看。好看不足奇，只是太出乎不意！立時又神遊起來了，今天上午一個人仔細端詳了一番，壁上的簫，瓶子裡的花，棕櫚的綠蔭——怎麼會有這麼一更衣呢？……

這個地方—他說他實在是看不盡。

細竹，一天的日頭，回到房裡去，浸了一盆涼水。三啞正從河裡挑水進門，她就拿著她的盆子要他向盆裡倒。三啞還以為她總是忘記不了她自己栽的那幾缽花拿去澆花。她又隨便的梳了一梳她的頭髮，只是隨便的，馬上天要黑了，哪裡還費事把它解散？小林不顧這些，——連她們剛剛是由花紅山回來他也不記得了。

「你們，才穿了那衣，忽然又是這衣，神祕得很。」

「我走得很熱。」

她說著坐下了，同時低下頭一看，——一個不自覺的習慣而已，人家說衣裳，她就看衣裳。她曉得小林是說她換了衣裳，並沒有細聽他的話。實在這算得什麼呢，換了一換衣？就說「神祕」，這東西本身亦是不能理會的了，所謂自有仙才自不知。小林，他是站著，當她低頭，他也稍為一低眼——觀止矣！少女之胸襟。細竹或者覺察了，因為，一時間，抬起頭來，不期然而然的專以眼睛來相看，——她何致於是怒目？但好像問：「你看什麼？」

放開眼睛，他道：

「山上有什麼好玩的？」

「不告訴你。」

連忙又覺得無禮，笑了。

「老兒鋪，是不是有一個老兒路上開茶鋪？」

「我先前也是這樣想，總仿佛有這麼一個茶鋪，想不到那裡去喝一喝茶，——哪裡看見？我們在一家茶鋪裡喝茶，只看見一個女人。她有一個女兒，十五六歲，我們剛到的時候她不在家，她把她喊回來，睄我們。這姑娘長得一個大扁臉，簡直是一個南瓜。」

她這麼的說，小林則是那麼的看了，此時平心靜氣的，微笑著。「回來的時候，怎的那個急迫的樣子，——琴子就不相同。汗珠兒，真是荷瓣上的露，——只叫人起涼意。」這恐怕是他時間的錯誤了，因為當著這清涼之面而想那汗珠兒。於是已經不是看她，是她對鏡了，中間心猿意馬了一會，再照——又不道「自己」暗中偷換！自己在鏡子裡頭涼快了。他實到了這樣的忘我之境。

他要寫一首詩，沒有成功，或者是他的心太醉了，但他歸究於這一國的文字，因為他想像——按他的意思是一個「乳」字，這麼一個字他說不稱意。所以想到題目就窘：「好貧乏呵。」立刻記起了「楊妃出浴」的故事，——於是而目湧蓮花了！哪裡還做詩？慢慢又嘆息著：「中國人卑鄙，fresh 總不會寫。」不知怎的又記起那「小兒」偷桃，於是已幻了一桃林，綠當然肥些，又恰恰是站在樹底下——那麼人是綠意？但照眼的是桃上的紅。哪裡看見這樣的紅桃？一定是拿桃花的顏色移作桃頰了。其樹又若非世間的高——雖是實感，蓋亦知其為天上事矣，故把月中桂樹高五百丈也移到這裡來了。

一天外出，偶爾看見一匹馬在青草地上打滾，他的詩到這時才儼然做成功了，大喜，「這個東西真快活！」並沒有止步。「我好比——」當然是好比這個東西，但觀念是那麼的走得快，就以這三個字完了。這個「我」，是埋頭於女人的胸中呵一個潛意識。

以後時常想到這匹馬。其實當時馬是什麼色他也未曾細看，他覺得一匹白馬，好天氣，仰天打滾，草色青青。

注：載於一九二八年十一月十二日《語絲》週刊第四卷第四四期，為〈無題之十八〉之二，署名廢名。收入開明書店一九三二年四月版《橋》，為下篇〈一五詩〉。

十七

是睡覺的時分。小林他是一個客楊，一個人在一間屋子裡。史家奶奶伴他談一會兒話，看他快要睡了，然後自己也去睡，臨走時還替他把燈移到床前几上，說道：

「燈不要吹好了。」

小林也很知道感激，而且正心誠意的，雖然此刻他的心事不是那樣的單純，可以向老人家的慈愛那裡面去用功。史家奶奶一走開，實際上四壁是更現得明亮一點，因為沒有人遮了他的燈，他卻一時間好像暗淡了好些，眼珠子一輪。隨即就還了原，沒有什麼。這恐怕是這麼的一個損失：史家奶奶的頭髮太白了，剛才燈底下占了那麼久。

燈他吹熄了。或者他不喜歡燈照著睡，或者是，這樣那邊的燈光透在他的窗紙上亮。他曉得琴子同細竹都還沒有睡。中間隔了一長方天井。白的窗紙，一個一個的方格子，仿佛他從來沒有看見光線，小心翼翼。其實他看得畫多，那些光線都填了生命。一點響動也沒有，他聽。剛才還聽見她們唧唧咕咕的。這個靜，真是靜。那個天井的暗黑的一角裡長著苔蘚，大概正在生長著。「你們幹什麼？」忽然若不平，答不出她們在那裡幹什麼，明明的點著亮兒。不，簡直沒有答。說得更切當些，簡直也不是問。

當然，他問了自己那麼一句。譬如一個人海邊行走，昂頭而問：「天何言哉？」只是表現其不知罷了。不過這人，還可以說，問天是聽海的言語。

「細竹，你做什麼？」

琴子的聲音，好像是睡了覺才醒來，而又決不同乎清晨的睡醒，來得十分的鬆散，疲倦。

又沒有響動。

「細竹，你做什麼？」這個於是乎成了音樂，餘音嫋嫋。或者是琴子姑娘這個疲倦的調子異樣的有著精神，叫人要好好的休息，莫心猿意馬；或者他的心弦真個彈得悲傷起來！「細竹，你做什麼？」因為是夜裡，萬事都模糊些。

「你一定是倒在床上就睡著了。」

對，她們今天上了山，走得累了。他當然是同琴子打招呼。立刻繪了一幅畫。既然是可愛的姑娘和衣而寐，不曉得他的睡意從哪裡表現出來？好好的一個白日的琴子。大概他沒有看見她閉過眼睛，所以也就無從著手，不用心。畫圖之外又似乎完全是個睡的意思，一個燈光的宇宙。把那一件衣服記得那樣的分明，今天早晨首先照在他的眼裡的那個顏色。目下簡直成了一匹老虎，愈現愈生動。然而一點也得不著邊際，把不住。他也就真參透了「夜」的美。居然記不起那領子的深淺，——一定是高領，高得是個萬里長城！結果懵懵懂懂的浮上一句詩：「鬢雲欲度香腮雪」。仿佛琴子是那麼的無聊搽了粉。

這時琴子已經坐了起來，細竹在那裡摺衣服，「我的同她自己的，」今天再也不要，她都平疊著，然後打開櫥櫃，放在最上的一格。琴子慢慢的抬舉她的一雙手，還在床上坐著，不要鏡子的料理頭髮，行其所無事，纖纖十指頭上動得飛快，睡覺的時候應該拆下來的東西都拆下來。細竹送一顆糖她的嘴裡，她一擺頭——

「什麼？」

既在兩唇之間——嘗得甜了。

細竹，她此刻是個白衣女郎，忽然曉得她要打噴嚏，眼睛閉得很好看。豈能單提這一項？口也開得好玩。隨便說一項都行，反正只一個好看。果然，打一個噴嚏，惹得琴子道：

「嚇我一跳！」

不一會兒姊妹二人就真正的就寢。

小林在這邊打到地獄裡去了。在先算不得十分光明，現在也不能說十分漆黑，地球上所謂黑夜，本是同白晝比來一種相對的說法，他卻是存乎意像間的一種，胡思亂想一半天，一旦覺得懷抱不凡，思索黑夜。依著他這個，則吾人所見之天地乃同講故事的人的月亮差不多，不過嫦娥忽然不耐煩，一口氣吹了她的燈。別的都不在當中。

然而到底是他的夜之美還是這個女人美？一落言詮，便失真諦。

漸漸放了兩點紅霞——可憐的孩子眼睛一閉：

「我將永遠是一個瞎子。」

頃刻之間無思無慮。

「地球是有引力的。」

莫明其妙的又一句，仿佛這一說蘋果就要掉了下來，他就在奈端的樹下。

注：載於一九二九年六月六日北平《華北日報副刊》第八二號，題為〈天井〉，署名廢名。收入開明書

店一九三二年四月版《橋》，為下篇〈一六天井〉。

十八

今天下雨。小林想借一把雨傘出去玩。他剛打開園門樹林裡望了一會回來，聽得細竹說道：

「下雨我不喜歡，不好出去玩。」

「你的話太說錯了。」

細竹掉轉頭來一聲道：

「嚇得我一跳！」

說著拿手輕輕的拍一拍胸。這是小孩子受了嚇的一個習慣。她背著小林進來的方向立住，門檻外，走廊裡，他來得出乎她的不意了。琴子站在門檻以內，手上拿著昨天街上買回來的東西哨。

「下雨你到園裡去幹什麼？我說什麼話說錯了？」

她說了一句「小林這個人很奇怪」，但小林未聽見。

「你說下雨的天你不喜歡——」

一眼之下兩人的顏色他都看了，笑道：

「你們這樣很對，雨天還是好好的打扮。」

於是他的天暫且晴了，同一面鏡子差不多。

另外一個雨天——

「有一回，那時我還在北方，一條巷子裡走路，遇見一位姑娘，打扮得很好，打著雨傘，——令我時常記起。」

忽然覺得她們並不留意了，輕輕的收束了。有點悲哀。「那麼一個動人的景致！」其實女人是最愛學樣的。記憶裡的樣子又當然是各個人的。慢慢又道：

「那個巷子很深，我很喜歡走，一棵柏樹高牆裡露出枝葉來。」

這一句倒引得琴子心嚮往之。但明明是離史家莊不遠的驛路上一棵柏樹。

又這樣說：

「我最愛春草。」

說著這東西就動了綠意，而且仿佛讓這一陣之雨下完，雨滴綠，不一定是哪一塊兒，——普天之下一定都在那裡下雨才行！又真是一個 Silence。

低頭到天井裡的水泡，道：

「你們看滴得好玩。」

這時的雨點大了。

細竹道：

「我以為你還有好多話說！」

因為她用心往下聽，看他那麼一個認真的神氣說著「我最愛春草」。她也就看水泡。

「你不曉得，我這才注意到聲音。」

注意聲音，聲音的意思又太重了。又聽瓦上雨聲。

「我以前的想像裡實在缺少了一件東西，雨聲。——聲音，到了想像，恐怕也成了顏色。這話很對，你看，我們做夢，夢裡可以見雨——無聲。」

「好在你說出了你是想像。你往常從北方來信，說那裡總不下雨，現在你說你愛草……」琴子說著笑。

「你為什麼笑？」

「笑你是一個江南的遊子。」

細竹很相信的說出來了，毫不躊躇。琴子也是要這麼說。兩個人都覺得這人實在可愛了，表現之不同各如其面，又恰恰是兩位姑娘。

「這個當然有關係。但我不曉得你們這話的意思怎麼樣。我其實只是一個觀者，傾心於顏色，——或者有點古怪罷了。」

琴子道：

「你的草色恐怕很好看。」

又道：

「草上的雨也實在同水上的雨不同，或者沒有聲音，因為鼓動不起來。」

「雨中的山那真是一點響動也沒有，哪怕它那麼一大座山，四方八面都是雨。」細竹說。

「你這真是小孩子的話！你看見那一個山上沒有樹，或者簡直是大樹林，下起雨來你說響不響？」

「我是說我們對面的遠山。」

小林看她們說得好玩，笑了。三個人都笑。剛才各有所見，目下一齊是大門外遠遠的一座青山。這個山名叫甘棠嶺，離史家莊十五里，做了這故事的確實的證據。

小林又道：

「海邊我沒有玩，海上坐了兩趟船，可惜都是晴天，沒有下雨，下雨一定好玩——望不見岸看雨點。」

最後幾個字吞吐著說，說得很輕，仿佛天井裡的雨也下在那個晴天的海上。這當然錯了，且不說那裡面不平靜，下起雨來真能望見幾遠呢？他兩次坐船都未遇風浪，看日出日沒。兩位姑娘連帆船也沒有坐過。

「有一個地方盡是沙，所以叫做沙河縣，我在那裡走過路，遇著雨，真是浩浩乎平沙無垠，雨下得好看極了。」

「你打傘沒有？」細竹連忙說。

「不要緊，—你這一提，我倒記得我實在是一個科頭，孤獨得很。他們那裡出門輕易不帶傘，——雨下得不大，後來碰見一個女人騎驢子跑，一個鄉下漢子，趕驢子的，跟在後面跑。北方女人同你們打扮不一樣。」

這一說，她們兩人仿佛又站在鏡子面前了，——想到照一照。說了這一半天的話，不如這個忽然之間好看不好看的意思來得振興。

「我要到外面去玩，你們借把雨傘我。」

「我的傘上面畫了花，畫得不好。」

細竹這麼的思索了一下。

「我告訴你們，我常常喜歡想像雨，想像雨中女人美——雨是一件袈裟。」

這樣想的時候，實在不知他設身在哪裡。分明的，是雨的境界十分廣。

記起樓上有一把傘，沒有打過的傘，是三啞到五祖寺燒香買回來的，細竹就跑上樓去，拿了下來。

她撐開看一看，不很高的打起來試一試，——琴子也在傘以內。她不知不覺的湊在姐姐一塊兒。

「你們兩個人——」

再也沒有一個東西叫他更想到「你們兩個人」了。

注：載於一九二九年六月八日北平《華北日報副刊》第八四號，題為〈今天下雨〉，署名廢名。收入開明書店一九三二年四月版《橋》，為下篇〈一七今天下雨〉。

十九

東城外二里路有廟名八丈亭，由史家莊去約三里。八丈亭有一座亭子，很高，向來又以牡丹著名，此時牡丹甚開。

他們三個人今天一齊遊八丈亭。小林做小孩子的時候，時常同著他的小朋友上八丈亭玩，琴子細竹是第一次了。從史家莊這一條路來，小林也未曾走過，沿河壩走，快到八丈亭，要過一架木橋。這個東西，在他的記憶裡是渡不過的，而且是一個奇跡，一記起它來，也記起他自己的畏縮的影子，永遠站在橋的這一邊。因為既是木架的橋，又長，又狹，又頗高，沒有攀手的地方，小孩子喜歡跑來看，跑到了又站住，站在橋頭，四顧而返。實際上這十年以內發了幾次山洪，橋沖坍了重新修造了兩回。依然是當初的形式。今天動身出來，他卻沒有想到這個橋，壩上都是樹，看見了這個橋，橋已經在他的面前。他立刻也就認識了。很容易的過得去，他相信。當然，只要再一開步。他逡巡著，望著對岸。細竹請他走，因為他走在先。他笑道：

「你們兩人先走，我站在這裡看你們過橋。」推讓起來反而不好，琴子笑著首先走上去了。走到中間，細竹掉轉頭來，看他還站在那裡，嚷道：

「你這個人真奇怪，還站在哪裡看什麼呢？」

說著她站住了。

實在他自己也不知道站在那裡看什麼。過去的靈魂愈望愈渺茫，當前的兩幅後影也隨著帶遠了。很像一個夢境。顏色還是橋上的顏色。細竹一回頭，非常之驚異於這一面了，「橋下水流嗚咽，」仿佛立刻聽見水響，望她而一笑。從此這個橋就以中間為彼岸，細竹在那裡站住了，永瞻風采，一空倚傍。

這一下的印像真是深。

過了橋，站在一棵樹底下，回頭看一看，這一下子又非同小可，望見對岸一棵樹，樹頂上也還有一個鳥窠，簡直是二十年前的樣子，「程小林」站在這邊望它想攀上去！於是他開口道：

「這個橋我並沒有過。」

說得有一點傷感。

「那一棵樹還是同我隔了這一個橋。」

接著把兒時這段事實告訴她們聽。

「我的靈魂還永遠是站在這一個地方，——看你們過橋。」

是忽然超度到那一岸去了。

細竹道：

「我乍看見的時候，也覺得很新鮮，這麼一個橋，但一點也不怕。」

「那我實在慚愧得很。」

「你那時是小孩。」她連忙答應。

小林笑了。琴子心裡很有點兒嫉妒，當細竹忽然站在橋上說話的時候，她已經一腳過來了，望著「丫頭」背面罵一下。

「你這個丫頭！」

八丈亭立於廟的中央，一共四層，最下層為「羅漢殿」，供著「大肚子羅漢」，殿的右角由石梯上樓。老和尚拿了鑰匙給他們開了殿門，琴子囑耳細竹，叫她掏出二百錢來，和尚接去又去幹活去了。他們自己權且就著佛前「拜席」坐下去，彼此都好像是傾耳無聲音，不覺相視而笑了。細竹問：

「笑什麼？」
她自己的笑就不算數了。由低聲而致於高談，說話以休息。小林一看，琴子微微的低了頭坐在那裡照鏡子，拿手抹著眉毛稍上一點的地方，——大概是從荷包裡掏出這個東西來！圓圓的恰可以藏在荷包內。這在他真是一個大發現，「這叫做什麼鏡子？……」
琴子看見他在那裡看了，笑著收下。他開言道：
「放下屠刀，立地成佛。」
「這句話琴姐她不喜歡，」細竹指著琴子說。「她說屠刀這種字眼總不好，她怕聽。」
小林憮然得很。其實他的意思只不過是稱讚這個鏡子照得好。
「醉臥沙場君莫笑——」
忽然這樣一句，很是一個駟不及舌的神氣，而又似乎很悲哀，不知其所以。
琴子笑道：
「這不是菩薩面前的話。」
「我是請你們不要怪我，隨便一點。——人生何處似尊前。」說得大家無言了。

慢慢的琴子道：

「我們先去看牡丹罷，回頭再來上樓。」

姑娘動了花興了。細竹也同意。小林導引她們去。昨夜下了幾陣雨，好幾欄的牡丹開得甚是鮮明。院子那一頭又有兩棵芭蕉。地方不大，關著這大的葉與花朵，倒也不形其小，只是現得天高而地厚了。她們灣腰下去看花，小林向天上望，青空中飛旋著一隻鷂鷹。他覺得這個景致很好。琴子站起來也看到天上去了。他說：

「你看，這個東西它總不叫喚，飛旋得有力，它的顏色配合它的背景，令人格外振精神。」

他一聽，他的話沒有回音，細竹雖然自言自語的這個好那個好，只是說花。他是同琴子說話。

「你為什麼不答應我？」

「鷂鷹它總不叫喚，——你要看它就看，說什麼呢？」

小林笑了——

「這樣認真說起來，世上就沒有腳本可編，我們也沒有好詩讀了。——你的話叫我記起我從前讀莎士比亞的一篇戲的時候起的一點意思。兩個人黑夜走路，看見遠處燈光亮，一陣音樂又吹了來，一個人說，聲音在夜間比白晝更來得動人，那一個人答道——

Silence bestows that virtue on it，madam.

我當時讀了笑，莎士比亞的這句文章就不該做。但文章做得很好。——譯出來恐怕不大好。」

但琴子已經會得他的意思。

「今天的花實在很燦爛，——李義山詠牡丹詩有兩句我很喜歡：『我是夢中傳彩筆，欲書花葉寄朝雲。』你想，紅花綠葉，其實在夜裡都布置好了，——朝雲一剎那見。」

琴子喜歡得很——

「你這一說，確乎很美，也只有牡丹恰稱這個意，可以大筆一寫。」

花在眼下，默而不語了。

「我嘗想，記憶這東西不可思議，什麼都在那裡，而可以不現顏色，——我是說不出現。過去的什麼都不能說沒有關係。我曾經為一個瞎子所感，所以，我的燦爛的花開之中，實有那盲人的一見。」

細竹忽然很懶的一個樣子，把眼睛一閉——

「你這一說，我仿佛有一個瞎子在這裡看，你不信，我的花更燦爛了。」

說完眼睛打開了，自己好笑。她這一做時，琴子也在那裡現身說法，她曾經在一本畫冊上看見一幅印度雕像，甚愛，此刻不是記起而是自己忘形了，儼然花前合掌。

妙境莊嚴。

注：載於一九二九年七月十九日北平《華北日報副刊》第一一六號，題為〈八丈亭〉，署名廢名。收入開明書店一九三二年四月版《橋》，為下篇〈一八橋〉。

二十

上到八丈亭頂上了。位置實在不低，兩位生客攀著樓窗往下一望，都說著「很高！」一言下都改了一個樣子，身子不是走在路上了。只有自家覺著。這是同對面天際青山不同的，高山之為遠，全賴乎看山有遠人，山其實沒有那個浮雲的意思，不改濃淡。

剛剛走上來的時候，小林沉吟著說了一句：

「我今天才看見你們登高。」

意思是說：「你們喘氣。」慢慢的他就在亭子中間石地上坐了下去，抱著膝頭，好像真真是一個有道之士。後來琴子細竹都圍到這一塊兒來，各站一邊。他也記不得講禮，讓她們站。

「我從前總在這裡捉迷藏。」

聽完這句話，細竹四面一望——盡是窗戶照眼明！轉向琴姐打一個招呼：

「這裡說話，聲音都不同。」

「我們一起是五個孩子。我不知怎的總是被他們捉住了。有一回我捏了一把刀子，——是我的姐姐裁紙紮玩意兒的一把刀子我偷了來。」

這一解釋是專誠向琴子，叫她不要怕。琴子抿嘴笑。

「但是，我一不小心，把我自己的指頭殺了——」

「不要說，我害怕！」

她連忙這麼一撒嬌，細竹，——拿手去蒙了眼睛。

「他們又把我捉住了。」

他的故事算是完了。又輕輕向細竹的面上加一句：

「你們捉迷藏最好是披頭髮。」

言下是批評此一刻之前她那一動作。

注：原稿無序號。載一九二九年七月二十六日北平《華北日報副刊》第一二三號，題為〈頂上〉，署名廢名。收入開明書店一九三二年四月版《橋》，為下篇〈一九 八丈亭〉。

二十一

今天出現了一樁大事。話說放馬場過去不遠有一個村莊名叫竹林莊，竹林莊有一位大嫂，係史家莊的姑娘，以狗姐姐這個名字著名。十年以前，小林走進史家莊的時候，這位狗姐姐已經了不起，依嫂嫂班的說話就是「大了」。這一批做嫂子的，群居終日無所用心，喜歡談論姑娘，那時談狗姐姐就說狗姐姐「大了」。狗姐姐一見程小林這個孩子，愛這個孩子。日子久了，認得熟了，小林也喜歡同狗姐姐玩，同狗姐姐的弟弟名叫木生的玩。狗姐姐的一套天九牌最好看，小林愛得出奇。有時打天九，湊了狗姐姐的嫂嫂共是四人，玩得晚了，就在狗姐姐家裡同木生一塊兒睡覺，狗姐姐給糖他們吃。可愛的狗姐姐，她是愛小林呵，她給糖他，兩指之間就是糖，小林，一個孩子，哪裡懂得狗姐姐是把糖捏得那麼緊？狗姐姐就在他的頰上擰他一下子。清早起來，狗姐姐房裡梳頭，木生同小林都來了。小林喜歡看狗姐姐梳頭，站在那裡動也不動一動。他簡直想躲到狗姐姐的頭髮林裡去看。他的眼睛真個是在狗姐姐的頭髮底下了，不知不覺的貼得那麼近。狗姐姐的頭髮就是他的頭髮了，他在那裡又看得見狗姐姐的眼睛。狗姐姐她那一雙黑眼珠，看不見自己頭髮以外，看小林，口不停說話。她打岔叫木生替她去拿東西，雙手捏住披散之髮，低下頭來親小林一嘴。小林沒有站住腳，猛的一下栽到狗姐懷裡去了，狗姐姐連忙把他一推，猛的一伸腰，鬆了一隻手，那手就做了雙手的事情，那麼快頭髮都交代過去了。小林害怕，但狗姐姐知道他不是淘氣。有一回是三月三的夜裡，大家都在壩上看鬼火，小林在場，狗姐姐也在場，——只有三啞一個人手上拿著鋤頭，他說那個東西如果近來了，他就一鋤頭敲下去。大家朝著東邊的野墳望，慢慢的一盞火出現了，小林害怕，——他又喜歡望。他站在狗姐姐身前，倚靠著狗姐姐。狗姐姐道：「不要怕。」握住他的手。史家奶奶道：「不要怕，姐姐招呼你。」這一個靜悄悄的夜，小林不能忘記，燐光的跳躍，天上的星，狗姐姐溫暖的手，他拿來寫了一篇文章。他從外方回來，狗姐姐早已是竹林莊的「史大嫂」了，在史家莊也見過狗姐姐幾面。他曾經推想狗姐姐這樣的人應該是怎樣一個性格，此回再見，他覺得他推想得恰是。狗姐姐告訴他竹林莊是一個好地方，牛背山的山窩裡，有山有水，人物不多，竹子很茂盛，走在大路上，望不見房屋，竹子遮住了。狗姐姐沒有提起他們的杏花，小林也終沒有機會看竹林莊的杏花，這時早已過了開花的時候了，竹林莊的杏花很可以一看，竹林以外，位置較竹子低，遠遠看來又實與竹葉合顏色。清明時節，上墳的人，走放馬場下去這一條大路者，望見竹林莊、唱起千家詩上的句子「借問酒家何處有，牧童遙指杏花村」了。小林自為惆悵，當初他一個人跑到放馬場玩了一趟，何以竟沒有多走幾步得見竹林莊？而現在狗姐姐在竹林莊住了如此的歲月了。傷感，這人實在有的，只有若行雲流水，雖然來得十分好看，未能著跡。剩下的是一個尊名其妙的氣分。狗姐姐又引起他的好奇。這一日天氣晴明，他來探訪竹林莊了。他喜歡走生路，於是不走大路循山徑走。離竹林莊還有一裡多路，有一條小溪流，望見一個女人在那裡浣衣。他暫且揀一塊石頭坐下，很有點兒牧歌的意興。這女人，不望則已，越望越是他的狗姐姐。果然，是狗姐姐。他見了狗姐姐，同山一樣的沉默。狗姐姐她原是蹲在一塊石頭上，見了他，一伸腰，一雙手從水裡頭都拿出來，那麼快，一溪的水她都不管了。這一下子，她其實也同天一樣，未失聲，但喜笑顏開了，世上已無話說了。小林還隔在那一岸。

「你怎麼想到這裡來了？」

「我說來看一看姐姐住的地方，想不到就在這裡遇見姐姐，——這裡洗衣真好，太陽晒不著。」

說著且看狗姐姐頭上楓樹枝葉。樹陰真不小，他在這一邊也遮蔭住了。對岸平斜，都是草，眼睛卻只跟了這棵樹影子看，當中草綠，狗姐姐衣裳白，頭髮烏黑，臉笑。共是一個印像。但那一件東西他分開出來了，狗姐姐洗衣的手，因為他單單記起了一幅畫上的兩隻臂膊哩。又記起他在一個大草林裡看見過一隻白鴿。這是一會的工夫，做了一個道旁人，觀者。又向他的狗姐姐說話：

「我剛剛過了那一個山坡，就望見那裡竹林，心想這是竹林莊了。」

「你還得走上去一點，那裡有橋，從那裡過來，——我一會兒就洗完了。」

狗姐姐指點上流叫他去。小林見獵心喜，想脫腳過河。他好久好久沒有過河了。小的時候他喜歡過河。

「我就在這裡過河，我們書上說得有，滄浪之水清兮，可以濯吾纓，滄浪之水濁兮，可以濯吾足，——姐姐你不曉得，我在一個沙漠地方住了好幾年，想這樣的溪流想得很，說出來很平常，但我實在思想得深，我的心簡直受了傷，只有我自己懂得。」

狗姐姐哈哈笑。

「難怪史家莊的人都說你變得古怪，講這麼一套話幹什麼呢？你喜歡過河你就過來罷。」

他偏又不過河。

「我不過，——姐姐你信不信，凡事你們做來我都讚美，何況這樣的好水，不但應該來洗衣，還應該散髮而洗足。我自己做的事不稱我的意，簡直可以使得我悲觀。作文寫字那另是一回事。」

這一套話又滔滔而出嗎？問狗姐姐狗姐姐不曉得，她望他笑，他又神仙似的忙著掉背而走了，去過橋。慢慢的他走到這樹底下來，狗姐姐已經坐在草上等他。狗姐姐好像有狗姐姐的心事，狗姐姐也摸不著頭腦。

「姐姐，你的桌子上擺些什麼東西呢？」

「你怎麼想到這個上面去了？」

「我一面走一面想起來了。」

又道：

「我不打算上姐姐家裡去，玩一玩我就回去。——我記得姐姐做姑娘的時候總喜歡拿各種顏色的布紮小人兒玩，擺在鏡子面前。」

「你怎麼還是這個樣子，小林？不懂得事！」

狗姐姐伸手握住他的手。小林心跳了，忽然之間覺到狗姐姐的勢力壓服他。望著狗姐姐若要哭！——這才可笑。

「好弟弟，你坐下，姐姐疼你，姐姐在旁邊總是打聽你。」

更奇怪，狗姐姐說著眼裡汪汪的。她輕易不有這麼一回事。來得無蹤，去得無影，接著絮絮的說個不休，問史家奶奶好，琴子好，這個好那個好，什麼也忘記了，一心說。小林坐在一邊麒麟一樣的善。忽然他又覺得狗姐姐的張惶，他沒有見過這麼一個顏色。於是他親狗姐姐一嘴。看官，於是，而有這棵楓樹為證。

小林大吃一驚，簡直是一個號泣於旻天的精誠，低聲問：

「姐姐，怎麼這樣子呢？」

簡直窘極了，很難得修辭，出口不稱意，我欲乘風歸去了，狗姐姐拍他一巴掌，看他的樣子要人笑，——多可愛呵。

「歷史上說過蕭道成之腹，原來——恐怕是如此！」

「我不曉得你說什麼！」

「蕭道成是從前的一個皇帝。」

「你看你——說從前的皇帝幹什麼呢？」

「他生得鱗文遍體，肚子與平常人不同，人家要殺他，假裝射他的肚子玩。」
狗姐姐這才會得他的意思。
「我生了一個孩子——死了。」
這一句，聲音很異樣，使得小林萬念休，默默而一祝：
「姐姐你有福了。」
於是他真不說話。狗姐姐還要說一句，拍他一巴掌——
「女人生了孩子，都是這個樣子，曉得嗎？」
臨走時，狗姐姐囑咐他道：
「小林，不要讓別人知道。」
哀莫哀兮生別離乎，不知怎的他很是悲傷，聽了狗姐姐這一囑咐，倒樂了——
「姐姐，你真把我當了一個弟弟，我告訴你知道，小林早已是一個偉人物，他的靈魂非常之自由。」

注：載於一九二九年九月五日北平《華北日報副刊》第一五四號，題為〈楓樹〉，署名廢名。收入開明書店一九三二年四月版《橋》，為下篇〈二〇 楓樹〉。

二十二

自從楓樹下與狗姐姐的會見以後，好幾天，他彷徨得很，朝亦有所思，暮亦有所思。若問他：「你是不是思想你的狗姐姐？」那他一定又惶恐無以對。因為他實在並不能說是思想狗姐姐，狗姐姐簡直可以說他忘記了。

一天，胡亂喝了幾杯酒，一個人在客房裡坐定，有點氣喘不過來，忽然倒真成了一個醉人了，意境非常。他好像還記得那一剎那的呼吸。「我與人生兩相忘，那真是……」連忙一擺頭，自己好笑，「那正是女人身上的事哩。」但再往下想，所有他過去的生活，卻只有這一日的情形無論如何記不分明，愈記愈朦朧。

細竹步進來了，舌頭一探，且笑，又坐下，並沒有同他打招呼，走到這兒躲避什麼的樣子。

頓時他啟發了一個智慧似的，簡直要瞑目深思，——已經思遍盡了。因了她的舌頭那麼一探。那一天在八丈亭細竹忽然以一個瞎子看花紅，或者是差不多的境界。但他輕輕問：

「什麼？」

「琴姐她罵我。」

原來如此，對她一笑，很悵惘，地獄之門一下子就關了，這麼一個空虛的感覺。

細竹她怎麼能知道他對她看「是留神我的嘴動呢？」她總是喜歡講自己的事，即如同琴子一塊兒梳頭動不動就是「你看我的頭髮又長了許多！」所以此地這樣寫，學她的口吻。她告訴他聽：

「我們兩人裁衣，我把她的衣服裁錯了。」

「你把她的衣服裁錯了？那你實在不好。」

「你也怪我！」

說著要哭了。

「做姑娘的不要哭，哭很不好看，——含珠而未發是可以的。」

她又笑了——

「你看見我幾時哭了？」

小林也笑。又說：

「這兩件事我平常都思想過。裁衣——」

「你這樣看我！」

又是一個小孩子好哭的神氣，說他那樣看她。

「你聽我說話，——你怎麼會裁錯了？我不能畫畫，常有一個生動之意，覺得拿你們的剪子可以裁得一個很好的樣子，應該非常之合身。」

細竹以為他取笑於她，不用心聽，一心想著她的琴姐一定還在那裡埋怨。她本是靠牆而坐，一下子就緊靠著（壁上有一幅畫，頭髮就倚在上頭，又不大像昂頭）自己埋怨一句：

「我損傷了好些材料。」

小林不往下說了，他要說什麼，自己也忘了。所謂「這兩件事」，其一大概是指剪裁。那一件，推考起來，就是說哭的。他常稱讚溫廷筠的詞做得很好，但好比「淚流玉　千條」這樣的句子，他說不應寫，因為這樣決不好看，何必寫呢？連忙又把這意見修正一點，道：「小孩子哭不要緊。」言下很堅決，似實有所見。

慢慢的兩人另外談了許多，剛才的一段已經完了。細竹道：

「琴姐，她昨夜裡拿通草做了好些東西，你都看見了沒有？」

「她給那個蜻蜓我看，我很喜歡。」

「是我畫的翅膀，——還有一枝桃花，一個佛手，還照了《水滸》上的魯智深貼了一個，也是我描的臉。」

看她口若懸河，動得快。小林的思想又在這個唇齒之間了。他專聽了「有一枝桃花」，凝想。

回頭他一個人，猛憶起兩句詩——

黃鶯弄不足

含入未央宮

一座大建築，寫這麼一個花瓣，很稱他的意。又一想，這個詩題是詠梨花的，梨花白。

注：載於一九二九年十月十七日北平《華北日報副刊》第一八四號，題為〈梨花白〉，署名廢名。收入

開明書店一九三二年四月版《橋》，為下篇〈二一 梨花白〉。

二十三

琴子細竹兩人壩上樹下站著玩。細竹手上還拿了她的簫。樹上丁丁響，啄木鳥兒啄樹，琴子抬頭望。好大一會才望見了，彩色的羽毛，那個交枝的當兒。那嘴，還是藏著看不見。這些樹都是大樹，生意蓬勃，現得樹底下正是妙齡女郎。

她們的一隻花貓伏在圍牆上不動，琴子招它下來。姑娘的素手招得綠樹晴空甚是好看了。

樹幹上兩三個螞蟻，細竹稀罕一聲道：

「你看，螞蟻上樹，多自由。」

琴子也就跟了她看，螞蟻的路線走得真隨便。但不知它懂得姑娘的語言否？琴子又轉頭看貓，對貓說話：

「惟不教虎上樹。」

於是沉思一下。

「這個寓言很有意思。」

話雖如此，但實在是仿佛見過一隻老虎上到樹頂上去了。觀念這麼的聯在一起。因為是意像，所以這一隻老虎爬上了綠葉深處，全不有聲響，只有好顏色。

樹林裡於是動音樂，細竹吹簫。

這時小林走來了。史家莊東壩盡頭有廟名觀音寺，他一個人去玩了一趟，又循壩而歸。聽簫，眼見的是樹，滲透的是人的聲音之美，很是嘆息。等待見了她們兩位，還是默不一聲。細竹又不吹了。

兀的他說一句：

「昨夜我做了一個很世俗的夢，醒轉來很自哀，——世事一點也不能解脫。」

說著是一個求救助的心。光陰如白駒過隙，而一日之中本來可以逝去者，每每又容易要人留住，良辰美景在當前忽然就不相關了。琴子看著他，很是一個哀憐的樣子，又苦於不可解，覺得這人有許多地方太深沉。

「世俗的事擾了我，就是我自己告訴自己也好像很不美，而我這樣的靈魂居然就是為它所苦過了。」

細竹道：

「一個人的生活，有許多事是不能告訴人的，自己厭煩也沒有法子。」

小林對她一看，「你有什麼事呢？」不勝悲哀。他總願他自己擔受。好孩子，他不知他可笑得很，細竹隨隨便便的話，是一個簡單的事實，科學的，成年的女子，一年十二個月。今天她興致好，前兩天很不舒服。

他又告訴她們道：

「我剛才到觀音寺去玩了一趟，真好笑，八九個老婆婆一路燒香，難為她們一個個人的頭上都插一朵花。」

「你怎麼就個個奶奶頭上都看一下？」

琴子說，簡直是責備他，何致於要這樣的注目。

「你沒有看見，我簡直躊躇不敢進，都是一朵小紅花，插住老年的頭髮，我遠遠的站定，八九個人一齊跪下去，叩首作揖，我真的僥倖這個大慈大悲的菩薩只是一位木偶──」

彷彿怕佛龕上有驚動。此刻說起來，不是當面時的意思重了。

「我平常很喜歡看觀世音的像。」

又這一說。細竹一笑，記起她的琴姐的「觀世音的淨瓶。」

慢慢他又道：

「老年有時也增加趣味。」

「你的字眼真用得古怪，這裡怎麼說趣味呢？」

琴子說著有點皺眉毛，簡直怕他的話。

「這是另外一件事。我有一回看戲，一個很好看的女戲子打扮一個老旦，她的拄杖捏得很好玩，加了我好多意思，頭上裹一條黃巾，把她的額角格外配得有樣子。我想這位姑娘，她照鏡子的時候，一心留意要好看，然而不做這個腳色，也想不到這樣打扮。」

細竹道：

「那你還是愛我們姑娘會打扮。」

惹得琴子笑了，又好像暗暗的罵了一下「這個丫頭」。

「我還記得一個女戲子，這回是戎馬倉惶，手執花槍，打仗，國破家亡，累得這個姑娘忍了呼吸，真難為她。我看她的汗一點也不流了她的粉色。」

於是細竹指著琴子道：

「前年我們兩人在放馬場看戲，一個花臉把一個醜腳殺了，醜腳他是一個和尚，殺了應該收場，但他忽然掉轉頭來對花臉叫一聲『阿彌陀佛！』這一下真是滑稽極了，個個都盯了眼睛看，那麼一個醜腳的臉，要是我做花臉我真要笑了。」

小林笑道：

「厭世者做的文章總美麗，你這也差不多。」

「那一回我還丟了一把扇子，不曉得是路上丟的是戲臺底下丟的。」

「我以後總不替你寫字。」

那一把扇子琴子寫了字。這個當兒小林很好奇的一看，如臨深淵了，徹底的認見這麼兩個姑娘，一旁都是樹。

琴子望壩下，另外記一件事——

「去年，正是這時候，我在這裡看見一個人牽駱駝從河那邊過來。」

「駱駝？」

「我問三啞叔，三啞叔說是遠地人來賣藥草的。」

「是的，我也記得一隻……多年的事。」

那時他很小，城外橋頭看釣魚，忽然河洲上一個人牽駱駝來了，走到一棵楊柳樹底下站住，許多小孩子圍了看。

「北方駱駝成群，同我們這裡牛一般多。」

這是一句話，只替他畫了一隻駱駝的輪廓，青青河畔草，駱駝大踏步走，小林遠遠站著仰望不已。

轉眼落在細竹的簫的上面。「我不會吹。」但彌滿了聲音之感。

Silence 有時像這個聲音。

注：載於一九二九年十月二十八日北平《華北日報副刊》第一九三號，題為〈樹〉，署名廢名。收入開明書店一九三二年四月版《橋》，為下篇〈二二樹〉。

二十四

細竹給畫小林看，她自己畫的，剛畫起，小小的一張紙，幾根雨線，一個女子打一把傘。小林接在手上默默的看。

「你看怎麼樣？」

說著也看著小林的手上她的作品。連忙又打開抽屜，另外拿出一張紙——

「這裡還有一個塔。」

「噯呀，這個塔真像得很，——你在哪裡看見這麼一個塔？」

他說著笑了，手拿雨境未放。驚嘆了一下，恐怕就是雨沒有看完，移到塔上。

她也笑道：

「那你怎麼說像得很呢？我畫得好玩的。昨夜琴姐講一個故事，天竺國有一佛寺，國王貪財，要把它毀了它，一匹白馬繞塔悲鳴，乃不毀。她講得很動人。」

說話容易說遠了，她只是要說這是她昨天晚上畫得好玩的。燈下，琴子講話，她聽，靠著桌子坐，隨手拿了一枝筆，畫，一面答應琴子「這個故事很動人」，一面她的塔有了，掉轉身伸到琴子的面前——這時琴子坐在那裡脫鞋——「你看我這個畫得怎麼樣？」

小林不由得記起他曾經遊歷過的湖邊禮拜堂的塔，很喜歡的說與這位畫畫人聽：

「有一個地方我住了一個夏天，常常走到一個湖邊玩，一天我也同平常一樣走去，湖那邊新建的禮拜堂快成功了，真是高聳入雲，出乎我的意外，頂上頭還有好些工人，我一眼稀罕這工程的偉大，而又實在的覺得半空中人的渺小。當下我竟沒有把兩件事聯在一起。」

說著有些寂寞，細竹一心在那裡翻她的抽屜。然而這個寂寞最滿意，大概要以一個神仙謫貶為凡人才能如此，因為眼前並不是空虛，或者是最所要一看的了。

看她低了頭動這個動那個，他道：

「你不聽我講道理。」

「你說，我聽，——今天我有好些事要做。」

她答應了好幾個小孩替他們做粽子過端陽。

於是他又看手中畫，仿佛是他的靈魂上的一個物件，一下子又提醒了。細竹的這一把傘，或者真是受了他的影響，因為那一日雨天的話。驟看時，恐怕還是他自己的意思太多，一把傘都替他撐起來了，所以一時失批評。至於畫，從細竹說，她一點也不敢驕傲。

「我在一本日畫集上見過與你這相類似的，那是顏色畫。顏色，恐怕很有些古怪的地方，我一打開那把著色的傘，這個東西就自己完全，好像一個宇宙，自然而然的看這底下的一個人，以後我每每一想到，大地山河都消失了，只有——」

說著不由得兩邊一看，笑了——

「惟此刻不然。」

把這個屋子裡的東西，桌子，鏡子，牆上掛的，格外認清的看一下了，尤其是細竹眉目的分明。

細竹也很有趣的一笑。

「真的，我不是說笑話，那畫的顏色實在填得好。」

細竹心想：「我幾時再來畫一張。」把紅的綠的幾種顏料加入了意識。於是而想到史家莊門口塘的荷花，於是而想到她自己打傘，這樣對了小林說：

「下雨的天，邀幾個人湖裡泛舟，打起傘來一定好看，望之若水上蓮花葉。」

小林聽來很是歡喜——

「你這一下真走得遠。」

說著儼然望。細竹沒有明言幾個什麼人，而他自然而然的自己不在這個船上了。又笑道：

「那你們一定要好好的打扮，無論有沒有人看。」

忽然之間，光芒萬丈，倒是另外一回事來得那麼快，得意——

「細雨夢回雞塞遠，你看，這個人多美。」

又是一個女人。

細竹不開口。

「可惜我畫不出這個人來，夢裡走路。」

「我這懂得你的意思——你說這個人做夢跑到塞外那麼遠去了是麼？」

「不是跑。」

說得兩人都笑了。

「我向來就不會做文章。」

「這一句詩平常我就很喜歡，或者是我拿它來做了我自己的畫題也未可知。——這樣的雨實在下得有意思，不濕人。」

「我同琴姐都很佩服你，有的時候聽了你的談話，我們都很自小，趕不上你。」

姑娘一面說一面拿了一張紙摺什麼，很是一個謙恭的樣子。這個話，小林不肯承認，簡直沒有聽，稱讚他算不了什麼，上帝的謙恭完全創造在這一位可愛的姑娘面上！所以他坐在那裡祈禱了。

看她摺紙玩，同時把手上她的畫安放到桌上。

他又說話：

「我常常觀察我的思想，可以說同畫幾何差不多，一點也不能含糊。我感不到人生如夢的真實，但感到夢的真實與美。」

「我做夢我總不記得。」

低了頭手按在桌上，好像要疊一朵蓮花。

「英國有一位女著作家，我在她的一部書裡頭總忘不了一句話，她說，夢好比是在我們安眠之上繪了一個地圖，——這是我隨便譯一下。」

「這話怎麼講？」

「你想，就是一個最美之人，其睡美，不也同一個醉漢的酣睡一樣不可思議嗎？——」

細竹抬了頭，他說得笑了。

「有了夢才有了輪廓，畫到哪裡就以哪裡為止，我們也不妨以夢為大，——要不然，請你閉了眼睛看一看！」

望著她的眼睛看，又是——

「我小的時候總喜歡看我姐姐的瞳人。」

細竹懂得了，而且比他懂得多，她道：

「這樣看起來，人生如夢倒是一句實在話，是你自己講的。」

小林不語。

她果然是疊一朵蓮花。

「不管天下幾大的雨，裝不滿一朵花。」

一吹開，兩個指頭捏定指示起來了。

小林的眼睛不知往哪裡看。

注：載於一九二九年十一月十六日北平《華北日報副刊》第二〇五號，題為〈顏色〉，署名廢名。收入開明書店一九三二年四月版《橋》，為下篇〈二三塔〉。

二十五

細竹不知上哪裡玩去了，小林也出去了，琴子一個人在家，心裡很是納悶。其實是今天早起身體不爽快，不然她不致於這樣愛亂想。她想小林一定又是同細竹一塊兒玩去了，恨不得把「這個丫頭」一下就招回來，大責備一頓。她簡直伏在床上哭了。意思很重，哭是哭得很輕的。自以為是一個了不起的日子，沒有擔受過，坐起身來嘆一聲氣。

「唉，做一個人真是麻煩極了。」

起來照一照鏡子，生怕頭髮蓬得不好看，她不喜歡那個懶慵慵的樣子。眼睛已經有點不同了，著實的熨貼了一下。又生怕小林這時回來了。那樣她將沒有話說，反而是自己的不應該似的。

「唉，做個女子真不好……」

不由己的又滾了兩顆淚兒了。這時是鏡子寂寞，因為姑娘忽然忘了自己，記起媽媽來了。可憐的姑娘沒有受過母愛。

又記起金銀花，出現得甚是好看……

花是年年開，所以遠年的東西也總不謝了，何況姑娘正是看花的年齡，難怪十分的美好。

「細竹，這不能說，我不願他愛你，但我怕……」

一句話又不能得了意思。

慢慢的小林回來了，那個腳步才真是空谷足音哩，姑娘實在感到愛的春風了，不，是一個黃昏——這時，人，大概是為萬物之靈了，Sappho 歌了一首詩。

小林見她一笑：

「今天外面天氣很好，你怎麼不出去玩？」

「你來打斷了我，我正想著兩句話傷心，我很愛：『鳥之將死，其鳴也哀；人之將死，其言也善。』」

「你今天恐怕是不舒服。」

「我長久不記得我的母親，今天我忽然想我的母親了。」

小林不勝同情之感，簡直受了洗禮了，覺得那個樣子太是溫柔。又異想天開，很是自得，不由得探問於姑娘：

「你們的記憶恐怕開展得極其妙善，我想我不能進那個天國，——並不一定是領會不到。」

說著是一個過門而不入的悵惘。琴子啟齒而笑了，實在要佩服他。

「你在哪裡玩得回來？」

「細竹真好比一個春天，她一舉一動總來得那麼豪華，而又自然的有一個非人力的節奏，——我批評不好。剛才我在河邊玩，好幾位嫂嫂在那裡洗衣服，她們真愛說話，都笑我，我跑開了。走到壩上，望見稻場那邊桑樹腳下聚了許多孩子，說說笑笑。我走去看，原來細竹她在樹上，替他們摘葉子。她對我笑……」

這個印像殊不好說了。他剛剛到了那棵樹的時候，她正一手攀了枝子綠葉之中低下頭來答應一個孩子什麼，見了小林站在那裡，笑著分了一下眼睛好像告訴他她有事了。這個桑樹上的一面，大概就是所謂「豪華」之掇拾，然而當時他茫茫然一個路人之悲了，隨即一個人走到樹林裡徘徊了好久。

此刻說來，又不知不覺的是一個求助的心，向了當面之人。

琴子實在忍不住哭了。

他的擔子忽然輕了，也哭了。連忙又說話：

「我分析我自己，簡直說不通，——人大概是生來賦了許多盲目的本能，我不喜歡說是情感。我常想，這恐怕是生存的神妙，因為同類，才起了許多題目。我們在街上看了一個殺人的告示，不免驚心，然而過屠門而要大嚼；同樣，看花不一定就有掐花之念，自然也無所謂悲哀。孔子說，『鳥獸不可與同群』，這裡頭是可以得到一個法則。」

這些話胡為而來，琴子很不明白，看他的樣子說得太動情。

「你以後不要同細竹玩。」

她輕輕這一說又把他說得哭了。

她也哭了。

「你有許多地方令人害怕，——或者是我趕不上你。」

「你的意思我仿佛能了解，——我其實是一個腳踏實地者，我的生活途中未必有什麼驚異的闖客。就以今日為止，過去我的生活不能算簡單，我總不願同人絮說，我所遇見的一切，都造化了我。人生的意義本來不在它的故事，在於渲染於這故事的手法，故事讓它就是一個『命運』好了，——我是說偶然的遭際。我所覺得最不解的是世間何以竟有人因一人之故制伏了生活，而名之曰戀愛？我想這關乎人的天資。你的性格我不敢輕易度量的，在你的翅膀下我真要蜷伏——以後我尊你為大姐好了。」

說著笑了。

看一看琴子的眼睛，覺得哭實在是一個損傷，無可如何。

「唉，天地者萬物之逆旅，應該感謝的。」

言下忽然又有所思了，坐在那裡仰望起狗姐姐來了。

回頭他一想，「今天四月二十六，前次上八丈亭玩，正是三月二十幾，回來她也不舒服，好幾天不大吃東西……」於是墮入「神祕」了。太陽落山的時候，壩上玩，遇見「東頭」的一位大嫂挑水，揑了桃子吃，給他一個，他拿回來給琴子，琴子接著喜歡極了。

「你往桃樹林去了嗎？怎麼只買一個呢？」

她以為他從桃樹林買回來的。離史家莊不遠一個地方，幾戶人家種桃子，名叫桃樹林。

還沒有點燈，她一個人坐在房裡吃桃，酸極了，把姑娘的眼睛閉得甚是有趣。

注：載於一九三〇年一月二十七日北平《華北日報副刊》第二五三號，題為〈故事〉，署名廢名。收入開明書店一九三二年四月版《橋》，為下篇〈二四 故事〉。

二十六

琴子睡了午覺醒來，聽得細竹在天井裡，叫道：

「細竹，你在那裡幹什麼？」

「這不曉得是一個什麼蟲，走路走得好玩極了。」

「在哪裡？」

「陽溝裡。」

「你來我有話告訴你。」

於是她伸腰起來，呀的一聲險些兒被苔蘚滑跌了，自己又站住了。那個小蟲，真不曉得是一個什麼蟲，黑貝殼，姑娘沒有動手撩它，它自然更不曉得它的輿地之上，只有一寸高的樣子，有那麼一幅白面龐，看它走路走得好玩極了。

「你到桃樹林去買桃子回來吃好嗎？」

她走到了姐姐的面前，荷包裡掏出手巾來蒙了臉，裝一個捉迷藏的勢子玩。

「我同你說正經話你總喜歡鬧。」

「好，我去買桃子，你不要哭。」

「真討厭！你幾時看見我哭了？」

細竹想再回她一句，話到口邊不成言了，只好忘記了。因為正對了鏡子（既然答應了出去買東西，趕忙端正一端正）低目於唇上的紅，一開口就不好了。

這個故事，本來已經擱了筆，要待明年再寫，今天的事情雖然考證得確鑿，是打算拋掉的，因為桃樹林這地方，著者未及見，改種了田，只看得見一條小河流，不肯寫。桃之為果是不能經歷歲時的了。一位好事者硬要我補足，願做證明，說當初那主人姓何，與他有過瓜葛，他親見桃園的茂盛，年年不少人來往，言下很是嘆息。

今年二月裡，細竹同琴子一路來了一趟，那時是看花。這桃，據說不是本地種，人稱為「面桃」，大而色不紅。十幾畝地，七八間瓦屋，一灣小溪，此刻真是溪上碧桃多少了。今天天陰而無雨，走路很不熱，小林，因為昨天聽了琴子的話，向一個孩子打聽得桃樹林，獨自走來了，想不到細竹隨後來了。他玩了不小的工夫，地主人名叫何四海，攀談了好些話，他說他從史家莊的史家奶奶家來。史家奶奶是四遠馳名的了。何家的小姑娘導引細竹進來，他正走在桃畦之間，好像已經學道成功的人，凡事不足以隨便驚喜，雷聲而遠默，——哀哉，桃李下自成蹊，人來無非相見，意中人則反而意外了，證天地之不幻，枝枝果果畫了這一個人的形容。看官，這決不是誑語，大塊文章，是可以奏成人的音樂，只可惜落在我的紙上未必若是其推波助瀾耳。

細竹當下的歡喜是不待說的，她開口道：

「你怎麼在這裡呢？你來你怎麼不告訴我們呢？」

另外的那個小姑娘莫名其妙，只有她是現得在樹的腳下，簡直是一隻小麻雀，紮那麼一個紅辮子，仰起頭來仿佛看「細竹姑姑」怎麼這麼的曉得說話？她叫細竹叫細竹姑姑，去年便認熟了。

「女！把細竹姑姑牽來喝茶。」

原來她就叫做「女」，小林好笑了。女的媽正在「灶上」忙午飯，嚷嚷。細竹姑姑遠遠的謝她一聲。

「開了沒有?開了。」

灶孔裡掏出沙罐來,忙著問水開了沒有,開了。

「琴姐她叫我來買桃子,要曉得你來我就不用得跑這一趟了。」

然而女拉著細竹姑姑的手要去喝茶了。

小林他本來是一個悲思呵,笑而無可說的了。何四海背了籮筐又來同他談。筐子裡的桃都是揀那大的摘了下來。

「隨便請一兩個罷,剛下樹的好吃。」

「謝謝你,回頭我同細竹姑娘一路買幾斤。果子吊在樹上我還是今天在你這裡初次見。」

「不要跑,丫頭!要摔一跤才好!」

女拿著稱桃子的稱向這裡跑來了,爸爸叫她不要跑。

「媽媽說細竹姑姑要四斤,叫你稱。」

於是何四海稱桃。

小林一望望到那裡去了,細竹也出來了。

「你不要跑呵。」

她也有點跑哩。可憐的孩子，正其瞻視，人生在世隨在不可任意，不然這就是臨風而泣的時候了。他覺得那衣樣，咫尺之間，自為生動。

這回又是那個胸襟。美的人高蹈，是不同的，所謂「雪胸鸞鏡裡」，那還是她們自己妝臺放肆罷了，恐怕不及這自然與人物之前天姿的節奏。

「噯呀，何老闆，你都把這大的稱給了我們。」

看了這稱好了的一堆桃子，低下身去很知禮的說。

女的媽也來了，她走近何四海，說一句：

「我們的飯熟了。」

看了四斤桃子——四斤桃子的錢她在灶上細竹就給了她她裝到荷包裡去了，還要說「哈哈哈，還要給錢嗎？」看了四斤桃子，她一句：

「拿什麼裝呢？」

細竹掏出她的手巾。

「這條好手巾。」

又一句，她的女捱到她的兜里拉住她的手了。

「飯熟了，吃飯的都回來了。」

又說給何四海聽，要他去吃飯，「吃飯的都回來了」，是說他們家裡請的三個長工。

看他是要走了，女也拉著她走，她還曉得要說話：

「細竹姑姑，你就在我這裡吃一點嗎？——哈哈哈，不吃。」

細竹要開口，她就曉得是說不吃。其實細竹說出來是——

「我不餓。」

兩樣的話差不多是一齊開口，不過她先了一個「哈哈哈」了。

於是他們走了，留了這兩位觀客。

一眼見了一棵樹上的一個大桃子，她恰恰可以攀手得夠，細竹稀罕著道：

「嗳呀，這一個桃子才真大。」

於是忍不住要淘氣一下，遠遠的又叫住何四海：

「何老闆，我把你們的桃子再摘一個呵。」

「好罷，不要緊，你自己摘罷。」

一摘就把它摘下來了，喜歡極了，還連了兩瓣葉子。這個她就自己手上拿著。

小林也看著這個桃子喜歡極了。忽然他向她講這樣的話：

「我有一個不大好的意見，——不是意見，總之我自己也覺著很不好，我每逢看見了一個女人的父和母，則我對於這位姑娘不願多所瞻仰，仿佛把她的美都失掉了，尤其是知道了她的父親，越看我越看出相像的地方來了，說不出道理的難受，簡直的無容身之地，想到退避。」

「你這實在不好，我總喜歡人家有父母。」

「我仿佛女子是應該長在花園裡，好比這個桃林，當下忽然的一見。」

細竹笑了——

「你原來是講故事，騙我。」

「不是的。」

說著也笑了，然而窘。

「前天晚上我做了一個夢，我說告訴你又忘記了，我夢見我同你同琴子坐了船到那裡去玩，簡直是一片汪洋，奇怪得很，只看見我們三個人，我們又沒有蕩槳，而船怎麼的還是往前走。」

「做夢不是那樣嗎？——你這是因為那一天我們兩人談話，我說打起傘來到湖裡坐船好玩，所以晚上你就做這個夢。」

「恐怕是的，——後來不知怎樣一來，只看見你一個人在船上，我把你看得分明極了，白天沒有那樣的明白，宛在水中央。」

連忙又一句，卻不是說夢——

「噯呀，我這一下真覺得『宛在水中央』這句詩美。」

細竹喜歡著道：

「做夢真有趣，自己做夢自己也還是一個旁觀人，——既然只有我一個人在水中央，你站在哪裡看得見呢？」

她這一說不打緊，小林佩服極了。

她又說她口渴，道：

「我有點渴。」

「剛才何大娘請你喝茶——」

「我把這個桃子吃了它罷。」

指著自己手上的桃子請示。小林笑道：

「好罷。」

她動嘴吃桃，咬了一塊，還在舌間，小林卻無原無故的瞪眼看這已經破口的東西——欲言不語了。

慢慢他這樣說：

「細竹，我感得悲哀得很。」

說得很鎮靜。

「這個桃子一點也不酸。」

「你看，雖然是你開口，這個東西很難看了。」

細竹看他一下，一個質問的眼光。

他也就笑——

「好，你把它吃完了它。」

這個意思是，看她吃得很好玩了，桃子沒有了。

細竹要回去，說：

「我們回去罷，時候不早。」

「索性走到那頭去看一看。」

「那頭不是一樣嗎？」

她一眼望了那頭說，要掉背了。

小林也就悵望於那頭的樹行，很喜歡她的這一句話。

一九三〇，三，六。

注：載一九三〇年三月十日北平《華北日報副刊》第二八〇號，題為〈桃林〉，署名廢名。收入開明書店一九三二年四月版《橋》，為下篇〈二五 桃林〉。

下卷

一

這個故事寫到這裡要另外到一個地方。

這同以前所寫的正是一年的事情。節序將是中元，鄉人婦男老幼上什剎山朝山的日子。前年史家奶奶曾攜了琴子細竹去過什剎山一遭，那時細竹方學會自己梳頭，住在一個庵裡得意的了不得，那裡的修竹流泉在此鄉是最有名的，天氣又是炎陽未盡，秋風晚涼，二位姑娘帶來新做的衣裳，一日要幾易裝，大現其少女身手，秋色也都是春光了。但細竹又頗有點生氣的事，那個庵堂名叫天后庵，在她的日記裡有一則這樣寫：「真可氣，天后庵老當家的總是把我當一個小孩看待，今天早起又給雲片糕叫我吃。我還沒有梳頭哩。等琴姐起來我給她，看她要不要。」雲片糕是打發小孩子的一種糕果。不知道是不是這個理由，今年天后庵的老尼又帶信來請客，細竹她不同意去了。她說她喜歡到那裡去玩一趟，但什剎山她今年不去。她說她很想坐船玩。於是小林笑道，「你們其實都是大人物，而足跡未出百里以外，真是叫人不相信，這回我陪你們走遠一點好不好呢，我們到天祿山去？天祿山有山有海，秋天的紅葉聽說非常好，還有一個地方叫做虎溪，夾岸桃花十里路的顏色，我也只是聽見人家講，現在這時候我們去也看不見。」說著他倒好像夢見過天祿山虎溪桃花似的。細竹喜歡著道，「那好極了，我們就到天祿山去，即日就起程！奶奶也一定讓我們去，她老人家常說她從前還是做小姑娘的時候，天祿山傳戒，跟了大人去一些日子，現在我們三人去，奶奶一定喜歡。我就想看海！」琴子聽來也很有點動心，但她不出主意，她捏了一本書在那裡看。此時三人蓋坐在客房裡談「朝山」。細竹看著琴子不理會，不覺掃興道，「琴姐，你不答應去，我以後總不同你玩。」說得琴子微笑了。她又連忙湊近姐姐的耳朵唧噥，「只要你說去，奶奶一定非常喜歡，你跟我們一路出去玩一趟，住多住少都隨你，回來你就做新娘子，——反正事情我都知道。」她這一說時，各人於一陣天真的歡喜之上，加了一個沉默。世間的不則一聲，也正是大千世界一一靈魂之相，所以各人的沉默實有各人的美麗了。小林與琴子，大概菊花開時，將成夫婦之禮。這自然是一件賞心的樂事，而且，天下萬般，輪到善於畫夢之人，當前又格外的容易是一個奇跡，得而復失的江山，尚且是別時容易見時難，何況未知的國度呢？細竹的歡喜之花，好像不在這一棵樹上，但少小相從的女伴，最是異夢而同彩色，每每對映為紅，她與琴子更是有著姊妹的綠葉之蔭了。小林常說她實在是一個仙才，或者正因此，此刻三人面面相覷，好不可說的大大的一個人間的冷落。琴子的心境很有一種福地，她相信，由得她，她把她的閨門一手建築得一座好樓臺，但再一望，一個人怎麼的又絲毫無把握似的，只有她的女兒之淚倒實實在在的可以灑淨她自己的心胸。大概世間女子都是命命鳥，善有聽命之情，不負戾天之翼。她愛小林，同時就很有一個稚氣的驕傲，仿佛自居於天之驕子，接著卻每每的暗自拭淚了，她也說不出是為什麼來。她知道，自從小林回鄉，她一點感傷情緒沒有，淚珠兒也正是她的溫情。有一回她卻無意之間向小林說玩話道，「我們家的人命運都不好，奶奶替我算命，算命先生說這位小姐八字好，小姐可想不出這個好字要怎麼寫法才算好。」實在她不是說自己，自己倒是忘記了，她的意識裡頭總有向小林致一個祝福之誠，仿佛怕小林前途不平安，自己又可氣自己這麼一個女孩子氣。當下小林笑著答她的話道，「我記得我們小孩子的時候，我教你習字，小姐如今長大了，也請不要驕傲，請拿妙手出來，讓我在手心裡寫一個好字。」說得琴子面上吹著愛情之風了。然而不是今天的話，今天且不多講。今天他們三人同意，將遊天祿山了。史家奶奶也說那很好，只是叫他們去了就得住一月半月，那麼遠的路，不可盡在路上累著了。天祿山有一雞鳴寺，史家奶奶曾經是一位施主，他們去可以受雞鳴寺的招待了。天祿山不在此邑境內，是三百里知名的叢林，位於海上，佛寺一十二處，其最大者曰明光寺，一年四季，燒香許願，遊山玩水，不少人來往，尤其是在明光寺傳戒的時候，來客都是毗連四州縣有名之家。由史家莊動身到天祿山，有三日之程，這個故事的三個人物，是七夕以前走的，因為細竹的生日剛好是這一個巧日，我們有她在天祿山過生日的筆記可考了。

我們可以說一說到天祿山的地勢。此邑分山區與水區，亦稱上鄉與下鄉，下鄉人慣在船上過生活，上鄉路行乘車，邑城一帶介乎山水之間，既無高山，亦無大澤，算得個山明水秀，流水架以小橋，沙灘每映竹林，亦不知舟為何物了。上鄉與邑城最通往來，邑城與下鄉，除了士子遠遊，或者買賣人，或者朝山拜廟之客，其餘的真是不辨方向了，又罕通姻亞。由史家莊去天祿山，大早起身，車行十五里，達一船埠，往下便是下鄉地界，穿湖人港，晝夜兼行，經過三個碼頭，第三日已入他鄉之境，更乘竹轎直達天祿山。小林對於這些路程是頗有習慣的，雖然天祿山他也是第一回的遊客。琴子細竹，初次到了水上，於不自由之下真真有一個自由之態，兩人交頭接耳，說話的聲音也格外小，水闊天空也格外聽見人的聲音似的，令人有海燕雙雙茫茫秋水的印像，而臨風獨立，絕岸倩影，惟人生有此美畫圖。琴子有點暈船，她一坐在船內，就無話說，慢慢的人的靈魂仿佛忽然的成一個蜘蛛之網，隨煙水為界，無可著目之點，她的兩位旅伴就是她自身，是她最所親愛的，兩人絮絮叨叨的說一些什麼，她如在夢中聽過去了。這樣大概舟行有十里。忽然細竹招呼姐姐，叫姐姐一聲，她不知她為什麼這麼的無精打彩了。於是她自己也無精打彩，看著姐姐病了似的。小林沒有見過琴子這麼個面容，明眸淡月，發彩清揚，若不可風吹，於是他也望著琴子出神。琴子淺笑道：

「我們再也不能回去！」

說著她倒身細竹懷裡埋頭伏著妹妹的膝頭。

「姐姐，你起來！」

「我暈船。」

奇怪，細竹從來不像此刻這樣離不開琴子，琴子就在她身前，但她覺得看不見琴子似的，她要她抬頭了，一會兒兩眼天真的有著淚相。於是她拿手撩琴子的髮，讓她睡，一面又抬望眼，又同小林說話：

「這麼多的水，我們在家裡怎麼看不見？」

小林不由得很有一個寂寞之感，他在這姊妹二人跟前頓時好像一個世外人，聽了細竹這一問，他又笑了，喜歡著道：

「你這話我完全想像不出，照你這意思，我們住在輿地，就好比手上拿了一幅畫圖，隨便指點得什麼出來。你們兩人現在是坐在船上，還是你們家門的影子很深，我聽了你們的話，也很孤寂的站在門外。」

「你這話才說得好玩，——你雖然是在我們家裡做客，可不也是我們家的人嗎？我倒真算得一個客人。」

細竹這一說，她倒一個人坐在那裡起著得未曾有的寂寞了。姑娘生來是綠葉蓬勃，密密無著紅之點，一旦最高一朵，大是一個忘憂的杜鵑，無風驚綠了。但小林一心說他的話——

「我好像風景就是我的家，不過我也最有我的鄉愁。」

說著他不解細竹為何這麼一個先人為主的神氣，於是水上最現得沉默了。他慢慢在那裡畫畫，細竹今天格外打扮得好看，輕描淡寫之衣，人世不可有夢中顏色，當面的美女子只好低頭不語了。真的，眼前見在，每每就是一個夢之距離，造物的疏忽最為絕對的完全了。細竹一抬頭，懶懶的說一句道：

「我也要困。」

「你們兩個都困，讓這個船載我一個人走。」

「怎麼是載你一個人走呢？我看你也不夠做一個風景的畫家！我們各人有各人的煩惱，反正也是陪你走到岸上。」

此言其實是天籟，她一說完她也不理會她說了一句什麼，但她看著小林兩淚盈眶了。淚珠兒一吊就吊了。

「小林，你哭什麼呢！」

於是她也哭了。小林聽見她第一次這樣叫他的名字。琴子伏膝實未入睡，昏沉著也未聽他們兩人說話，人世淚意彷彿能夠驚動人，琴子仰首了。細竹不去看她，一看姐姐她將又要哭，她也不知為什麼。琴子心想，「這丫頭幹什麼？」但精神為之一爽，思有以安慰妹妹，凡事都如夢裡醒來，亦無覺處了。

「細竹，我這麼多年來還沒有離開奶奶過一天。」

「你還暈船不呢？」

「不，——你靠我睡一會兒好不好？」

「我不困。」

「暈船最好是朝兩岸去望，不要一心想在這個船上。」蕩船的從船後頭同他們打一句招呼了。他們好像好久不聽見人言，感得聲音的可愛了。這時船已經從寬闊的水面走在一個洲身的近旁，秋雲叆叆，草野如錦，水牛星散，是他們很少見過的耕牛。琴子望著遠遠的牛說道：

「細竹，你看，大的東西看得小，很可愛，——怪不得莊子的〈秋水〉說不辨牛馬，他大概也在水邊下看見過牛。」

「我喜歡蘇武牧羊，將來我一個人到塞外放羊去。」

「那我可天天寫信給你，你看見天上的雁兒就得仔細的觀睄。」

琴子說著自己真個望到天上去了，仿佛想仔細的認得出一個雁兒來。慢慢洲上又出現一個牽牛花堆，雲天淡遠，葉綠相叢，紅藍出色，細看卻是一茅草棚，牽牛花牽得這個樣子，門上今年的春聯尚看得見。琴子又道：

「這個草堂倒很是別致，我們歇一會兒上去玩一玩好不好？」

「我不去，回頭人家說我們是避難的人，哪裡像個旅行者呢？」

細竹這麼答，她還是記得她的淚眼了。琴子乃笑而不語。慢慢她又湊近妹妹的面龐輕輕一句：

「我們到這裡頭做一個隱士也好，豆棚瓜架雨如絲，做針線活看《聊齋》解悶兒。」

「你一個人不怕強盜嗎？我告訴你，女子只有尼庵，再不然就是墳地。」

她今天簡直是在這個船上參禪，動不動出言驚人了，使得琴子不好再怎麼說，想埋怨她一句。小林靜看水上綠洲，兩位女子絮語，若聽見若不聽見，掉過頭來，他卻說他的話：

「這個草舍令我記起一位無名女子的一句詩來，『牽牛棚底飼秋蟲』，實在我也不知作何解，但我覺得詩句甚美，很是一個女子之筆，有一回我翻得這位女詩人的集子，記得有這一句。」

他這一說時，姊妹二人縮瑟一隅，大有願聽小林談一個故事的神情，而他也看著兩人偎依而坐，都不開口了。細竹瞥見那個牽牛棚裡走出來一個小孩，不覺稀罕一聲：

「你們看，那裡還有一個小孩！」

她覺得那個小孩站在那裡很好玩，抬頭到艙外拿手去招他。她又灣身下去伸手到水上掬水玩。

「細竹，你進來，奶奶就怕你出門淘氣。」

她一面還低聲的唱些什麼，但也就聽姐姐的話回到原位了。

注：載一九三三年十一月一日《新月》月刊第四卷第五期，題為〈水上〉，署名廢名。

二

一路上有很多可寫的，尤其是船到碼頭他們所住的客店，遇見一些村的俏的不重要的人物，對於他們可很是新鮮別致，那些人物也不曉得天下還有什麼，大家在這個舞臺上各顯神通了。但我們還是到天祿山要緊。可是，細竹路上遺失了一件小小的什物，這關乎一個詩的題目，卻得一表。是的，與一個墳地也有關係。他們第二日的舟行，經過了名叫白渡的地方，然後轉入七里港，西方漸掛落日，離一個碼頭只有七里。三個人，孤舟一日，水天不見別的顏色，便是小林居嘗愛逞其想像，置身於蒼茫煙水，亦為有情無思了，及至船在這港裡頭走，忽而好像一隻家禽似的，大是一個游泳的安閒，半篙之水，兩岸草坪，還有人無事垂釣竿，船上人乃探頭相顧可喜，琴子又想到吃東西，於是把隨身攜帶的糕果拿出來吃。前面到了一個好所在，在他們去路的右傍，草岸展開一墳地，大概是古墳一丘，芊芊凝綠，無墓碑，臨水一棵古柳，有一個小孩牽了一隻羔羊坐在柳下望著行船來。一抹淡陽也真是可愛了，好比就是畫家的光線，對於這個地方之草生出一種依戀。觀者得了這個印像，默默無可言語，但也自然而然的各人有所認，這樣便成了各人自己的意識範圍了。小林偏向對岸的樹林看日頭，很是一個晚禱的微笑，記起他曾經坐著一塊石頭的照像，因而又起一個「刻舟求劍」的自哂，此刻他是坐在一個船上。琴子細竹，姊妹比肩，笑視此岸牽羊的孩童。細竹口裡還嚼著一顆糖，伸腰到艙外望著那小孩說話道：

「你姓什麼？」

小孩不答，但他熟視著這位姑娘。此時船傍著這一岸走，離岸不過二三尺。小林聽得細竹說話的音調，知道她口裡嚼著什麼東西，一個會說話的人故意學舌的調子，他乃望著那樹上的棲鴉出神，想著一個故事，他自己就好像一隻狡獪的野狐，心想把那舌上之物落為自己的一啖了。冷不防他吃了一驚，因為船忽然站住不走了，同時細竹卻已跳在岸上哈哈一笑，蕩船的人驚喜交集的說話道：

「姑娘，這可不是玩的，倘若有一個差錯，那叫我怎麼辦！」

原來細竹忘記她坐在船上，攀了那個柳枝同小孩招手了，幾乎失足，而舟子一槳把船靠岸穩定了，她則乘勢一躍登了岸。於是她那麼站著，儼若人生足履大地很是一個快樂，墓草沉默亦有來人之意，水色殘照都成為人物的裝點了。此人更指手而言曰：

「你們都上來！你們都上來！我們就在這裡歇一會兒，一天船坐得我悶得很。」

小林琴子聽她的話都上了岸。琴子伸一個懶腰，連忙就精神為之一振興，以一個滴滴之音出言道：

「這不曉得是什麼人的墳，想不到我們到這裡……」

她很是一個詩思，語言不足了，輪眼到那一匹草上的白羊，若畫龍點睛，大大的一個佳致落在那個小生物的羽毛了，喜歡著道：

「這羊真好看。」

細竹低身握那小孩的手，嘀嘀咕咕的問了他許多話。於是琴子也圍攏來，她倒真是一位大姐姐，俯視著他們兩人笑，細竹的天真弄得小人兒格外是一副天真模樣了，微笑的臉龐現得一個和平，又很是窘。

「你告訴我，我以後總記得你，你叫什麼名字呢？」

姑娘自己弄得窘了，站起身來，笑著向小林說話道：

「這個小孩大概是一位神仙，他怎麼不說話呢？」

小林惘然得很，他好像失卻了一個世界，而世界又無所失卻，只好也很喜歡的回答她道：

「哪裡能像姑娘這麼會說話呢？——你剛才吃一個什麼？怎麼就沒有了？」

他說著笑，看著她。細竹心想，「你怎麼的看我！」所以她也不知不覺的注目而不開口了。小林以為她是故意抿著嘴，於是一顆櫻桃不在樹上，世上自身完全之物，可以說是靈魂的畫題之一筆劃罷。這時舟子坐在船尾吸煙斗，吞了一口吼著鼻子要向細竹說什麼，細竹站立的方向是以背向他，他乃望著琴子指了那個不答話的小孩說道：

「姑娘，這個孩子是啞巴。」

聽了蕩船的這一報告，三人一齊看這小孩一眼，都有一個說不出的悲哀，這一個官能的缺陷，不啻便是路人親手的拾遺，人世的同情卻是莫可給與的了。細竹忽然一個焦急的樣子，問著她的姐姐道：

「他是一個啞巴，怎麼還要他在這裡放羊呢？」

話一出口，她也知道問得毫不是己意，自審有一個感情而已。琴子低聲回答她——

「你不要這樣叫。」

琴子也只是表現她的柔情，也說不出理由來，她叫細竹不要訴說「啞巴」這兩個字了。蕩船的又插話道：

「姑娘，他家就在那裡，——你看，那裡不是有一個樹林嗎？」

兩位姑娘就朝著那個樹林望。細竹的望眼忽然又一丟開，自己覺著有一個什麼事的神氣，轉頭向姐姐的耳朵裡唧噥了幾句。好女子，她的意思真是同風一樣自由，吹著什麼就是什麼了。接著姊妹二人連袂而動履，走出這個壙地以外去了，弄得小林莫名其妙，他不可以開言追問她們一句，「大家既然不招呼我，我就不能夠問人家了。」兩人搖步的背影，好像在他的夢裡走路，一面走一面還在那裡耳語，空野更度細竹的笑聲，一直轉過一個灌木之叢了。他乃忽然若有所得，他知道這正是許多小說家慣寫的材料，女子的溲溺是了。於是他把這個題目想得很有趣，不覺一陣羞赧了，以為有什麼人洞透他的凡想，一看還只有那個不說話的小孩坐在一旁。他也就藉草而坐，等候兩位旅伴來。那個小孩的母親走來了，招孩子回家，她似乎同這一位蕩船的熟識，問他今天載的是什麼客人，蕩船的銜著他的煙斗目光轉向小林，意若曰那墳前坐的就是他的客人，小孩的母親便不好怎麼細問了。小林笑著向這一位婦人表示他愛好這一匹小小的白羊，她也很和氣地告訴給小林聽，說這羊是小孩從外祖母家牽來的，並說他是一個沒有父親的孩子。小孩攜著母親的手自己牽著羊回家去了。小林動了一陣的幽思，他想，母親同小孩子的世界，雖然填著悲哀的光線，卻最是一個美的世界，是詩之國度，人世的「罪孽」至此得到淨化，——隱隱約約的記起另外一個父子的關係，數年前他在一個鄉村馬路上看見一個瞎子井旁取水，年齡三十歲左右，衣裝襤褸，一個苦工模樣，小林讓路等他提水走過，前面又來了一個過路人，此人便是盲人的父親，遊手好閒，家為世家的敗落，同小林點頭一招呼默不一聲的過去了，盲人當然無從知道此際有三人行，小林感到一種人世可憐的醜惡，近乎厭世觀，以後窘於不可塗抹這一個印象。這一個記憶剛朦朧著襲來，對面原野一輪紅日恰好掛在一個樹林之上，牽引他了，簡直是一個大果子，出脫得好看，不射人以光芒，只是自身好彩色，他歡喜著想到「承露盤」三個字，仿佛可以有一個器皿摘取這個美麗之物了。接著他很是得意，他的神仙意境，每每落地於世間的顏色。終於是黃昏近來，他又覺得很奇怪，「為什麼有意無意之間今天在這一個墳地裡逗留得一個好時光？」其實他並不是思索這個「為什麼」，倒是有意無意之間來此一問，添了他的美境罷了。當琴子細竹又走回原處，看他幽閒自在坐著不肯起來，他蓋坐在那裡默想，兩人的意思頓時也空空洞洞的，又一點沒有倦旅之情，對了他乃美目一盼，分明相見，如在鏡中。他微笑著念一句詩道：

「青草湖中月正圓。」

細竹忽然有點著急，這個時分他們還在路上，以一個愁容出言道：

「天快黑了，我們走罷。」

小林又急於要解釋他念那句詩的原故，他怕她們以為他把她們兩人比作月亮看了，這足見他自己的意識不分明，他解釋著道：

「我是思想這一座墳，你們一來我就毫無理由的記起這一句漁歌了。」

琴子道：

「你這一來倒提醒了我一個好意思，天上的月亮正好比仙人的墳，裡頭有一位女子，絕代佳人，長生不老。」

小林看著琴子說話眉梢微動，此人倒真是一個秋月的清明了，「那眉兒，——魚戲蓮葉東，魚戲蓮葉西罷。」他自己好笑了。以後他常常記得琴子這個說話的模樣，至於琴子的這一個「好意思」，當時竟未理會了。他又向她們兩人說道：

「剛才我一個人這樣想，我們這些人算是做了人類的墳墓，並沒有什麼了不起的事情，然而沒有如此少數的人物，人類便是一個陌生的曠野，路人無所憑弔，亦不足以振作自己的前程。」

琴子若答他，若自忖道：

「印度的風景不曉得怎麼樣，他們似乎總沒有一個墳的意思？」

這話啟發小林不少，他聽著喜歡極了，連忙加一個解釋——

「是的，那個佛之國大概沒有墳的風景，但我所懷的這一個墳的意思，到底可以弔唁人類的一切人物，我覺得是一個很美的詩情，否則未免正是我相。」

這大概是一個頓悟，琴子不大懂得。細竹看他們兩人說得很有興會，她卻生氣，出言道：

「你們真愛說話！你看剛才那個啞孩子他一句話都不說！——喂，那個孩子他怎麼走了？」

「他回家去了。」

小林回答。

「我們也走罷。」

細竹又無精打彩的說。她大概有一個興奮後的疲倦，眼前的事都懶得追究，便是前面所要到的一個目的地似乎也不在意中了，恰似黃昏之將度夜。於是他們又上船，船又一櫓一櫓的撥得水上響，這個聲音對於暫時駐陸的三位行客來得很親暱，更是給了細竹一個清新，如夢之飛蟲，逗得她的處女之思一星一星的出現，——她原來正在仰望著夜空，天上的星可以看得見一點兩點了。忽然她把她的手兒向荷包裡摸索，忽然正面而招呼她的同伴一句——

「我的鑰匙丟了！」

「你裝在荷包裡怎麼會丟呢？」

「我不曉得什麼時候丟了！」

「那我不管！」

這個鑰匙大概與琴子也有關係，然而不得其詳，因為接著並沒有聲張，姊妹二人絮絮叨叨說了許多別的話，往後又沒有提起這件事，日用之間似乎也不因遺失此物看得見什麼缺欠了。小林此時獨坐船首，看夜景，聽得細竹那一句失聲之言，他本來應該也有一個響應，而且話已說到口邊——他卻又有一個收住這個回聲的勢力了，因為他好像油然寫得了一首詩，詩題就是這一枚鑰匙。這個筆影，明明是五色，而夜色無論如何點不破彩雲，——此夜大是女子的髮之所披灑。於是他很是納悶，一字沒成，思索之中舟子說他們到了碼頭。第二天清早，朝陽既出，三人在一個茅店裡，昨日之事如同隔世了，另外有一個新鮮，琴子細竹跑到一個村戶人家去玩，假村女子窗前理妝，小林去找她們，登堂即是入室，瞥見細竹正在那裡纖手撚紅，他的詩乃立刻成功了，但是一個遊戲之作而已，待一會兒他笑著給細竹看——

「我看見姑娘的胭脂，
我打開了一個箱子，
世人沒有鑰匙，

鏡子藏一個女子。」

細竹一時竟想不起他的詩題來。

注：載於一九三二年十一月一日《新月》月刊第四卷第五期，題為〈鑰匙〉，署名廢名。

三

雞鳴寺為天祿山十二伽藍之一，小林，琴子，細竹三人，住著雞鳴寺一株臘梅的小院，梅樹倚牆甚高，現得這個院子十分靜默，古人說桃李無言，但這句話好像是來幫這株梅樹說話似的，人倒覺得桃李偏是最愛饒舌的神情。碧天之下，此梅確是見孤高，因其古老而格外沉著，記得有人以一言來描寫草與樹，前者依地求群，後者仰空求獨，雞鳴寺之梅真個不知不覺的叫人望到枝上的穹蒼了。見過它開花的人，與沒有見過它開花的人，對於它的依依之情又不同，當它群枝晝空，萬點黃金，所謂生香真色，就同看夜間的繁星一樣，星星是那麼的空靈，星星看得人的意思，繁華而多指點之妙了。琴子細竹初次遠遊，登上天祿山，雖然時節到了秋初，山水都還是夏景，無處不感到新鮮，小林簡直說細竹是一個「雀舌」，她看見什麼說什麼，一草一木，唧唧不休，及至雞鳴寺的「知客師」把他們安排在這個梅院裡，他們自己又各自收拾一番之後，倒不見得三日的旅途有什麼勞頓，細竹又首先跑到院子裡打量這梅樹了，她卻完全是一個少女之靜，自己告訴自己一聲，「臘梅，」言下是一年花開的空白，美女子之目便好似一具雕刻的生命，不能當作何曾看得彩色了。琴子這時正在明窗淨几之下寫信，出外寫信給祖母，是她生平第一遭，很是一個天真的快樂，別的事便都無心去理會了，她一寫寫了好幾頁紙，忽然停筆向窗外一覷，看見細竹一個人在那裡伴著一株樹做默劇似的，捕風捉影之勢，慢慢的又看見一隻花蝴蝶飛，細竹原來想捉那個蝴蝶，琴子乃把窗玻璃敲一下，驚動細竹回頭一看，於是姊妹二人隔著玻璃打一個照面了。各人又都先人為主，她還是注意她的蝴蝶，她還是埋頭閃她的筆穎，生命無所不在，即此一枝筆，纖手揑得最是多態，然而沒有第三者加入其間，一個微妙的光陰便同流水逝去無痕，造物隨在造化，不可解，是造化虛空了。這個梅院通到雞鳴寺的觀音堂，小林起初只看見有一扇門，不知有觀音堂，這門卻給了他一個深的感覺，他乃過而探之，經一走廊，到觀音堂，細竹在前院梅樹底下玩，他則徘徊於觀音堂，認識佛像了，這裡沒有的是聲音，但這裡的沉默是一個聲音的宇宙，仿佛語言本來是說得這一個身手的出脫了。他一看看到佛前之案，案上有一木魚，立時明明白白的表現歡欣，他愛這個什物，微笑著熟視木魚，世間的響聲只在彈指之間了，他真是躊躇滿志，又說不出個所以然來，若自傾聽。人的境界正好比這樣的一個不可言狀，一物是其著落，六合俱為度量了。這個當兒一個和尚跨門檻而人，向小林施一禮，他是打掃觀音堂的，有客至他就討一點錢，小林一見，油然動一個哀情，他是一個老人，人世的饑寒披在僧衣之下，殊是可憐相了。小林實實在在的納悶，天下的事都是出乎意外的樣子，老和尚就在面前，什麼又都莫逆似的，看見他就認得他，他是這樣的。慢慢的他以為老和尚的鬍鬚最為可憐，聯想到他兒時看見的一個戲子，年在六十以上，扮生腳的，那時鄉間的社戲，招來的戲班子都住在一個廟裡，一日小林去這廟裡玩，看見他，——「我認得他！他就是那個生腳！他怎麼沒有鬍子呢？」一個幼稚的心靈畫上一個不可磨滅的悲哀，但當下他不知是說這位戲子扮戲時掛著鬍鬚而現在沒有呢，還是說舞臺下這一位老人，自然，一看應該是一個老相，而因為職業的關係他不留鬚格外現得他的頭童齒豁，好像自己捉弄自己的年老呢？總之臺上這個戲子對於小孩沒有問題，這人的本來面相引起他的寂寞，他不會訴說滑稽了。此刻這個老僧，又使得他把那個戲子浮現眼前，人生給他一個狼藉的印像了。於是他又獨自走回梅院，廟堂的清淨一時都不與他相干了。

他走進梅院，不看見琴子，客榻之上卻見有細竹和衣而寐，而且真個的睡著了，原來她捉蝴蝶沒有捉住，自覺有點倦了，進到屋子裡來，自己就躺一會兒，一睡就睡著了。琴子做了主人，史家奶奶為雞鳴寺辦的施禮，寫了奶奶一封信，她就到方丈那邊去送禮了。細竹之睡，對於小林——他簡直沒有把這個境界思索過，現在她這一個白晝的夢相，未免真是一個意外的現實了，古人詩有云，「花開疑驟富」，他頓時便似夢中看得花開，明白又莫過眼前了。他仿佛什麼都得著了，而世間一個最大的虛空也正是人我之間的距離，咫尺畫堂，容納得一生的幻想，他在這裡頭立足，反而是漂泊無所，美女子夢裡光陰，格外的善眼天真，髮雲渲染，若含笑此身雖夢不知其夢也。實在的，這一個好時間，是什麼與她相干？忽然他凝視著一個東西，——她的呼吸。他大是一個看著生命逃逸的奇異。他不知道這正是他自己的生命了。於是他自審動了淚意，他也不知為什麼，只是這一個哀情叫他不可與細竹當面，背轉身來坐下那個寫字之案，兩朵淚兒就吊下了。這時兩下的距離倒是遠得很，他想著不要驚動了她的寤寐，自己就劃在自己的感傷之中。因為這一個自分，自己倒得了著落，人生格外的有一個親愛之誠，他好像孤寂的在細竹夢前遊戲畫十字了。他在那裡伏案拿著紙筆寫一點什麼玩，但毫無心思作用，手下有一枝筆，紙上也就有了筆劃而已。胡亂的塗鴉之中，寫了「生老病死」四個字，這四個字反而提醒了意識，自覺可笑，又一筆塗了，塗到死字，停筆熟視著這個字，仿佛只有這一個字的意境最好，不知怎的又回頭一看睡中的細竹，很有點戰兢的情緒，生怕把她驚醒了，但感著得未曾有的一個大歡喜，世間一副最美之面目給他一旦窺見了。院子裡有著腳步聲，他以為琴子回來了，抬頭一看卻正是剛才在觀音堂看見的那位老僧打這裡經過了。他只看見他的後影，他的步子走得很輕，於是透過玻璃望著走過去的老和尚不禁一聲嘆息，一瞬間他能夠描畫得他自己的一個明淨的思想了，畫出來卻好似就是觀音堂的那一座佛像，他想，「藝術品，無論它是一個苦難的化身，令人對之都是一個美好，苦難的實相，何以動憐恤呢？」想著又很是一個哀情，且有點煩惱。「我知道，世間最有一個擔荷之美好，雕刻眾形，正是這一個精神的表現。」想到「擔荷」二字，意若曰，現實是乞憐。「是的，這擔荷二字，說得許多意思，美，也正是一個擔荷，人生在這裡『忘我』，忘我，斯為美。」他這樣想時，望著窗外，若不勝寂寞，回轉頭來，想同細竹說話似的，看她睡得十分安靜，而他又忽然動了一個詩思，轉身又來執筆了。他微笑著想畫一幅畫，等細竹醒來給她看，她能夠猜得出他畫的什麼不能。此畫應是一個夢，畫得這個夢之美，又是一個夢之空白。他笑視著那個筆端，想到古人夢中的彩筆。又想到笑容可掬的那個掬字，若身在海岸，不可測其深，然而深亦可掬。又想到夜，夜亦可畫，正是他所最愛的顏色。此夢何從著筆，那裡頭的光線首先就不可捉摸，然而人的一生總得有這一回的現實。想到這裡，他望著窗外的白晝，對於那一棵樹上的陽光感著從來未有的親近，大概想從那裡得到啟示，於是他很是悲哀，不知其所以，仿佛生怕自己就在夢中了。最後又記起細竹在路上丟的鑰匙，昨日的詩題反而失卻此刻的想像，他的心靈簡直空洞極了。細竹的簫掛在壁上，她總喜歡她的簫，出門要攜帶出來，他乃拿起這個樂器，好像折一枝花似的，一個人走到院子裡去玩，蒼蒼者天，叫人很是自由，他自己懷抱自己的沉默了。

一會兒琴子回來了，細竹也醒了瞌睡，她偃臥著同姐姐說話：

「姐姐，我們去看海罷。」

「他們說從這裡到海邊還有四五里路哩，——我們過兩天再去玩，你說好不好？」

「我說好。」

她抬手掠髮一躍而起，這麼的一學舌，連忙又拿出鏡子來自己一照，彷彿這裡頭是她們姊妹二人的世界，一個天倫之樂出乎無形，別的都在意外了。

「姐姐，我睡醒來，真覺得是到了一個新地方，好像剛生下地一樣，什麼都這麼新鮮不過。」

「你生下地來你曉得嗎？我就不曉得細竹你是一個什麼小毛毛。」

「我記得我媽媽說我五個月就曉得認小雞兒，你會嗎？」

這時小林也加在一起，他真是好久沒有聽人間說話似的，對於聲音有一個很親媠的感覺，笑著向她們說道：

「你們的話都說得新鮮，連聲音都同平日不一樣。」

「那才奇怪，——真的，我睡在那裡傷了風！」

細竹這麼答他，她這才知道她傷了風，自己好笑了。

「有許多事情的改變都神祕得很。」

他又這麼的說一句。

「我不曉得你想起了什麼？」

「好比一位女子忽然長大了，那真可以說是『園柳變鳴禽』，自己也未必曉得自己說話的聲音從哪一個千金一刻就變得不同了。」

「你怎麼想起這個？那我真是不記得。」

琴子想笑她一句：「你也不記得害羞！」但她還是不說了。

小林又笑道：

「我再想起了一個很好的變化，古人夢中失筆，醒轉來不曉得是什麼感覺？有一個痕跡不能？」

「他從此再也不會做詩。」

琴子道：

「他不會做詩，總一定不像我們生來就不會的人一樣，他大概是忘記了。」

「你哪裡是不會呢？你才是謙虛，只有我捏了筆一點也不自由，叫我胡亂畫幾筆我還行，叫我寫幾句我真是不會。」

她們兩人的回答，其實並沒有會得小林的意思，但她們的話格外的對於他有所啟發，他好像把握著一個空靈了，向琴子道：

「你所說的忘記，與細竹所說的不會，都是天下最妙之物，我可以拿一枝想像之筆劃得出。」

細竹又連忙答道：

「那你也是不會！」

小林看她說話的模樣，心裡很是稀罕，人生夢幻不可以付之流水，觸目俱見天姿了。

注：載於一九三三年六月一日《新月》月刊第四卷第七期，題為〈窗〉，署名廢名。

四

這時正是日午，所謂午陰嘉樹清圓，難得在一個山上那麼的樹樹碧合晝日為地了。真個的，在這個時候，走出雞鳴寺之門，彌天明朗在目，千頃濃深立影，有一個光陰不可一風吹的勢力了。茂林秋蟬嘶鳴，反而不像在這個畫圖以內，未越濃淡的分寸，令人在一個感覺裡別自諦聽了。小林站著那個臺階，為一棵松蔭所遮，回面認山門上的石刻「雞鳴寺」三字，剎時間，伽藍之名，為他出脫空華，「花冠閒上午牆啼」，於是一個意境中的動靜，大概是以山林為明鏡，羽毛自見了。是的，這未必是他的心猿意馬，倒最是一個沉默的力量，幹樹墨瀋，獨立顏色。一會兒他看見琴子細竹出來了，原來他們在梅院稍憩之後，細竹要到大門外來玩，小林先來了，現在她們二人連袂而來。他又很稀罕，兩位女子都換了衣裳，細竹的胭脂更是點得新鮮，一面移步一面向琴子說一些什麼話，琴子只是抿嘴笑，笑得一朵淡紅，他不甚聽得語音，若世外風至，先在那裡掠過，他卻大是一個池岸垂釣竿之靜了。雞鳴寺的山門，在臺階的一邊，一帶竹林，竹林又環以流泉，從底下望這臺階，真是引領而望，一步一步的石級，青雲直上之勢，從高上望下去，則一個飄渺落在自己的身上，有點高處不勝了。門前豎著的一雙旗杆，百尺之木，與晴空同靜。此外便都是樹林，翠柏蒼松映著來去之路，站在這個臺階上頭都辨得出，最現一個空山之致。琴子一走走到水泉旁邊，有著說不出的喜悅，便好比流水無心照不見倩影一樣，卻是冷冷成音。小林看她臨水的風度，頓時他換了另一幅光景，只是人的思想之流就是一那張紙，落紅不掩明月，與時間並無關係了。他向琴子說話道：

「這水泉真是輕便得很，你站在這裡，它好像並不是身外之物，可以說是一衣帶水。」

琴子並沒有聽清楚他的話，因為她一心看水，等她再來回看他，他的話已經說完了，看他他卻有點臉紅，於是她也臉紅，不知道為什麼，以為他大概說了一句什麼笑話，逗得她平白的起一個少女的愛情之歡悅了。起初他看得琴子站在水上，清流與人才，共為一個自然，聯想到「一衣帶水」四個字，接著沒言語，倒是在那裡起一個頑皮的懷想，琴子的身材是一段雲，及至兩個羞赧一當面，又化作烏有了。慢慢他笑道：

「我記得一個仙人島的故事，一位女子，同了另外一個人要過海，走到海岸，無有途徑，出素練一匹拋去，作為長堤，——我總覺得女子自己的身邊之物，實在比什麼都現實，最好就說是自然的意境，好比一株樹隨便多開一朵花，並不在意外，所以，這個素練成堤，連鵲橋都不如。」

說得琴子有一點笑，同時她身邊就隱藏著她們女兒們的許多私話似的，一個人站著很是怯弱，不覺之間回轉頭來看見細竹在旗杆旁石獅子影下望著她笑了。細竹喜歡那個旗杆豎得高高的，後來看見他們兩人背著她說話的模樣，她就不動了，琴子回頭看見她，她還是不動，毫不聲張地笑，這一來琴子倒無精打彩的可笑那麼呆呆的站著她的淘氣的妹妹了。小林在琴子轉面的當兒，注意到她那一手插在荷包裡，她常有這麼一個若無其事的習慣，他的思想範圍隨著這個荷包豐富極了，彷彿這時隨聽天上飛一個什麼東西都是的。低頭他卻為他所站立的那棵樹影牽引，於是許多興會一時都變幻在這一個影子上頭，很是一個大樹的情緒，他歡喜著想表示一句什麼，什麼又無以為言，正同簇影不可以翻得花葉，而沉默也正是生長了。琴子望著細竹問道：

「你笑什麼？」

於是細竹也懶洋洋的答道：

「我笑你長得很高，——真的，難怪我的衣服你穿要短一點，平常我總是生氣，你未必就比我高，剛才我看你站在那裡，你是要高一些，好看得很。」

這一番話她說了也就算了，可謂毫無成心。連忙她又問琴子道：

「姐姐，這山不就在海旁邊嗎？怎麼我一點也不覺得它在海旁邊。」

小林聽了這話，一旁很是讚賞，他雖也還沒有與天祿山的海當面，但他是見過海的，所以目前他的峨峨之山，倒是引起了海的天地了。然而這個天祿山的山海之濱，此時總也是少女一般的貞靜，怒濤自守其境界了。琴子回答細竹道：

「山它自己總一定知道它在海旁邊，只是我們太渺小了，在海旁邊自己不能知道。」

說著她有一個很好的山的感覺，大概因為謙虛的原故，失卻自己的渺小了。

小林笑著向她們兩人說道：

「觀乎海者難為水，然而你沒有看見它，它也不能自大，大概也只好自安於寂寞。」

「我說今天就到海邊去玩，琴姐她不肯，——你們不引我去，我再去了我就總不回來！」

她說著，小林就儼然望她，一人在一海上，當面之人倒如在夢中了。其間很是一個沉默。慢慢他這樣說：

「有一回，是深秋天氣，我在一個地方，上到一個高塔上去玩，並沒有想到對面山上正掛落日，我放眼見之，若置身滄海，記起一張圖畫，一位女子臨海而立，那一幅寂寞的自然與人物，真是並世絕代，令我最感得懷抱二字。」

「你說話總是說那麼遠，——叫我一個人到一個生地方去我就不敢。」

細竹又這麼答他。她說著簡直就無故生氣，好像再也想不到有第二句話可說，闔口是花不解語的一瓣了。這一來小林看著她的天真模樣很好玩，馬上他又異想天開了，記起另外一件事道：

「有一回，一個下雪天的早晨，我出門踏雪，經過一戶人家，看見一位女子倚門而望，她大概剛從妝臺上下來，唇上的胭脂一櫻多，——凡事我想背景很有關係，一個雪世界女子不開口。」

「下雪的天，樹上的鳥兒不知都飛到哪裡去了？」

她連忙又這一問，惹得琴子笑了。琴子看小林那個說話的神氣，知道他的非非想，暗地裡好笑，而且，聽得空空洞洞的言語，簡直染了一點實在的憂愁，明明是她自己妝臺上的好扮相，在此刻可以說是一幅遺世面目，移步更倚近那一竿之竹，若不願與人為群了。綠竹猗猗，應該含笑正是女子的脂粉氣。及至細竹的話來得那麼突兀，自在的飛著下雪天樹上的鳥兒，她又真真的友愛她的妹妹，嫣然一笑了。於是她的光景回到家裡去了，還是做小姑娘的時候，下雪的天，細竹一個人悄悄的門外張望，她問她睄什麼，她說，「姐姐，這時的鳥兒都飛到哪裡去了？」

竹林上微動一陣風，三個人都聽得清響，而依傍琴子，一竹之影，別是一枝的生動，小林倏然如見游魚，——這裡真是動靜無殊，好風披入畫靈了。是的，世間的音聲落為形相，搖得此幽姿。小林簡直人了一個畫家的涅槃，指著這個竹影說道：

「這影子好看，我向這裡頭畫一個雀躍。」

言下暗自驚異，隱隱約約的若指得古代公主睡裡那個梅花落。他的意中之鳥是一隻彩禽。於是重複指著竹影說道：

「我感得哀愁，——我愛這個靈秀，我實在不記得這只是影婆娑，一心以為畫一個鳥兒，給一種羽毛的彩色把我叫喚過來了。」

琴子不可解此人言下感情何太重。細竹聽了他說鳥，自為遊戲，便蹲在地下畫了一個鳥兒，但她只是出了一個鳥的樣子，等待她的口邊輕描淡寫的吐露幾句佳言，卻完全道得小林的靈魂了，她說：

「我看你這鳥兒還不算奇，你這鳥林卻太好了，你的竹影比竹子還要好看，——我這話說錯了，你的竹子其實是望了這個影子說，你所說的紅紅綠綠都是好看的影子。」

小林子乃笑道：

「我喜歡竹子的葉子，——奇怪，竹葉為酒，可以點紅顏。」

他這樣說時，對了雞鳴寺那一個竹林出神，山上的竹葉此時是他的尊前之酒，葉葉波間如泛桃花，很是一個蓮花境界了。是的，「綠酒一巵紅上面」，添了他的顏色的生命。

這時有兩個女子走出於下面的樹林，而且站在高階之下暫時裹足不前，他們三個人一看都看見了，細竹一見就趕緊移身到琴子的身旁，向琴子低語，「那兩個人來了！」空山的來人動了她的好奇心，她巴不得她們快一點上來，至於那兩人的衣裝遠遠望來都一定是大家的女子，同她們自己差不多的身分，只是瞬間的一個認識，使她的意興自然而然的熱鬧起來了。姊妹二人表現的樣子漸漸一致，都在注意那兩個來人，且都不說話，站在一塊兒。這是就動作來說。若夫兩樣的面目，正如鏡中相形，越靜越現得生命的奇異了，但是一個生命。小林也在那裡朝那來人望，他又另是他自己的一個靜默，大約就同此深山，有人來不足奇，添出了美景卻也就是剛才的一張畫了。然而，最美的自然，還是人類的情感，於是一步一步的階石也靜候空谷的足音似的。他又有心來回看他的兩位同伴，彷彿為這個山光之靜所打動，這一來恰與琴子寓目，看得琴子很是親靄，他的心境空無所有了，幻得光陰之又一葉。廟前的旗杆止定人的意思，一旦仰空看不足了。他低聲向琴子道：

「空靈的世界好看，好比我們的意思裡有時只有一個東西，一隻雁，一株樹，一個池塘，——我覺得這個東西好看極了。」

琴子微笑不語，她參不透他是望了那占立時間剝蝕的木末說話，聽著他數一件一件的東西，她心裡就計算著，件件東西不出意外，件件也不在意中，她以為他應該說一個什麼，她卻也說不出這個什麼了。她又默默的注意那兩個女子，她們已經慢步的踏著石級，一人兩手撩弄手帕兒玩，一人執一扇，不時在空山之中點滴一字的語言。小林又指著那旗杆同他的同伴低語——

「這旗杆，令我記起小時在放馬場山上看見的一塊石頭，我並沒有上到那個山上去，只是走路向山上望，山頂有一塊石頭孤立，我做小孩子，看下雨，心想雨從天上下來先在什麼地方響？我自己得了一個斷案，先在瓦上響，因為聽見雨初下來在瓦上的聲音很歡喜，自從看見放馬場山上那塊石頭，我以為我以前錯了，雨是先在這石頭上響，一時真是狂喜，以後心裡愛想這石頭，同時又仿佛傾聽音聲。」

這一番話完全出乎琴子的意外，她卻真是樂意聽，於是也有一個意思浮現她的心靈，她很喜歡的說道：

「你說一個東西，倒提醒我一個東西，『池荷初貼水』，我覺得這一片葉子好看，真是寫得空靈極了。」

於是細竹也低著聲音答話：

「你這一葉荷葉真是一個東西，有了這個葉子，天下的雨也是一個東西，落在葉上是一顆珠子，不然，無邊絲雨細如愁。」

她一言說得大家都有點憂愁，但都笑了。她當階而立，對於小林是一個側影，他不由得望著她的髮際，白日如晝，——他真是極力看得女子頭髮的神祕，樹林的生命都在一天的明月了。上來的那兩個女子已在階前最後幾步，他望著她們很明白，但驚視著，當前的現實若證虛幻。於是來人過去了。最奇的，兩女子已經走進廟門，他們三人依然站著未移身，面面相視，他確鑿的是另外記得一個美麗，一個陌生人的印像，分明是他自己的情愛的圖形了。是的，人生之美，不可與鏡花水月同之，有一個寂寞之空虛了。此時亦無有言語，但正是言語之消息不可思議，何以生動思維。細竹同琴子說話：

「姐姐，你信不信，這兩個人一定是兩姊妹，捏扇子的是姐姐。」

這一聲扇子，對於小林真個是畫龍點睛，他的靈魂空洞而有物了，不禁很自由的說道：

「這個手工，一把扇子，在空間占的位置，咫尺之間而已，但給一個人捏就好像捏一個宇宙。」

這話使得琴子吃驚不小，而且把那捏扇子的女子分明再現了。當那兩人從面前走過時，她同細竹一樣，看得兩個女子，一見未曾分開了。

注：載於一九三四年六月一日《學文》月刊第一卷第二期，題為〈荷葉〉，署名廢名。

五

他們都是同鄉哩。那兩個女子方在觀音堂裡頭，他們三人也不期而走來了，兩方面，彼此聽見語音。於是五人之間，剛才在廟門外不交言，此刻公共的去拾得那個鄉音的沉默了，而又都是暗自驚喜。小林則另外墮於一個神祕，他驟然聽得一個生人開口的說話，分明的音樂與繪畫是兩樣的靈異，簡直的可以各不相入，大約就好比兩個世界自為完全，而怎麼不前不後，當此際，正是這一幅面目。從此這聲音，也便是顏色，一個靈魂分不開了。接著五個人又都不說話。而且，他們三人，尚在佛堂之外，留步不前。他默默的又是一個神祕，彷佛在那裡留神他自己的那一個印像似的，空間的不聲響倒是意中的驚動了。細竹禁不住撒了手掉過面來攔住琴子，原來她是攙著琴子緩步而來，掉過來她且埋怨且笑道：

「你不進去就回去，站在這裡幹什麼呢？我們都是同鄉！」

她這一聲張，琴子倒若無其事，笑她，分明是她自己淘氣而又格外的怕生罷了。於是那姊妹二人都出來了，——細竹猜的是的，她們是姊妹，「捏扇子的是姐姐」。琴子已經同她們當了面，彼此點首笑，細竹則立於其間，還是以一個背面向那兩個人，迎著琴子的面笑，笑得個不能自已了，連忙自己拂一拂頭髮，掉過身來道：

「我這個人真不好。」

那姊妹二人已經猜得她是一位妹妹，她有著令人見了她沒有隔閡的勢力了。那位姐姐同她招呼道：

「這位姐姐真是一個好妹妹，——恕我的話說得冒昧。」

細竹乃把自己一指，又把琴子一指，又把那姊妹二人一人一指，一指便一言，而是望了那捏扇子的答話：

「我同她，不是你同她……」

她好像一個學言語的小孩子，話說不好，話裡的意思是很充滿的了，說得旁人都笑了。那姊妹二人心想，「她們二人不是親生的姊妹。」她們雖是首先同細竹說話，暗暗的卻是伺探小林與琴子，尤其是琴子鎮靜明澈而如一面鏡子起人洞視之情，及至細竹指點得好玩，大家都在她的天真裡忘形，真是一見如故了。

「我同我的妹妹兩人在這山上住得寂寞，想不到來了你們三位佳客，『我們都是同鄉！』」

那人學細竹的話說著一笑，接著她又說：

「你們什麼時候來的？我們怎麼不曉得！」

琴子答以他們今天剛到，於是那人道：

「那我們真是失迎得很，——你們就住在雞鳴寺嗎？都搬到我們那裡去住好不好？」

這姊妹二人住在「掃月堂」，那是一個別墅，為天祿山名勝之一。她們的祖父，在本鄉是有名的，掃月堂係其當年來天祿山所建，至今有百年之久。所以，等到他們自己都說出名姓，而且略略的道及先人，彼此真是高興得很。那位姐姐並說家中還藏著小林父親畫的畫。小林當下有一個不可自解的感覺，他對於此人，雖然生疏，但她同那位女子分明是兩樣的衣冠人物，她之前人我無礙。那女子，與他也是生疏的，卻同琴子細竹具著一致之威儀，這威儀，叫他空空洞洞的若思索一境界，奇怪，若想到「死」之不可侵犯。總之是一個距離，大約其間畫著各人的一生。於是那三個女郎之春裝，照在他的眼裡光輝明滅，他忽然的得了斷定，自忖道，「世間的華麗也便是人生之干戈，起人敬畏。」而那捏扇子的女子，衣裳確是素淡一流。他的視線乃再翻一葉那手中扇，其搖落之致，靈魂無限，生命真是掌上舞了，但使得他很有一個幼稚的懊喪，人家再也不同他說話了。那人同琴子交談。那人是一婦人，這個關係，小林隨後也便知道，這個關係鑄定了女子的性格，一人的天資每每又因一定的範圍造化自由，正如花木之得畦徑，這是這女子與人無礙之故，卻是小林始終不得其解，他也就忘卻了。

琴子答應明天到掃月堂去看她們，現在且請她們來梅院一玩。她們姓牛，家在邑之下鄉，是水上之子，人都稱這位姐姐為牛千姑，她名叫大千，妹妹名小千。她們四人一齊進到梅院，卻不見小林進來，原來她們移步而走時都沒有招呼他，他立在一旁，等她們走了，他悄悄的一個人走出雞鳴寺，到山上散步去了。除了細竹，那三人一看沒有小林，心裡忽然都有個空白，各人自己也都寫不明白那意中的字句了。細竹叫那位姐姐叫牛大姐，叫妹妹就叫小千。在她的口中沒有一點不自然的地方，人家聽來也就很稔熟了。於是琴子也叫牛大姐道：

「牛大姐，細竹她要去看海，明天就請你們二人引我們一路去。」

「好得很，——你們都到我們那裡去住不好嗎？」

琴子笑而不答。細竹搶著答道：

「她不去，過幾天等他們兩人回家去了，我不同他們一路回去，我再搬到你們那裡去住好不好？」

她這一說時，才覺到小林並不在這裡，但她這一口氣還是把話說完了。那姊妹二人看她說話的神氣，領會一個意思，聽到「他們」二字，都將琴子看了一眼，惹得琴子臉紅了。小千姑娘乃打岔道：

「細竹姐姐，你要在天祿山玩，我同我姐姐也都不回去，我們在一塊兒玩，那真好。」

「你叫我叫姐姐做什麼呢？我看我們兩人差不多——」

她說著好像要去同她比身材似的，但她一抬眼知道小千姑娘比她長得高了。她說話的本意倒是說她們兩人年齡差不多的。

「細竹姑娘，你喜歡騎馬嗎？我們到海邊去玩，騎馬去很好玩，靈光寺有兩匹馬，我借得來，我們自己也有一匹，我們回家去的時候也放在靈光寺裡，他們替我喂，——我們一共有五個人，只有三匹馬，那兩人就跟了我們步行罷，如果喜歡坐轎，這裡也有轎子。」

細竹聽了牛大姐叫她叫「細竹姑娘」，她看她一眼，奇怪，她看得她與她之間好像隔了一個夢似的，有點呆住了，倒是牛大姐同她親熱，她也同她親熱。她讓她就這麼叫她，不去分辨了。不知不覺的她倚身到琴子之側，答牛大姐道：

「我們不會騎。」

她說得很是怯弱。這時小千坐在那個寫字桌旁，她看了桌上的紙筆墨硯，油然動一陣寂寞的歡悅，她想拿筆寫字玩，不知怎的此地很有一個我相，猜不著誰在這裡寫字，徒徒引得自己沒字的字句眼明無限了。聽了細竹的話，她儼若得了攀援，掉過頭來望了琴子細竹一笑——

「我們三人聯盟，——不同她一起。」

於是她的姐姐也笑道：

「我的妹妹她總是偏向外人，不向我。」

說得四個人都笑了。細竹還是倚著琴子不大想出言。她剛才指了琴子說她同她不是親生的姊妹，那靈魂卻正是劃不開一個妹妹，她一言一動都現得琴子是她的姐姐了。琴子乃同牛大姐說話道：

「我們在家裡就聽說靈光寺『十里香燈，騎馬開後門』，原來真有馬。」

說到這個上頭，牛大姐沒有多大的興會，微微一笑答之，其中卻是一個好奇與思索的眼光注視琴子，彷佛想從琴子的面上認得小林似的。她的神情只是叫琴子認得這人真是一個美人了，同時也正是訝於「同袍不得知」。

注：載於一九三四年六月一日《學文》月刊第一卷第二期，題為〈無題〉，署名廢名。

六

小林一個人出雞鳴寺，走下石階，踱進那個樹林裡去了，於是茂林深陰，畫得一個無人之境，他很是稀罕這個忽然獨自的密意了。他且行且有一點幼稚的傲岸，那幾個女子都在那裡不見他，「我將一個人玩一個很大的時間回去，——我一個人現在就去看海罷！」一想到看海，他狂喜得很，彷佛放開了一個很大的局促，當面又沒有止境了。然而一個記憶的海樣，也便是海樣的記憶，忽然又很是冷落了，琴子細竹的影子很孤寂的未能與這個海映在一起。「我不應當背了她兩人一個人先去看海。」他們三人是同來的，他不可以獨往。於是一個思想的海之尺度，正是形影相依的距離了。這一來他失卻了一個行程，眼前的樹林不免都是寂寞的枝葉了。他記起有一回夏日之晨他在一個大樹林裡走路，在看不見別的顏色之際，若置身濃雲中行，其深藏與虛空，令人竦然。忽然前面轉灣處，池光射目，原來這兒洞開天地，方池靜在林外，獨樹倒影，與遠山共為疏朗，最使得他驚異的，此地方有一畫家寫生，而頃刻之間，不幹畫者之事，造化乃一個情愛的生動，——這個畫畫人是一女郎，他只看得女子手中的筆姿，此以外大約才真是自然，然而他冥想這一筆的自然，「這一下應該畫一個什麼？」所以這時的宇宙在他是一個空白，但明明懸掛生命之圖畫了。他以一個沉默又循路而行，一個鏡子之前若將一點明眸，乃忽然為自然之冷靜所驚，感著得未曾有的一個恐懼，仿佛世間只有這個冷靜最是德行，所謂真善美，直同乎流俗而已。他想回轉頭來致禮於這位畫家，表示他立於自然之前自慚冥頑，一幅風景奈何見女子之相。後來給那水田旁邊一個捉蝦蟆的小孩子打了他一岔。他看了這小孩子，頓時又好像晤對另一副自然之面目了。是的，自然與小孩這時做了人生之借鑒，他在這裡失卻一個什麼，其所得卻正是人生之度量。這一度記憶，自晝光陰，等待落到思想之幕後，今日的樹林，依然寂寞自在了，他向了那葉綠之層出神，天地萬物，俱以表現為存在，鳥獸羽毛，草木花葉，人類的思維何以與之比映呢？滄海桑田，豈是人生之雪泥鴻爪？他很有一個孤鸞自奮之概，然而連忙拾得一個美麗的虛空，草木的花葉，鳥獸的羽毛，毋乃是意中圖像，何以有彼物，亦何以有我意了。

他出了這個樹林，前山的景物觸目為新鮮，一路的思索虛無何有了，他就此停步，好像真個的經過了一個很大的時間，再也不想往前走。眼前的山水真是平靜得很，令人有安息之致。他本來沒有一定的目的地，所以站在這個未曾走過的路上，漸漸的若看一幅山水的畫，行路可以沒有去意，遠近共在一見。他又不知不覺的循了一條山徑踏數十步遠，於是又停步不前，要轉身回去，掉過頭來，望見剛才經過的樹林，徒徒在那裡落得自己的一個倦怠，一個人再走歸路很無意興了。這時，雞鳴寺的幾個女子，做了他的情愛的落日，咫尺山光不干眼明了，——意中圓此明淨，卻是面目各自，靈魂各自，仿佛說得人生的歸宿無須以言語相約，雖夢想亦不可模糊了。奇怪，一念之間，他起了一個「捨身」的意志，對著山水微笑著，大約以為不是彼谷，即為彼澗，行見此身血肉狼籍了。這動機尚不能自己分辨，而他的「死」確已具體，山前水上已無可逃形似的。自然，這完全是一個主觀，宇宙何為刀俎，生死豈掛林泉。在這個感情作用張弛之際，他看見一個村婦從那山阿一棵樹下出現。原來那兒曲折一座建築，這村婦的神情是一個僕婢，那必是一個人家的住屋無疑。他自顧而笑，剛才為什麼那樣的興奮，幾何而不為生命的竊賊。給婦人孺子捉住了。再看那樹陰處還拴著有馬，他再上前一步，看得白馬全姿，生物最為靜態了。他想著這裡住著什麼人，給他留的印像真好。他覺得這一匹馬好看。是的，這馬格外的逗引他一個美麗，山林反而失卻寶藏，形體乃畫空靈了。於是一個自身毀滅之情，已在生命的無我之境。他記起古人墓樹掛劍的故事，自笑道，「我愛好這一匹馬，它的主人若能知道這點意思，想來也可以牽來送給我作一個紀念罷。」他這樣想時，一點也不含生死的意趣，也並不真是想著一個墳地的景物，實在也未曾著意於一個馬之主人，只是空空洞洞的若懷著人類的一個寂寞了。

他想不到琴子細竹同了另外的那兩個女子都來了，這使得他抬望眼，好像意外的告訴他天下事並不都是出於一個人的幻想似的。一瞬的光陰歸於平常，他就在那裡站著，等候她們走近前來。此時大約最是一個人自身存在的安息，自身以外是自身以外之人，自身以外也都真是自身的隨合，不比對鏡顧影自身徒自誇張了。四個女子，一面走路一面說說笑笑，一望見是小林在那個山坡之上，各人的思路各自一停換，各人的眼光都牽住一個光線，中間還留逗各自言語的迅速。將一當面，細竹開言道：

「你怎麼一個人跑到這裡來了，——這兩個牛牽我們到她們那裡去玩。」

她這麼的指了牛家的大千小千向小林一說話，大千乃伸手過來攜著她道：

「是你自己說的，我牽牛上山罷。」

細竹一時答辨不出來，只好讓大千攜著她，她們兩人乃在前面走了。

「大千牛，我這個人要是同人拌嘴，總是我自己輸了，所以今天我也不敢鬥牛，讓你一步。」

於是小千在後面說道：

「細竹，你不但輸給我姐姐，你也輸給了我，她牽你，你叫她叫『大牽牛』，那我牽你自然是小牽牛了。」

細竹聽了這話，撒了手不跟大千走，掉過頭來望了小千一嗔道：

「我不跟你們姓牛的玩，——你們兩人都做了牽牛，那豈不是要我一個人做織女嗎？」

她把大家都說得笑了。小千一面望了細竹笑，一面卻是一個女兒的偷視，向小林覷了一眼，小林沒有注意到，給琴子留心去了。這一來琴子自己反而沒趣似的，在大家說笑的當兒她不免現得像一個「旁觀人」了。小千裝作沒理會，故意丟開細竹轉向琴子說話道：

「琴子姐姐，你是牽牛在後面。」

她這一說倒把眼睛端端正正的射在小林面上，弄得小林格外的陷入局促了。這個局促，其實正是寬闊，因為自己在他人之前不自由，自己乃失卻自己的範圍，自己好像是他人之存在，在那裡處於幾個女子的窘迫地位，忽而一言笑，忽而一動作。實在她們誰也沒有他那樣的窘迫，那麼他的窘迫更是加了他自己了。這時大千一個人在前面快步，她想快一點回到屋子裡去，這麼的跟了小千細竹她們淘氣很沒意思了。她一走到她的馬前樹下，站住了，回轉身來笑著望了後面的客人，意若曰，「我們就住在這裡。」琴子細竹起初就看見了那樹下的馬，想著大千剛才告訴她們說她自己有一匹馬的話，猜著這就是了，兩人的意識裡都有著陌生的形色。這兩位田園女子，還只在畫上見過馬，今天的這匹馬是看馬第一遭了。細竹對於大千越發有一種神奇之感，看見這馬好像看見一晌的女伴忽然有了一個小孩兒似的，心裡真愛，可是口裡不曉得怎麼說這東西了，有一句話要到口邊，又冷住了。琴子見馬凝視，好像她平日所懷的詩情畫馬，是一個打不破的寧靜，今日似曾相識，在生命的馴服之下更有一個生命的奔放，與她的女兒性格相距甚遠了。她總還是覺得這馬可愛，等到她把這馬與騎馬那女子聯合起來，她卻分明的認識那個大千了。她真是且驚且喜，很有點望塵莫及的神情，在這一刻以前她總納悶似的，大千在她眼前，大千又無可附麗，因為她看得她不可捉摸，現在有了這匹馬仿佛大千走得頂遠頂遠她也記住了。掃月堂的三位來客，隨著主人都到了，只有小林的驚異正如門前的樹影，屹然不動了，他一看見門牆上「掃月堂」三個字，把掃月堂代表了大千，「這就是她住的地方！」他跟她們一路上來，牛家的兩位女子對於他未曾另外盡一個主人之禮，並沒有向他招呼一句。他也只是隨著大家走路，走到這個拴馬的人家剛才他幾乎過門而不入原來正是掃月堂。他又一言不出隨她們進門，此時他完全是他自己，進得門口，他所徘徊的還是他剛才一個人在下面的情景，他還沒有把那馬移到主人分上去，馬的主人不干乎馬，然而這馬又好像是他的馬，不啻他走到這世界上來第一遭所遇見，它給了他一個親切，——大約因為這個原故，大家到了屋子裡，大千同他講一個禮節的時候，他望著她不知回答，自己默默的落一個哀情，不可解世間何為路人了。慢慢的他看著大千自由自在的樣子，他又很奇怪自己，大有一個過路人走在水上看魚的光景，因了游魚的倏出，世界乃就是一尾魚的世界了，自己將何之，為何來，似乎都不在意中了。細竹同小千說話道：

「你們這地方真好，我很愛，要不是琴姐，我就不回到雞鳴寺去，就請你們慈悲收留了我罷。」

「剛才我請你來玩你還不肯來，現在你又要我們收留你，——既然情願皈依，就在這裡住持，又管琴姐不琴姐做什麼呢？」

小千笑著回答細竹，她們兩人真個都有點寂寞起來。掃月堂院牆裡有一叢竹，他們現在所在的屋子，竹葉遮窗，清光若可掬取，細竹那麼的同小千說笑，與這窗外的動靜很有關係，她簡直就想在這裡安心立命似的，無奈還是琴子牽掛了她，意若曰，「姐姐還沒有出嫁，我怎麼能夠同她分手呢？」奇怪，這一念之間，她分明的自己肯定了，她有她自己的打算，這打算又沒有什麼打算，只是懵懵懂懂的一個不躊躇，她要離開琴子，今天意外的得到兩個好女伴了。小千一面望了細竹說話，一面偏偏自己有一個冷落，她巴不得細竹就在她們這兒居住，但她又沒有一個意思真個的要留了細竹，她自然的看得細竹與琴子的依附，自己也不知理由的只是認定了自己正好與細竹結伴，除此以外她再沒有什麼心計，然而自己忽然冷落起來了。細竹的在前，給了小千一個意義，如果不是小孩子一般的求群之情，真有點不可解，以細竹的天真居然感覺到了，因此她反而從小千身旁離開過來，向大千親近，這親近簡直是一個靈魂的親近，大千好像另外一個琴子似的，自己也正是另外一個妹妹，她用了撒嬌的口吻叫大千一聲道：

「大千姐姐，你的馬呢？」

「我的馬在門口外。」

「我看見了，我剛才在那個樹腳下看見是你的馬。」

「你看見了你又問我做什麼呢？」

「我愛大千牛，——我也愛這小黑貓。」

「細竹真淘氣！小黑小黑，你咬她！」

大家都沒有提防細竹那一動作，她驀地裡看見屋子裡有一個小黑貓在那裡打盹，竄近前去把它抱起來了。小貓懶洋洋的睜開它的睜不大開的眼睛，認著這不認識的面孔。

「我就喜歡小東西，它讓我抱它。」

細竹一面又認著貓這樣說。

小林忽而從旁很納悶似的叫著細竹道：

「細竹，你的話我真不解，——你說你剛才在那樹腳下看見馬是大千姐姐的馬，但我想你只是看見一匹馬，怎麼知道這一匹馬是誰的呢？」

「她剛才告訴我了。」

「你這話還是說得令人不解，——我想她怎麼能告訴你呢？」

大千從旁笑道：

「我想我是這樣告訴她的，她是這樣知道的，剛才我們在雞鳴寺裡，只有你一個人不在那裡，我們不知道你一個人跑到我們這裡來了，我告訴她，『細竹，明天我們到海邊去玩，騎馬去很好玩，靈光寺有兩匹馬，我自己也有一匹，但我們一共有五個人，馬卻只有三匹馬，那兩個人就跟了我們步行罷，如果喜歡坐轎，這裡也有轎子。』」

「這話還是說不明白，不管誰有這一匹馬，但這馬到底只是一匹馬，能說馬是誰的呢？」

小林說著自己也笑了，他好笑自己怎麼忽而來了這麼一個自己說不明白的問題。細竹又道：

「馬本來是姓牛的，——這個貓是我的！」

小千望了琴子笑道：

「琴子姐姐，我數數我姐姐剛才的話裡頭，一共有一二三四五六個『我們』，有的指了我們說，有的指了你們說，有的指了我們四個人一起說，有的指了五個人大家一起說，只是末了的我們——她說『那兩個人就跟了我們步行罷，如果喜歡……』，不知她除開了哪兩個人？」

「你喜歡坐花轎那兩個人就一定有你一個！」

大千卻連忙搶白一句，惹得小千惱了。琴子從旁很怯弱似的啟齒道：

「我想應該無人相，無我相。」

琴子這話一出口，自己感著自己的意思很生澀，自己又實是感著一個成熟的情感，她的靈魂今日不是平日的平靜，自己又說不出所以然來，自己壓迫著自己一個不慣的煩燥，——說了那一句話，自己的煩燥果然擠出去了，她真是如釋重負，簡直怕敢再有一個別的想頭了。小林這時看著她，——他並未聽清楚琴子的說話，也沒有留意她說話，只是忽然看著她的衣服的華彩，看著她的脂粉氣，好像在一個宇宙的範圍裡頭當下正是這一人的嚴肅明淨了。奇怪，大千小千同細竹三個人，一時也都失卻自己的意見，看著琴子，然而各人自己還是各人自己的意見，怎麼都共有一個平息罷了。細竹忽然傾耳而聽，一面又自言自語道，「奇怪，這是什麼人說話？」大家都不知她何所指，等著她再說一句什麼。琴子卻猜著細竹是聽了掃月堂的女僕在那邊說話的聲音，——這聲音是一個外鄉人說話的聲音，此刻在這外鄉聽了這外鄉人說話的聲音，細竹格外覺著這聲音親媚了。接著她問大千，這個說話的人打什麼地方來的？大千說，這個說話的人打天祿山來的。於是細竹更覺稀罕，向琴子問道，「琴姐，我們家鄉，斗姥庵的王師父，不也是說打天祿山來的嗎？」說著「我們家鄉」四個字，很有一種喜悅，仿佛她今天才開口說話的樣子。是的，這四個字起了她一點新鮮的感覺，她在三百里外，轉瞬之間，有著「我們家鄉」的觀念了。掃月堂的那位女僕是天祿山附近農村裡的人，她說話的口音同「斗姥庵的王師父」是一個口音，難怪斗姥庵的王師父說她打天祿山來的！王師父原來就是這個天祿山的人！她的家鄉原來就在這兒！一串糾葛又明明朗朗的給自己撥開了。離史家莊三里路有一庵堂名斗姥庵，斗姥庵那位尼僧來史家莊「打月米」的時候，細竹對於那個不是鄉音的聲音總不免好奇，簡直為那尼僧懷著寂寞，一個外鄉人，一個天涯地角的人跑到這兒來「住廟」！而她偏偏又喜歡學那尼僧說話。現在因了天祿山的張媽媽的說話，細竹平素所懷的「外鄉」觀念頓時也大大改變了，一個外鄉並不就是異地，頂遠的地方還有頂遠了。這樣一來，她自己才真感著一個孤寂的空靈了。大千又告訴她：

「我的小黑，是張媽媽打她家裡抱來的，我們回家去的時候，她又把貓抱了去，等明年我們再上山來的時候，她又把小黑抱來還給我。」

「你的馬呢？」

「我的馬在門口外。」

「我知道你的馬在門口外！我問你，你們回家去的時候，你的馬怎麼辦呢？」

大千的那句答話，大約是有心逗細竹玩，逗得大家都笑了。小千搶著答細竹道：

「你還不知道，她的馬並不是我姓牛的馬，馬要回家不能回到我家裡去。」

「我的馬才不回到你牛家裡去！」

小林琴子細竹三人，聽了這姊妹二人的搶白，彷彿無意間讀著了一個人的一部歷史，雖然還是一無所知，但這一張白葉正是讀者開卷第一葉了。他們三人都好奇的看著大千，尤其是細竹小孩子似的格外向大千親近了，在這一刻以前，她明明白白的自己最同大千交好，又不知為什麼她看得大千總像一個夢裡世界，現在這夢又不知從哪裡忽然醒破了，叫她平空的拾得一個什麼，她真是喜歡極了，且藏著一句話不問大千，「大千姐姐，你除了姓牛之外還有一個什麼姓呢？什麼時候出嫁的呢？」於是大千在她跟前不成問題，倚著大千她自己倒是做著女孩兒的夢了。大千告訴她道：

「我回家去的時候，我的馬就寄在靈光寺馬房裡，靈光寺放馬的替我放。」

細竹禁不住咐耳一句——

「你回家去的時候——是回牛家是回馬家呢？」

「你真愛說話！」

大千有點埋怨細竹的神氣，她的神氣又令人不可捉摸，但明明是一個憂愁的樣子了。

「你不告訴我，我會猜。」

「你會猜什麼！」

於是大千反而丟開細竹，向琴子同小林各看一眼了。她行其所無事又同細竹說話：

「我不愛搬家，我無論到了哪裡都不愛搬動，我搬了好幾回家，自己栽的花呀樹呀，狗呀貓呀，捨不得離開他們，——現在我總不愛栽花。」

這時小千又同姐姐吵嘴——

「你這麼捨不得，你死了看你怎麼辦！」

「我死了我的墳我也要帶走，看你怎麼辦！」

於是五個人都不說話，——各人的沉默正是各人的美麗了。

注：載一九三五年十二月十五日天津《大公報．文藝》第六十期，題為〈行路〉，署名廢名。

七

這天晚上，小林一個人回雞鳴寺。琴子細竹給大千小千留著不讓走，而且約定明天一路到海邊去玩，於是她們兩人就在掃月堂住這一宿了，自己沒有替自己作出主意，但都覺著今天在人家做了客人是生平第一回自己安置了自己似的，在以往的日子裡沒有這個經驗，尤其是琴子仿佛人生在世實在有一個躊躇，即是自身的躊躇。其實自身何從設想，問題乃在關係上面罷了。細竹一天的興會已經失掉了，她只是倚近琴子，原來她的瞌睡到了，打呵欠，大千笑她道，「一個呵呵來報信，兩個呵呵睡著了。」她依然不睬大千，一個瞌睡蟲簡直是往琴子的身上飛，好像琴子也不是琴子的身段似的，是一盞燈光的姐姐了。琴子心裡卻實在是寂寞，禁不起自己多說一句話，垂手來握了細竹的手，攜手她也不是與細竹攜手之意了。她忽然想起家來。小林提了燈籠下山，大家都送出門外。牛家一個僕人要送小林到雞鳴寺去，他說有燈他認得路，他不讓那僕人送，而且笑著說一句玩話道，「我喜歡一個人走一個寂寞的路。」細竹應聲一句道，「你不怕給山上的老虎吃了？」聽了她的聲音，知道她的瞌睡醒了。大家望著一個燈光慢慢遠了。

細竹隨手捉了一個螢火，而且捧著看，大千又笑她，說道：

「細竹，你是睡醒了要洗臉。」

「你的話我不懂，——我不是要洗臉，我總是喜歡看蟲，我的臉乾淨得很。」

她這一說時，螢火蟲忽然不亮了，她也就讓它飛了。小千道：

「細竹，這個螢火蟲再總記得你，只有你一個人給它看明白了。」

「你這是亂說話，它哪裡會看得見人呢？——那是不是小林的燈籠？」

那是小林的燈籠，與其說她乍然又望見燈光，不如說她乍然又記起小林提了燈籠走路了。她望見那個燈光，有一個懼怕的感覺，不但看不見燈光照著一個人走路，連剛才的燈籠也不是了，只看見黑夜裡一顆光。細竹不再聲張，她想明天再見小林的時候，問他，「你昨夜裡害怕不害怕呢？」她這樣沉吟時，自己還是今夜之身，但諸事都是明日的光景了，她巴不得就會見小林。連忙又是一個夜之完全，說話的意興她再沒有了。小千卻答應她的話道：

「那個燈要是滅了，就一定是給老虎吃了，你信不信？」

「你這個山上真有老虎嗎？我不信！」

「山倒不是我們姓牛的，燈籠是姓牛的家裡的，——細竹，你不要害怕，這個山上沒有老虎，老虎也滅不了燈，要是我一個人提了燈籠走夜路，遇見野獸，知道性命逃不了，我就把我的燈放下來，讓老虎把我吃了，我的燈還在路旁替我做一夜伴兒。」

大千這麼說著，細竹真個害怕了，她要大千引她到屋裡去，不要站在這門外了。於是四個人連袂而躡足了，大千望一望天上的星，望一望夜中螢火，握了細竹的手，臨進門時還要向室外光景作別一句：

「螢火四面飛，令人覺得身子十分輕，好像在一天星中，——奇怪，我說星中，並沒有想在天上去，好像在海上。」

她的神氣近乎臨空而問。細竹輕聲回她一句：

「我只覺得我在山上，不像在家裡。」

她說到「不像在家裡」，家便像一個厚重的山之感覺了，同時她自己便也有點漂泊似的，大千緊緊握住她的手了。四個女子，又在屋裡燈光下見面，牛家姊妹都不知不覺的首先向琴子打一個照面，其神情若問琴子曰：「你剛才沒有說話！」於是琴子的龐兒好像格外有點光愛好了。琴子還是無有聲響，一顆燈光在下山到雞鳴寺的路上，因了室內燈下同人再見，她的燈兒乃好像滅了，她並不害怕，她有點愁意，剛才她望著小林到雞鳴寺去，好像送他回家，她的靈魂兒就是路上那燈兒了。以後她總記得今夜路上的燈，這個燈便是她的燈，別人的話說來說去，只是遊船一般的空氣，燈兒在夜裡格外生動了。大千看了她一眼，她慢慢的覺著了，一下子她簡直感得她有點擔當不起，她在這個屋子裡十分孤獨，她自己思忖著道，「這個人的眼光不是看我……」她的思想來得很快，但自己的一句話又不能完結，腦海裡倒自己引起了小林的影像。在自己不安的時候，記得別人，是這一件事，又是那一件事，連忙又是今夜路上的燈光，一切又好像風平浪靜了，她不願意她的燈兒有一番擾亂似的。最後她又記得大千的馬，於是她很是一個女兒好奇的心，眼光盡在大千的方向了。大千又同細竹說話道：

「細竹，你在家裡什麼時候睡呢？」

「今夜我不睡。」

「你不睡就是天上的星。」

「就是織女。」

小千答訕一句。

「我是織女今夜我也不跟大千牛小千牛睡，——我在家裡總是跟琴姐睡，——

姐姐，今夜怎麼睡呢？」

她面向了琴子這麼問，她說著是要哭的眼兒了，大家都覺得這個淚眼兒一點理由也沒有，但大家暫時都不說出話來，好像一人一副面目共候這個淚珠如何啟示了。這時，各人頭上戴的，身上穿的，相對於無形。這時，是燈光的啟示，怎樣才是自己，一心照見別人都是自己了。

琴子想不起答應細竹的話來，她想，「細竹，你怎麼這樣孩子氣呢？」但這話她沒有出口，她們兩人今夜是在人家家裡做客人，說話應有著客人的口吻了。她從門外進屋以後，今夜的事情，其實不在意中，只虛無縹緲的彷彿是一個永遠的夜之事，猶之乎燈火，不能歸於今天一夜了，現在因了細竹的話，「姐姐，今夜怎麼睡呢？」她乃也稍作遲疑，而且寂寞的微笑著，又把眼光向大千打一個招呼，完全是一個做客人的雍容。不待大千說出安排來，看著大千她又記起大千的馬，這個馬直以思想為動靜，燈光亦似不知止境了。於是大千的距離越近越遠，無論如何大千的一匹馬不能做大千的界限了。

「細竹，這裡也就同家裡一樣，你要什麼東西你告訴我，你只要叫我一聲姐姐，你就跟我睡。」

「我要跟小千睡，——我怕跟你睡，我怕你給老虎吃了，我怕你給老虎吃了還留你一個燈籠在旁邊跟你做伴。」

「給老虎吃了老虎已經跑了．我也沒有了，還要燈籠做什麼呢？而且我的燈籠難道還認得我？」

「你剛才為什麼那樣說呢？」

「我說得好玩的。」

「你說得令人害怕，——現在你坐在這裡，我就覺得你好像死了一樣，我們三個人都坐在這裡看你。」

細竹這一說，把大千的眉毛也說得一振，大千又笑了，大家一齊都看她一眼，彷彿一個人死了並不真是一件奇事，一個人死了如何真是失去了生命倒是不能令人相信似的。這時琴子微笑著道：

「大千姐姐，我想一個人都有一個人的東西，你的馬一定是你的，燈籠一定不是你的。」

大千答道：

「你怎麼夜裡還記得我的馬呢？——細竹說我死了，我正在想我怎麼叫做死了，我的馬我簡直忘記了，經你這一提，我倒有點捨不得我的馬，——我死的時候大概是這個樣子。」

小千又向著琴子說道：

「琴子姐姐，她捨不得馬，燈籠就送給你，你不忘記那個燈籠。」

「小千說話總是小氣，愛嫉妒人。」

細竹這麼批評一句，她的話無精打彩的說著，她沒有說小千不好的意思，說著若無其事。琴子同小千兩人精神都為之一奮興，但沉默著，仿佛此刻這室內燈光是她們兩個人的了。是的，燈光不動人影，人的心思好像比燈光更有面貌了。慢慢的琴子又是琴子自己，靈魂兒又是今夜路上那燈兒，正惟夜裡乃獨自寧靜了。

今夜睡時，不但細竹她說「我要跟小千睡，」小千她也說「我要跟細竹睡。」最奇怪的是琴子對於細竹之事她再一點意見沒有。更奇怪細竹對於琴子之事她也不在意。小千說，「我要跟細竹睡。」細竹便攙著小千的手，說，「去，我們兩人去。」於是她們兩人跳躍著先走了。細竹起初以為是同在家裡一樣，她在家裡跟琴子睡是跟琴子同一個睡床，及至她同小千跳著走進了一間屋子，小千告訴給她，指給她看，「你睡這個床，我睡那個床。」那麼她問小千道，「她們兩人呢？」

小千說，「她們兩人在那邊房裡。」細竹又問，「這是你的房嗎？你們姊妹二人一向都不在一個房裡睡嗎？」小千說不是的，細竹今夜的睡床是大千的，一向大千同小千姊妹二人在這個屋子裡睡了。細竹乃不再作聲，她端坐著，好像另外又想起什麼，小千在那裡安排安排事情，她也不理會。小千忙去把門關好，而且告訴細竹道：

「我把門關上了，不要她們兩人再到這房裡來，我怕大千又來說話，——我說話你不理我，你想什麼？」

細竹乃又掉向小千答道：

「我沒有想什麼，——真的我什麼都沒有想。」

「你在家裡什麼時候睡呢？」

細竹乃又笑道：

「今夜我不睡，真的今夜我不睡，——你告訴我海是什麼樣子？」

「明天我們一路去玩，——我不喜歡海。」

「海上面也有船嗎？」

「海上面怎麼會沒有船，——平常也總不大看見船。海真沒有什麼好玩的，總是浪響。」

細竹記得船，於是這個船是今夜海的影兒，給她那麼一個棲息的感覺，猶之乎她拿了一枝筆在一張紙上寫了一個船字，至於波浪正是沒來由的範圍罷了。

細竹又說話：

「小千，我說我不睡，我的瞌睡又來了。」她說著打一個呵欠，自己又笑自己，隨身而躺著玩。

「小千，你說這是大千的床，——大千昨夜裡也是睡這床嗎？怎麼這不像是大千的床，像是我的床，我好像做夢一樣，怎麼今夜在這裡睡，乘一葉之扁舟漂到大海裡去。」

小千並不怎樣去聽細竹說話，她是背面向細竹，靠著一張桌子，打開抽屜翻檢翻檢的。

「小千，你翻什麼，你有什麼好東西給我看看，——你同大千不一樣，大千不像大千，我怕她真有點像海，海我想像她，她的東西都不像她的，你的東西都是小千你自己的東西，給我我也不要。」

她的話流水一般的嘀咕著，自己說了也不像是自己的話了，一面說話一面拿手向壁招影子玩，後來又瞥見向隅掛了一個荷花燈兒，乃記起自己的簫沒有帶來，掛在雞鳴寺那個屋子裡，於是她的簫也好像她的影兒一樣，她在那裡有著招手之情了。連忙她又坐起身來，指了那掛著的荷花燈兒說道：

「小千，這個荷花燈是你的還是大千的？讓我取下來看一看好不好？」

「細竹你真愛鬧，你要取下來就取下來，說許多鬼話做什麼呢？」

細竹就站起來把那荷花燈兒摘下來了。小千還是不理會她，她也不理會小千在那裡一心做著什麼，她拿了荷燈，一看裡面插著有燭，借了小千旁邊的燈光將荷花燈點了起來，自己覺得很是好玩了。有不小的工夫，她提著一盞荷花，一聲不響的。等到小千來招呼她，說道：

「你還在這裡點燈玩！你這真同釣魚一樣！」

「我看它會燒不會燒。」

「你要它燒我就燒給你看。」

小千將燈竿稍一搖動，細竹真個看著自己手上的一盞燈兒燒了。她還是一言不聲張，小千在旁邊哈哈的笑了。

細竹慢慢有點生氣似的，她說道：

「這個燈一定是大千的，——我同大千都同你不一樣，我把大千的荷花燈燒了也不要緊，她給老虎吃了她還是一個活大千。」

「你自己呢？」

「我自己也同大千一樣，我什麼東西都不要。」

「我要告訴你——」

「你告訴我什麼？——真的，我記起來了，我告訴你一件事，昨天夜裡我做了一個夢，夢見許多樹葉子，我再看好像是紅葉，後來果然是紅葉子，而且只看見一個。」

細竹的話小千真個如夢中聽過去了，她把她的日記遞給細竹請細竹看，細竹好像得了一個啟示似的，她雙手接過來，知道另外的話她都不能說，這上面的事情她也不能知道，但自己向來沒有今夜這時一個明白的光景了，仿佛世間是一個靈魂，隔離無障害。小千給她的東西她尚未過目，望著小千她不覺很是同情，又有話說道：

「小千，我們史家莊三面都是河，西河有一個大沙灘，沙灘上坎靠河壩都是樹，我做女孩子的時候，冬天裡喜歡在樹林裡替人家掃樹葉子，因為有些窮人家小孩子掃落葉拿回去做柴燒，有時在樹林裡我拾得一根枯枝，我高興極了，真是比摘一枝花還喜歡，我就給他們，我還記得那時我自已想我就做樹葉子吧，比做什麼都喜歡，真奇怪，為什麼那麼喜歡，除非世上有那麼可愛的靈魂可以與那相比，難怪昨天夜裡做夢，今天又把大千的荷花燈燒了，——到底那個燈是你的還是大千的？要是你的我就賠你一個，小千很可憐。」

「細竹，你不要瞎說話，——你不看你就給我。」

小千說著要把細竹手上的東西又收回過來，但細竹不讓她收回去了。

「你給我看，你不給我看我就做樹葉子燒了。」

小千覺得細竹這人十分可愛，於是她們兩人誰也不言語，這個屋子裡的燈光是生命的字句了。細竹拿了小千的日記看，一頁一頁的翻著，她愈看愈對於小千有點不明白，她想小千你為什麼那樣的執著呢？你這豈不是自私嗎？你同大千兩人不是親生的姊妹嗎？後來小千還有一陣危險的日子，細竹看到這個地方，小千的日記她沒有釋手，她倒身在小千的懷裡一聲笑個不止，埋頭伏著小千膝頭不肯起來，失笑道：

「小千，你怎麼又活回來了呢？你怎麼要尋死呢？」

她們兩人接著談了許多話，後來細竹一句話也不說，小千就在她身旁，她默默的同情於大千了，大千那麼好的女子乃同月亮一樣，是的，豈不同月裡嫦娥，永遠看別人的事情，自己的事情擺在明明白白，將沒有什麼是她的，她也不要有什麼了。這時琴子不在跟前，細竹很想和琴子說話，大千牛小千牛兩人的事她想讓琴子也知道。原來大千出嫁了好幾年，丈夫在那年死了，在小千的日記裡這人叫一個「東」字，對於這人小千曾經是一個失戀的女子了。

「小千，這回我們在路上經過一墳地，我們下了船上那墳地裡玩，那時正是黃昏時候，真是獨留青塚向黃昏，琴子說天上的月亮好比是仙人的墳，裡頭有一位女子長生不老，我想這話不錯。」

「我喜歡月亮裡頭有一棵桫欏樹，可惜清早太陽出來的時候沒有月亮，不然桫欏樹底下對朝陽梳頭，夏天不熱，冬天我想也暖和。」

「小千，你將來一定是個幸福的女子。我好像船一樣，船也像海上面的墳，天上的月亮。」

「船是渡人的，你這一說人家不敢坐你的船。」

「我是說我自己坐一隻船玩，漂來漂去同月裡嫦娥不正一樣嗎？不過這裡離海近些，天上的路有什麼人知道從哪裡走呢？」

這時小千不想再同細竹說話，她的話越說越遠了。

注：載於一九三七年七月一日《文學雜誌》月刊第一卷第三期，題為〈螢火〉，署名廢名。

八

細竹清早醒了，睜開眼睛，她那麼的稀罕著，睜眼看見白天好像白日是一個夢似的，昨夜的事情反而明明的是一個真的情景，她思索著，但一會兒便同今日的清晨晤面了，偏著眼光去望小千，小千卻已起了床，不在這屋子裡了。她記起昨天大家說今天去看海，於是未曾與她見過面的海在那裡一點動靜也沒有，她想不起什麼來，什麼也不想起了。「大千的荷花燈昨夜裡我把它燒了！」想到這件事情，她又有點驚異，彷彿她同大千並不相識，昨夜她無原無故的在這裡燒了人家的東西，她又覺得那個荷花燈燒得頂好玩了。她又把大千的東西盡看盡看，看著大千床上之物，她自言自語道，「大千這個女子真可愛。從前人說，『雲想衣裳花想容。』這話其實不對，應該是看見她的衣裳想起天上的雲，看見她這個人想起園裡的花。」忽然她拿手拂著自己臉上的什麼物兒，原來東窗的陽光照著那個洗臉臺上的鏡子，又反照在她的臉上了，她馬上自己覺著，自己又好笑了。她記起昨夜在外捉螢火蟲玩，她捧著看，「大千說我是瞌睡醒了要洗臉，大概是暗夜裡螢火的光映在我臉上，她才那麼說。現在這個日頭的影兒倒是說我睡醒了要洗臉。」她自己說著起來了。

這時大千從從容容的走進來了，問細竹早安，並說琴子小千都在院子裡趁涼梳頭，大千已經梳頭洗臉過了。細竹看著大千，連忙又說話：

「大千姐姐，我今天早晨同平日不一樣，我看你也同平日不一樣，我們兩人算是最好的朋友。」

「怎麼早晨起來就同平日不一樣呢，除非明天七月初七你做了織女星，後天早晨我再來看你，看你同平日是不是一樣，——我們明天替你做生。」

「真的，明天是我的生日，你怎麼知道的呢？一定是琴子告訴你的，琴姐她真愛告訴人！」

「我看你今天早晨還是同平日一樣，還是同琴子兩人最好，我們兩人不算是最好的朋友。」

細竹給大千說得笑了。她又告訴大千道：

「我不是那個意思，——我告訴你，像你這個人最好是修行，叫我陪你在一塊兒都成，一個人最好是有德行，別的事情也不說是看穿了，像大千姐姐的境遇，再只有修行最有福，胡思亂想反而糟蹋了一個身子。」

「你說身子是為什麼的呢？」

大千這麼詰問一句，她把細竹打量了一番。她看著細竹說話的神氣很好玩，而且心想小千昨夜裡將他們姊妹二人的事告訴細竹知道了。最奇怪的，大千這時看著細竹很有一種羨慕之情，這個羨慕，她自己認著真個便是一個德行似的，類乎成年之人憧憬於一個赤子之心，她好像處女時的事情她都忘記了，也沒有意思再去記得了，看著細竹她覺得她想了解這個女兒無端乃很不可及了。

「大千姐姐，你這句話我看就不對，你這句話就是你的苦惱。」

大千聽著笑個不止，她催細竹趕快去梳頭，回頭再來洗臉。細竹說她不到外面去梳頭，她說這裡的天氣比家裡要涼快一些，她就在這屋裡梳頭，她叫大千就在這裡陪她，於是她先洗一洗手，大千替她拿出一份梳具來讓她梳頭了。

「你這句話我看就不對，你怎麼知道我就有苦惱呢？我並沒有苦惱，——你說你陪我一塊兒修行都成，讓我替你把這一頭的頭髮都剃了它，省得天天清早起來麻煩，我還要先看看細竹做尼姑是什麼樣子。」

「自己做自己的事情，有什麼麻煩呢？」

細竹這句話真個像清早在樹林裡說著，大千聽了反而不能忘憂似的，她看著可愛的女子低身梳頭，雙手靈敏，滿髮是天真的氣息，好像為她暫時隔開了細竹，讓她有一個反省的機會，她有點懊悔的意思，自己不該向細竹散布戲言，細竹卻連忙抬起頭來，打開自己的場面，迎著大千的面道：

「你聽錯了我的話，我不是叫你出家，那有什麼意思呢？我是叫你再也不要騎馬出去玩，你說還有什麼好玩的呢？」

大千看她說得很好玩，大千笑個不止，她心裡確是感得一個很好的喜悅了。

「細竹，你要做我的妹妹，我的命運一定好些。」

大千說了這句話，不知怎的她覺得她的話說錯了，她們兩人面對面的默著了。細竹聽了這話心裡也並沒有引起另外什麼動靜，她確是默著了。

細竹又說話道：

「大千姐姐，我們每個人都有每個人自己一定的事情，就好比自己有自己的影子一樣，我們再也不可自己糟蹋自己，自己就跟自己的影子做伴好了。古人有與日逐影的比喻，我們女子不安命，也同自己逐自己的影子一樣，影子只好天生成一個，如花似葉長相見，如果命不好，自己尊貴自己也還是自己守自己的影兒，——你說如果心猿意馬再找些別的事情來想不是自己不知自己的尊貴嗎？」

「你這個比喻聽明得很，但是，自己的影子總還是自己，好比那棵桂樹，此刻在日光之下是自己的影子，在月亮底下它也一定有自己的影子，一個人有自己的身子哪裡能夠沒有影子的時候呢？」

大千說著望到窗外一棵桂樹上面去了，她口裡說著影子，眼裡卻沒有望見那個桂樹的影子，心裡更沒有想著自己的身子，眼光盡是太陽的光線，是一棵樹，是許多枝葉，是枝上的花，她說到月亮底下也無非又是一棵太陽的樹罷了。連忙她又道：

「到了自己沒有自己的身子的時候，那倒好，那時還說什麼影子呢？我看自己的影子也無非是自己的倚靠，是沒有法子的事情，並不是有沒有要我們傷心，——你說我們誰不羨慕空中飛的鳥呢？」

細竹給大千說得不言語，她想，是的，空中飛的鳥也要有樹林做棲息，但她覺得她的意思同大千不一樣，她想守著寂寞就是自己的影子，她好像一個小孩子的事情，小孩子有小孩子的寂寞，一個孤兒的命運卻是可憐，世上不應該有這件事了。總之她不喜歡孤獨，她喜歡尊重自己，友愛人群，孤獨沒有可以讚美的理由了。因此望著大千她很是同情，大千要怎樣才不是一個孤獨的生活呢？這一來她很有點難受，她說不出所以然來，仿佛人生在世有時真是奈自己的身子不何了。這時她應不開口說話，雙臉很像一個馬首，給壓髮的帶子勒著了。她睨著大千，大千對了她笑。放臉的時候她開口一句道：

「昨夜我把你的荷花燈燒了，——是你的還是小千的？」

「小千早晨一起來就告訴我了，那還是我自己紮的，——燒了就沒有了，你能說這個荷花燈是誰的呢？」

大千笑著學小林昨天問馬的口吻。細竹聽了卻大不以為然，她大不以為然的神氣說道：

「我想我們不能這樣說話，尤其是我們女子，不可這樣存心，我們自己的東西就同我們的身子一樣，要自己知道尊貴，不過你的荷花燈沒有關係，就給人家拿去了人家拿去做個玩藝兒，不比別的自己身邊的東西。」

大千聽了盡是笑，又催她預備洗臉，細竹梳頭的工作快成功了。那個「天祿山的張媽媽」端了一盆臉水進來了。那個張媽媽放好臉水，在那裡站著不走，盡看著細竹，細竹還沒有留心到，給大千覺著了，問她一聲道，「張媽媽，你站在這裡幹什麼？」張媽媽呆著乃看一看牛大姑，牛大姑笑著又看一看細竹，細竹呆著乃看一看張媽媽，張媽媽笑著又看一看細竹，於是細竹開口一笑張媽媽逃走了。這時大千的小黑貓跟在大千足旁，給細竹看見了，細竹把它抱了起來，而且笑著說，要是她將大千的小黑抱了回家，大千肯不肯呢？大千不捨不得她的小黑貓麼？大千催她洗臉，說道：

「小黑小黑，要她洗臉。」

大千又望著她的貓說道：

「貓這個小東西好像總不在乎的樣子，它同人沒有一點感情，真奇怪。」

細竹走近洗臉臺的時候，望見了東窗之外，這窗外有很小的一幅自然，有一株桂樹，有栽的花，還有瓜果，她一眼看見了那瓦上一個大南瓜，這一個南瓜乃引得她去喜歡它，大約因為她是站在洗臉檯面前，是應該自己先來洗臉的原故，瓦上的南瓜應該置之不論了，所以她再也不說什麼，自己浸在臉盆裡洗臉了。大千也在那裡自己照自己的鏡子，所以這時，自己的事情是自己知道了。這時的寂靜，很是寂靜，細竹的臉水之聲只能算作流水之音了。等到細竹想起一件事，她想起她的手絹兒要洗，她還是不說什麼，但她的心裡已經有說話的意思了。她掉過洗過了的臉，身邊掏出了自己的手絹兒，但自己的手絹兒怎麼放在大千手裡捏著了，自己的手絹兒在大千手裡捏著，自己指了那瓦上的南瓜問大千這個地方的南瓜怎麼長得這麼大了，而且告訴大千：

「我有一個西瓜，還放在我們家裡西瓜園裡沒有吃，在它很小的時候，我拿手指甲替它畫了一個蝴蝶，後來西瓜長大了，蝴蝶也長大了，我告訴大家不要把這個西瓜摘了，就讓它長。」

大千微笑著望著她的南瓜出神，細竹的蝴蝶的話引起她的蝴蝶來了，她的蝴蝶是天上放的風箏，有一回她在自己臥室裡從天井裡望見了，但她也還是望了此刻那瓦上的南瓜說：

「我還沒有留心，這個南瓜真是長大了許多。」

「你真奇怪，你怎麼不留心呢？你天天早晨洗臉的時候不就看見它嗎？」

「細竹一定是一個南瓜臉！」

「我不喜歡你這個話！我不信——」

細竹說著向了大千的鏡子睥睨一下了，她覺得她不是一個南瓜臉了，兩人都笑了。

「細竹，我不像你留心我的南瓜，有一回我洗澡的時候倒留心了你那個蝴蝶，現在也不記得了。」

細竹心想，那是在什麼時候？大千的話把她說糊塗了。她看大千的樣子不是說謊話，一定真有那一回事，但大千怎麼會知道她的西瓜上面有一個蝴蝶呢？而且這與洗澡的時候有什麼關係呢？她記起去年有一回她在家裡洗澡的時候，倒有一個蜂兒從窗外飛進來了，靠屋簷那裡有一個蜂窠，正當自己坐在水裡洗澡的時候，一個蜂兒飛進來了，她一時竟失了主意，害怕這個蜂兒螫她，她想她喊一聲罷，叫琴子來罷，她怕這個蜂兒越是飛起來了，於是她不作聲，也不動作，也不害怕，這個蜂兒倒好像安靜好些了，她乃拿起一把扇子想把它從窗子裡逗引出去，一扇蜂兒卻落到水裡去了，她索性把它湮死了，後來那個蜂窠也給她打落了。但大千的話反而把她說得迷了，她也就不追問她，不管她是說一句真話，是說的謊話，總之她瓜園裡的西瓜，西瓜上面的蝴蝶，大千一定不能知道的了。

「我的手絹兒給我，我就這個臉盆的水把手絹兒洗一下。」

這時她知道她的手絹兒捏在大千手中，但大千不給她，大千拿去替她洗了。

隨後大家事情停當，小林也從雞鳴寺來了，今天一同到海邊去玩。總是細竹一個人的心情最忙。反過來說也對，細竹一個人最不忙，她好像流水一樣，流水所以忙，流水所以不忙。是的，我們看天上的星，看石頭，看鏡子，看清秋月，看花，看草，看古樹，這一件一件的啟人生之寧靜，寧靜豈非一個擔荷？豈非一個思索？大約只有水流心不競了。流水也是石頭，是鏡子，是天上的星，是月，是花，是草，是岸上樹的影子。

小林帶來一個玩具，一個小孩子抱一個鼓，就靠著鼓睡著了。細竹說這個小孩子大概是拿耳朵來聽鼓，後來又做枕頭睡著了。她問小林，「這是廟裡的和尚給你的罷？」小千知道這是從雞鳴寺旁邊一個小鋪子裡買來的。她說，「不是的，不是和尚給他的，是在雞鳴寺旁邊那個小鋪子裡買來的。我好久就看見了這個鼓，我很喜歡這個鼓，那回我同大千兩人走那鋪子門口過，看見了這個東西，我說買一個，有一個叫化子跟了我們討錢，我討厭那個叫化子，就趕快走開了，沒有買。」

細竹乃問著大千道：

「她這話是真的嗎？」

不待大千答話，小千不高興連忙說道：

「細竹以為我說謊，我不喜歡你。」

「我不是說你說謊，你不要怪我，——我怕這個事情不是真的，因為我們小孩子的時候，在家裡，有人從天祿山朝山回來，帶了許多小玩藝兒給我們，有喇叭，有木魚，有小孩子裝東西吃的木碗，現在我看他這個鼓，都是那一類的東西，你說是從雞鳴寺旁邊一個小鋪子裡買來的，那麼小孩子玩的喇叭，木魚，木碗，從前大人們也一定是在那裡買的，我聽了覺得很奇怪，我那時喜歡那些小東西，簡直不想到這些東西是那裡來的，也不以為是買的，仿佛就是大人們給我們的。明天你引我到那個小鋪子裡去看看。」

她說著她還不覺得那些小東西是從一個小鋪子裡買來的，也不想著那裡有這麼一個小鋪子，世間不失一個童心的喜悅罷了。大千笑著問著琴子道：

「她這話是真的嗎？」

大家聽了大千的話都笑了。小林接著把他所買來的小孩子睡鼓送給小千，小千也笑著接受了。她又笑道：

「你是買給你自己的，還是替別人買的？買給自己的東西送給了我，我謝謝你。是替別人買的，這個東西我拿來了也還不是我的，我也不想要。」

「叫化子討了人家的東西，還有這麼多的講究。」

大千這麼說著，惹得小千又很不高興了。大千又向細竹說道：

「細竹，那回我同她走那個小鋪子門口過，遇見叫化子是真的，我究竟不知道她要買這個鼓是真的不是真的。」

琴子看著小千手上的鼓道：

「小千，這個鼓是你的。」

琴子的話引著細竹也看著小千手上的鼓，細竹也說道：

「這個鼓是你的，你看，我們大家都沒有意思同你爭，這個鼓也不響。」

細竹一句話使得大家都不作聲了，她覺得她的話沒有說出一個道理來，但大家確是一點沒有與小千爭的意思，仿佛那個小孩子靠著睡了的鼓真是一個共同的表示了。這時他們五個人尚在掃月堂前院清早的樹陰之下玩，陽光亦不可畏，清早的樹陰好像暑天的一件晨衣，朝陽在樹陰以外也好像一件衣裳。這裡有一棵馬纓花，此刻都是綠蔭，還有一棵芭蕉，那邊小院裡的竹子也垂到這邊來了。大約受了細竹的話「這個鼓也不響」的影響，小林的視線移到那棵芭蕉上面去了，若芭蕉的大葉子說著聲音的不響似的。他說話道：

「我做小孩子的時候，常常到一個廟裡去玩，那廟離我家不遠，進廟門兩邊有一個鐘架一個鼓架，鐘與鼓都很大，我很喜歡那一面大鼓，常想我自己來把這個鼓打一下響罷，卻是總沒有這樣做，很奇怪，既然那麼喜歡聽那個鼓有一聲響。」

說到最後一句，他的話好像不是說給旁邊人聽似的，那幾個女子倒在那裡留心聽他的話。聽了他的話，大家又都沒有聽人家說話的意思，細竹首先走開了，她跑到門外掐了一手的牽牛花來，她說她手上的花不給別人，如果誰要她再去替誰掐。大千說，「我們都不要你的花，你的鞋都給露水惹濕了。」她看著手上的花答應大千道：

「大牽牛，昨天夜裡你說螢火蟲替我洗臉，今天早露又替我洗腳，明天是我的生日。」

細竹把大家說得笑了。大千同小千一起說,「我們明天替你做生日。」小林不知昨夜這門外的事情,但院子裡的朝陽與不知道的事情都很調和似的。他很想告訴琴子知道,朝陽對於昨夜的事情真個很是調和了。

注:載於一九三七年八月一日《文學雜誌》月刊第一卷第四期,題為〈牽牛花〉,署名廢名。

九

他們由掃月堂出門到海邊去玩的時候,牽牛花還是朝陽甚開。這裡所謂「到海邊去玩」,同小林在家裡說「到城外去」一樣,是指了一個一定的地方,指著天祿山唯一的一個寬敞的沙岸說,天祿山的人說到海邊去便是到這個海邊的沙灘上去。這個沙灘,很像一個隱逸的海岸,要走到那個山坡上才看得見,那山坡名叫松樹嶺,嶺上有一個小白廟。第一回的遊客,自己只覺得自己在山中行路,走在樹木徑裡,還有「暗入商山路,樵人不可知」的感覺,有時很嘆息的走到那個松樹嶺上恰好看見海看見落日，心想那裡真個是「夕陽西下幾時回」的夕陽了。最奇怪的，遠望的海不同足下的山，遊人在松樹嶺下望見松樹嶺的小廟時，很想走到那裡去休憩，那個小廟有以引人入勝似的，及至走在嶺上乃是首先同海當面，看起來遠遠平靜一片孤帆也是沉默著力量，令人不想到世間什麼叫做休息了。現在他們五個人，走到了一個小荷塘近旁，轉灣過去可以望見松樹嶺，這荷塘路邊有一棵樹，五個人有四個人不知這樹的名字，小林一定說這樹名叫穀樹，他解釋道：

「你們不信，這個樹是叫做穀樹！不是五穀的穀，是這個『穀』字！這個樹的皮還可以做紙！」

琴子笑道：

「你寫字給我看！我們何必一定要爭這個樹的名字，就說它是荷塘旁邊的樹我們都記得它，這個樹影子上面畫了兩朵花。」

琴子因為小林的話最後有一個「紙」字，故說「你寫字給我看！」有點打趣於他，連忙她的眼光望了水上樹影當中兩朵荷花。

大千也笑道：

「我們並沒有同你爭，你為什麼一定要說這個樹是穀樹呢？我連你說的這個穀字都不認得，何況穀樹呢？」

「你不過不知道它的名字，這個樹現在就在這路上，你怎麼能說不認得呢？」

「我認得這個樹，我只不認得穀樹，這個樹有點像桑樹，你說是穀樹我一點也不覺得它是穀樹，你如果說『望梅止渴』，我也認得這個樹了，這個樹的果子也有點像楊梅。」

「奇怪，人都是以自己的感情為主，——你一定是喜歡吃楊梅。」

「不以我們自己的感情為主，你怎麼認得這棵樹呢？這棵樹它不認得你！這棵樹難道是天生的名字叫做穀樹嗎？」

大千說著笑了。小千向著大千道：

「反正你是輸了，我們四個人都輸了，這個樹一定叫做穀樹。」

小林又說道：

「我們認得這棵樹，這當然也是我們的感情，但這個感情不能說是我們自己的，這個感情也就是這棵樹的，因為這棵樹長在這裡是一個事實，至於我們叫它叫穀樹或者叫一個別的名字那倒沒有關係。不過既然替它起了一個名字叫做穀樹，我們就得分別它的名字，不是因為它的名字叫做穀樹它就是穀樹，它是穀樹它乃不是楊梅。我為得這個樹的名字曾經問了好些人，說起來有一段因緣，我小時到姨母家去，那個地方名叫馬頭橋，橋頭有一棵穀樹，我記得有一回我在那個樹底下玩，看見樹上有一個紅果子，奇怪怎麼只有一個果子，真個只有一個，到現在我還記得很清楚，我很想把那果子摘下來玩，但想不出法子來，以後我常常記得那個紅果子，記得那橋邊的樹，兒童的感覺怎麼那麼新鮮，那個果子在我的記憶裡總仿佛是一棵樹上有那麼一盞燈。後來我離開家鄉，常記得這件事，但沒有法子把這件事告訴人，因為我不知道這個樹的名字，只是說『一棵樹，一棵樹，……』自己很是窘。我問別人，『你知道那個樹叫做什麼樹？』人家便問，『你說什麼樹？』後來我偶然在一個人家的院子裡看見了這棵樹，好容易才問得它的名字叫做穀樹。」

「那棵穀樹就是這棵穀樹嗎？你說了一半天，我也替你窘，我覺得這棵樹並沒有什麼新奇的地方。」

大千望著路旁的樹回答小林，她從路旁的樹看不出什麼來，她確是在那裡納悶於一棵樹，好像世間的虛空更有一棵生命的樹了。這個生命又好像是她自己的生命，因為想著想著她起了一點愁意了，迎著細竹的面她問細竹道：

「你心裡喜歡什麼？」

「這個樹的果子也有點像桑葚，我喜歡吃桑葚，我在家裡同了小孩子們打桑葚吃，我喜歡吃紫的，不喜歡吃紅的，紅的酸，我不喜歡吃酸的。」

大千又覺得細竹說話很好玩，因為細竹的話說得很快，說話的嘴很小。細竹話說完了，她接著道：

「你說話同吃桑葚一樣，你吃桑葚一定同說話一樣。」

「吃桑葚把嘴都染紫了！」

細竹又迎著大千的面說一句，她也不知為什麼她告訴大千這一句話，告訴了這一句話她自己又不相信的樣子，於是她想不著再開口，望著大千彷彿看大千說什麼了。大千笑而不答，意若曰，「細竹你不是南瓜臉，是一棵櫻桃的嘴。」她記起清早她說細竹是一個南瓜臉細竹生氣。

小千從側面叫著細竹道：

「細竹，你吃桑葚把嘴都染紫了，一定不難看，一定替你畫了一個大嘴，愈顯得你天真爛漫。」

細竹知道小千的話不是惡意，她也就不開口回答了。於是穀樹之下暫時沉默，各人的美好是沉默的光陰了。

琴子忽然叫著細竹道：

「細竹，你聽！」

細竹真個便在那裡聽，她側著耳朵聽，眼光卻不知不覺的落在小千手中的睡鼓上面去。小千出門時把這個「小孩子睡鼓」也帶了出來。細竹的神情與這個玩具其實沒有關係，因了琴子的話，大家一時都聽見了海水的聲音了。琴子卻是留心聽了好久，她又笑著同細竹說道：

「你昨天問我，『這山不就在海旁邊嗎？怎麼一點也不覺得它在海旁邊？』現在你覺得怎麼樣？」

「現在我覺得好像要生小孩子一樣，有點怕。」

細竹把琴子說得笑了。琴子說她是亂說話，但很喜歡聽了她這句話。這時他們離開這荷塘往前走路了。細竹攜了大千的手快著走，她們兩人在前面看不見了，繞過灣去了，小千同琴子小林三人還在後面慢慢的走。小千忽然覺著不自在，她看著琴子同小林兩人走路談著話，她快走也不是，慢走也不是，連忙她上前跑了，聽見細竹在遠處說話的聲音，乘勢她一躍而逃。琴子今天很有著不可言說的歡喜，今天她看著小林好像看一本書似的，只給了她美滿，沒有一點激動。這美滿她也未曾去分別，倒是自己喜悅她自己今天的心情好。但她另外又總有一個感覺，人與人總在一個不可知的網之中似的，不可知之網又如魚之得水罷了。她仿佛落在一個幸福的網中，又仿佛這裡頭有一個原故。因為是幸福，因為自己的性情好，一切又不在分辨之間了。此刻她同小林兩人走在路上，仿佛走在命命鳥的自由路上了。她想不著自己有什麼話要說，小林卻告訴她昨天夜裡他一個人回雞鳴寺的事情，他推測雞鳴寺的長老也是他們的同鄉，琴子便有點不相信的神氣，詰問他道：

「你說的就是那個方丈嗎？那個方丈我昨天看見了，我還同他說了幾句話，他說話的聲音不像我們鄉里人的聲音。」

「我也不能斷定他一定是的，我相信他，那個方丈，很可能是我們的同鄉，我很小的時候看見這個人，他還是我舅父的朋友，我只見過他一面，他在鄉里是頗有名望的人，有一回他同舅父上我家來，我小時很喜歡家裡來客，這個客人當時給了我一個很深的印像，我也不記得他的面貌，我確是記得這個客人。我也知道他的名字。後來鄉里人都說這個人不知上哪裡去了，一直沒有回來，也沒有音信，這總是十五六年以前的事罷，——在楊樹渡那個地方還有他的房子，由你們史家莊進城的路上望得見那個房子，你將來留心去看。我總覺得那個房子是一個空房子，那裡面其實也有人住，奇怪這個房子總是給我一個沒有主人的感覺，或者就因為當初那個奇怪的主人的原故。」

「你這一說，我也仿佛覺得那個方丈就是你所說的這個人，——我想一定不是的，你無原無故的給我這麼一個故事的空氣！」

琴子微笑了。連忙她又道：

「既然你以前見過這人，現在你總該還記得他一點，你到底覺得他像不像呢？我說他說話的聲音不像我們鄉的人說話，或者不足為憑，因為在外面年數多了，不說鄉里的話亦未可知。」

「昨夜我看見他的時候，我還沒有覺到這一層，我只以為他是雞鳴寺的長老，多謝他夜裡照顧我，今天早起我才忽然想起，這個和尚恐怕就是當年我舅父的那位朋友，今天我還沒有去看他，我從梅院出來就到掃月堂來了。昨夜我一個人提一盞燈籠上雞鳴寺的臺階，望天上的星，一步一步的往高上走，又聽泉水的聲音，夜裡山上的樹使得一盞燈光分外濃重。我走上去的時候，和尚同了另外一個人在石獅子旁邊招呼我，那人我沒有看清楚，他大概不是廟裡的人，他介紹我和尚是廟裡的長老，他們好像知道我是從掃月堂回來，是住在梅院裡的客人，我自己並沒有說什麼，和尚同我走進廟門，又陪我到梅院裡去，那個人自己到別處去了。我同和尚走進梅院，裡面已經點了燈，我便把我自己提的燈籠掛在院子裡那棵臘梅樹枝子上，心想回頭和尚走的時候他也可以照亮。我把燈籠掛在樹上，自己又有點笑自己，很感得自己的傲慢，他是一位長老，我不應該掛念他不看見走路。」

說到這裡，小林的面上很見一盞謙虛的光，琴子在路上感得他的說話之誠了，她想，「這位長老恐怕就是那個人，我看他或者還認得你哩！昨天我給方丈送禮物過去，他既然知道我們的名姓，他如果真是那個人，他一定知道我們的家世，就很有認得你的可能，而且推測得出我們的關係來！」因此她又憶著昨夜她在掃月堂門外望見路上的那一盞燈光，她更是喜悅，她也不知道為什麼，她想她回家去要把這件事情告訴祖母知道了。小林接著道：

「這個和尚還同我談了一些話，——昨夜我一個人在路上本來就好像有一種啟示給我，我在樹林裡望天上的星，心想自然總是美麗的，又想美麗是使人振作的，即是有益於人生。由天上的星又想到火，想到火又看自己手上的燈，我覺得星星之火可以燎原的火同手下的燈火便不一樣，其實都是自然，因為燈火也並不是人工製作的，人工製作也還是依照物理。『野火燒不盡，春風吹又生』，這個野火倒還不必說是自然，是因為有人在那裡做野燒，燒起來便不可向邇了，又是物理的必然。所以我想燈光的自然，最合乎自然，是一個文明。天上的星又何嘗不像人間的燈呢？它沒有一點破壞性，我昨夜真覺得天上星的美麗。後來那位方丈在廟裡同我談話，話是怎樣談起的現在我不記得，我談話的時候過於高興了，是我一向心猿意馬的話。他倒很是一個老年人的態度，他說，『年青時才情也是好的。』這話我乍聽了很不喜歡，他無原無故的向我說這麼的話，很像是教訓我，把我當一個普通年青人看待。可見我的傲慢總是不知不覺的表現了出來。他問我讀過佛經沒有，我說我沒有怎麼讀佛經，我喜歡佛經裡一個故事，菩薩在山上投身飼虎的故事。他詰問我，『你為什麼喜歡《投身飼餓虎起塔因緣經》呢？』我想虎就是虎，為什麼要說餓虎呢？然而因為他的詰問，我卻很有一個澈悟。我想細竹昨夜的話給了我一個暗示，昨夜我臨走，細竹說了一句，『你不怕給山上的老虎吃了？』我聽了細竹的話，自己走路心想，倘若前面真有一個老虎來了，我想我不怕，因為老虎把一個人吃了，一定不在路上留一個痕跡，即是說這個人沒有屍首，可謂春歸何處，這個老虎它無論走到哪裡也不顯得它吃了我的相貌，總是它的毛色好看，可算是人間最美的事。等到和尚問我，你為什麼喜歡《投身飼餓虎經》呢？我頓時真有一番了悟，我仿佛我已經了解生命，我的生命同老虎的生命，是一個生命，本來不是『我給老虎吃了』，是生命的無知。我將我的話很簡單的說與和尚聽，和尚卻說，『你還應該讀《三字經》。你的話是習相遠，不是性相近。』我向來沒有受人家這樣的打擊，但我不作聲，我實在不知道如何作答。他看見我不說話，他的話更說得利害，他說，『你是勇猛自殺，這不是正見。你問你自己，世間是毀壞的嗎？世間是損害的嗎？經上明明說，「太子亦時時來下，問訊父母，仍復還山修道，其山下有絕崖深谷，底有一虎，新產七子，時天降大雪，虎母抱子，已經三日，不得求食，懼子凍死，守餓護子，雪落不息，母子饑困，喪命不久。虎母既為饑火所逼，還欲噉子。」菩薩投身飼虎，你以為虎食人嗎？』他看見我不答話，他指了樹上我掛的燈籠給我看，『這個燈光是你留給我照亮回去的嗎？你覺得你以前說的話比得上這個燈籠嗎？』」

昨夜小林沒有回答那人，此刻他述給琴子聽，他也還是沒有回答的意思了。

那人的話使得他很窘，他不甚明白。他想，「不加害與人」是藝術，是道德，是他相信得過的，那麼藝術與道德的來源不是生命麼？離開生命還有另外的藝術與道德麼？這一來他覺得那人的話應該是合乎真理的，但他有點隔膜了。連忙他向琴子笑道：

「我僥倖我昨夜在路上沒有遇見老虎，那樣真是鑄成大錯，我感得他生未卜此生休，徒徒給老虎蒙一個不白之冤，因為這件事情現在我自己已經相信不過。」

琴子聽著小林一直這麼說下來，她對於這些話若過眼浮雲，她暗地裡有一個女兒之見，她想幾時她自己再去看那位長老一次，「看和尚對我說什麼。」小林話說完了，她對小林微微一笑，小林反而茫然了，問她笑什麼。琴子道：

「你的話我都忘記了，說到後來我不喜歡聽，我也沒有聽清楚幾句。」

「本來沒有什麼可聽的，真的，這些話其實沒有什麼可說的。我確實彷彿受了許多啟示。你看罷，我們總一定是如花似葉長相見，我以後一定有一番事業可做。」

「你再說一遍，我再用心聽。」

她真喜歡小林再說一遍，心想，你如果再說一遍我一定用心往下聽了。她愛小林說話總是那麼誠實，她自愧不如了。這時他們兩人都在那裡出神，好像同一個耳朵聽海浪響。松樹嶺的小白廟已近在眼前，他們望見這個小廟，打算快點上去，出乎意外的又換了一個視線，小千坐在那個廟旁樹下等候他們了。琴子低聲說一句，「小千還在那裡等我們。」小千坐在嶺上頭用了很響亮的聲音指著海邊沙灘上的大千細竹兩人叫著琴子道：

「琴子姐姐，你來看，她們兩人很像兩個大蚌蛤。」

琴子想不到她這樣看見海了，她在松樹嶺上看見海時，她看見海是細竹的海了，她們姊妹兩人的鏡子給這個海替她們分開了，從此細竹與這個海好像形影不相離了。她也走在那個樹陰裡頭，同了小千坐著樹根休息一會兒，望著那裡日下的海，心想，那是細竹麼？她怎麼今天站在海邊沙灘上玩？她好像細竹不應該離開她了。小千說那兩個人好像兩個蚌蛤，琴子心想是的，這個比喻給她一個明潔的影像，那兩個人點綴在那個沙灘之上了。

注：依例應刊一九三七年九月一日《文學雜誌》月刊第一卷第五期，因戰事未出版，存清樣，題為〈蚌殼〉，署名廢名。

十

「大千姐姐，我們兩人一人丟一個東西在這個海裡頭好不好？」

細竹這麼說著，她說著她看著大千隨手拾了一個小石子丟到水裡去了，她乃又沒了主意，她想不起她再丟一個什麼，這時她是一個向海的面，又轉向大千道：

「你把石頭丟下去了，我丟什麼呢？」

「你就丟這個手絹兒。」

「這個手絹兒是你的，我不還是替你丟了？」

大千是隨口一句戲言，她看著細竹手絹兒捏在手中，就叫她丟這個手絹兒。因了細竹的話，她乃覺著這手絹兒真個是她的，因為是她的，她又覺著真個沒有什麼丟的興趣了。早起時她替細竹將手絹兒洗了，她拿了自己的一塊給了細竹。

「我這個扇子給你好不好？也不好，——你就把大千姐姐丟到海裡去罷。」

「你怎麼這麼的捨得？——大千姐姐是我的，我可捨不得我的大千牛！」

「細竹，只有大千姐姐還值得你一丟，大千姐姐的東西都值不得你千金小姐一丟了，——我現在想我做女兒時的事情簡直想不起來，我看見你，我自己就好像一個夢一樣，來世也不能再做一個女孩子。」

「我想起一件事來了，——我問你，你不是說騎馬到海邊來很好玩嗎？你今天怎麼沒有騎馬來呢？」

細竹這麼問她，大千微微的笑，在她面前細竹又好像一個夢似的，花容月貌的言語，與海波白雲無近遠，自己的東西無端跟隨自己的身世不分手，不迷失在處女夢中了。

「這回我回家的時候，我把我的馬送到廟裡去，我就做一個布施，施捨給明光寺，——一言既出，駟馬難追，就同剛才的石頭一樣已經丟到海裡去了，我以後再也不要我這個馬。」

「你這個馬在哪裡？」

細竹這樣詰問著，大千又笑了。剛才大千的話說到最後一句，有點低頭自語的神氣，細竹一言給說開了。細竹又說道：

「大千姐姐，明天是我的生日，你不要打攪我，也無須乎替我做生，我謝謝你，我明天一個人躲在家裡畫一張畫送你。」

「你畫一張什麼畫送給我呢？——我有點怕太陽晒。」

「我替你畫一棵樹。」

大千聽了細竹這個話，又笑了。她說她怕太陽晒，與細竹說畫一張畫送她沒有關係。她看見細竹高興說畫畫送她，就了她的話回答一句，「你畫一張什麼畫送給我呢？」連忙她感得海上面的太陽炫目，不覺間拿了手中扇子向上一遮掩，說著「我有點怕太陽晒。」細竹乃把她的話當聽著一個空間的事聽去了，所以說，

「我替你畫一棵樹。」

「大千姐姐，下雨的時候你到海邊來玩過沒有呢？下雨的時候打一把傘到這個沙灘上來走沙子，恐怕一點也不響。」

「你真是一個蠢孩子，這個沙子不燙你的腳嗎？」

「我是說下雨的時候我這麼走，所以我走給你看。」

於是大千不聲張，輕輕走去將細竹足下退下來的鞋子從沙上拾起來，兩手藏在背後。細竹脫出雙鞋走了十步以外，她有一個杳無消息的感覺，即是說何以不聽見空谷足音？連忙回轉身望著大千，連忙望著海上沙灘失掉了她自己的鞋子，連忙叫喚著：

「我的鞋呢？」

「丟到海裡去了。」

「我知道，我不要，給賊替我拿去了。我來學淩波微步，羅襪生塵。」

細竹又慢步走了回來，走到大千身旁，大千將鞋子遞給她，她伸著一足，要大千替她穿一足的鞋了。

「我不如你，你的東西永遠丟不到海裡去，丟了你說是賊替你拿去了。」

「世上的空間本來有一個賊，不然眼面前的人物都到哪裡去了呢？」

細竹這話本是一句天機，說了之後她卻是有點盼待來人，她望著後面三個同伴怎麼還不來了。她又告訴大千道：

「我頂喜歡看蟲子走路，我在我家裡，常常在天井裡跟蝸牛走路走一半天，家裡的人叫我吃飯我也不答應。」

「我叫你走這個沙灘你一生也走不完。」

「現在我不走，等下雨的時候你借一把傘給我我一個人來玩。」

「蝸牛走路還要打傘嗎？」

細竹乃知道大千是打趣她，故說這個沙灘她一生也走不完了。

「我們並沒有想到下雨到海邊來玩，下雨就坐在家裡看瓦上那個南瓜慢慢的長，我們也沒有買傘，等到再下雨的時候我再來看蝸牛走路。」

「明天我替你畫一把傘，畫一個女子打傘，——你不信我就畫過這一張畫，給小林拿去了，不過那張畫我是隨便畫的，那個女子並不真有那個人，明天我來畫大千牛打傘。」

大千聽了這話，不得其原委，但很有一個激動，好像她自己真正的入了一個畫圖似的，眼前一張紙是今天海的遼遠了。她想細竹再說下去，把她畫那張畫的事情說給她聽，細竹這時面向著海，她忽然又聽海水聲音了。

「大千姐姐，這裡走路不能不聽見響。」

「你同大千姐姐說話你為什麼不理大千牛呢？」

「我哪裡不理你呢？」

「你理我你為什麼不面向我呢？這裡走路為什麼不能不聽見響呢？走路不能不聽見響怎麼能做賊呢？」

「我不是說你的腳步響，我是說這裡的浪響，我想這個海邊的沙灘上沒有一刻沒有聲音的時候。」

大千在她的背面笑了，又逗她道：

「無論你走到哪裡，下雨你打一把傘也沒有一點不響的時候，我一聽見你來我就開門揖盜，以後我再總記住你這個賊。」

「要是我在水裡湮死了呢？」

「那時海就是一把傘，都處都是你的雨點了。」

「那不同荷葉一樣嗎？——你在哪裡看見我呢？」

「那時我情願做天上明月，你在海裡看見我，我在天上看見你。」

「那時你也不怕太陽晒了。」

細竹說著自己笑了，面向大千，同時，出乎她的意外，她看見琴子，小千，小林三個人都在大千背後走來了，她歡喜著道：

「你看，這裡真有三個賊來了！——你們走路為什麼一點也不響呢？」

「我們怕太陽晒。」

小千笑著說。

「大千牛，你把扇子借給她，我們五個人她最小。」

細竹指了小千叫大千把扇子給她，大千對於這件事情毫無意見了，即是說細竹此言大千不受影響，扇子捏在自己手中，完全是自己手中的扇子了。細竹說小千一個人最小，奇怪，她倒很是愛憐小千的意思，但她說不出理由來，其實也沒有理由，只是大千你把扇子給小千就是了。大千不理會她的話，小千也不理會她的話，好像世間的東西都是各人自己的，不是自己的時候，旁人的也不是了。細竹這時離開了大千，她向著小千的樣子出神，她覺得小千的粉面大約真是怕太陽晒，看她薄薄的唇，翹著一個胭脂的嘴，好像大千的扇子不在大千手中，乃在細竹第三者手中，她借給她靜靜的風意了。琴子叫著細竹道：

「細竹，你同大千姐姐兩人來了好半天罷？」

「你問海！」

細竹生氣似的回答琴子，她以為琴子是沒話找話說，她心想既然你們三人後來了，自然是我們兩人先來了。

「要是海能夠回答我，我就問它一聲。」

琴子寂寞著說，大家都感得她的說話之誠，都看她一眼，只有細竹洗耳不聽的神氣，自己蹲在沙上數沙子玩。忽然她以一個海在背後，一撮沙在掌中，一卷身像蝸牛，叫聲姐姐道：

「姐姐，你要問一句什麼話呢？」

「等回家去的時候我再同你說。」

「你不是說你問海嗎？」

「我不喜歡海。」

「你不說我再總聽你這一句話。」

小千聽了細竹這話，將她捏著的那個小孩子聽鼓指給細竹看，說道：

「你同這個小孩子一樣。」

細竹將這個玩具稍一顧盼，其實她什麼意見沒有，好像她還在那裡生氣似的，她只覺得她不在家裡，至於此刻同了別人在什麼地方不在她的意識範圍裡了。後來她同小林說話，這時她又站在海面前，她問小林道：

「你知道這個海裡頭有一個什麼東西？」

小林聽了這話，不知所以回答，他說他不知道，但他很想他能夠回答細竹了這一句話，因此徒徒有一個回答的感情了，這個感情仿佛應該說得出世間一切的話了。連忙他又說一聲：

「不知道。」

奇怪，大千第三者在旁邊很有一個歡悅，她也不知道為什麼，仿佛是自身一個存在的歡悅。她感得小林的話不是無故搪塞別人，在自己納悶的時候是別人的存在了。但此事與大千何關？她確是頗有這個時間似的，她很愛這一時海水的喧鬧沒有說出人間的一句話來，自身倒是有說話的力量了。

「這裡頭有大千牛的一塊石頭，是她剛才丟下去的。」

細竹這麼告訴小林。

「你這個話同剛才問的話不一樣。」

「為什麼不一樣呢？我不是問你知道這個海裡頭有一個什麼東西麼？」

「你的意思就是說這裡頭有大千牛的一塊石頭麼？」

「是的。」

「海裡的石頭總一定很多，你說都是誰的呢？」

「那我不管，這個石頭是她剛才丟下去的。」

「在她沒有丟以前，這個石頭是誰的呢？」

「那時石頭在這個沙子裡頭。」

「現在石頭在海裡頭。」

「我剛才問你，你為什麼又說不知道呢？」

大千笑道：

「細竹，你剛才問我，我也不知道，石頭也不知道，——海裡的東西總一定很多，怎麼能知道你就是問我剛才丟的一塊石頭，連我自己都忘記了。」

「我越想我越不知道。」

小林又思量著說。

「我不已經告訴你了嗎？她自己不也告訴你了嗎？」

「她怎麼能告訴我呢？這個石頭與她有什麼關係呢？」

「石頭是她丟下去的。」

「倘若是你丟下去的呢？」

「我沒有丟！」

「然眾石頭豈不是一個感情麼？」

小林又思量著說。

這時，琴子移身過來，加在三人行中，原來琴子同小千兩人站在一塊兒，琴子走過來了，小千也走過來了，琴子走近細竹，向細竹說道：

「我不喜歡海，如果像家裡河邊沙灘上，我們丟一個東西到河裡去，我們站在岸上看得清楚極了，石頭映在水裡格外好看，——大千剛才丟的一塊石頭有人看得見麼？」

小千在旁邊聽了琴子的話，她說道：

「這個石頭還不知在哪裡，同我們走路一樣要慢慢的走到，這個海有幾深我們能知道麼？石頭也許還正在那裡落落，一直落底下去。」

「你這個話說得令人害怕。」

細竹不喜歡聽小千這個話。小林說道：

「換一個比喻就不同，也許同蝴蝶一樣，還正在飛，飛，一直飛到那裡去。」

「飛到哪裡去呢？」

「蝴蝶夢中飛，飛到哪裡去？」

小林說著笑了。細竹笑著將手中的手絹兒丟到海裡去了，說她要飄一個蝴蝶給大家看，大家一時都出乎意外，彷彿真個看一個什麼東西飛了。大千連忙將她手中扇子遞給細竹，說道：

「這個也給你。」

「我不要你的扇子。」

大千接著要遞給小林，好像這一動作要把許多話告訴小林，連忙她將這一動作收藏起來了，於是她站在那裡很是一個煩惱，煩惱很是一個情思，自己站在海岸捏著扇子扇了。

小林又同細竹說道：

「你知道這個海裡頭有一個什麼東西？——你這句話很令我覺得重，我感到宇宙人生的問題，我想我能夠回答你一句話，一句話我又回答不出來。」

「你問海！」

細竹學剛才她答琴子的話回答小林，但這時她是說得好玩，答著小林她回面向琴子笑了，而且說道：

「姐姐，剛才我的話使得你不高興麼？」

細竹這一說，琴子反而動著哀傷，細竹說句話做件事向來不留得情，說了做了事已完了，今天為何留意這一件事了，她留意來問琴子一句話，琴子又不知何故動著哀情了，自己很是寂寞了。

「細竹，我想問一聲海，人的感情是怎麼來的？」

「你說你回家去再告訴我，就是說這一句話？」

「不是。」

「那是一句什麼話呢？」

「沒有什麼話，——你不要這樣逼我。」

這時小千想起一件事來問著小林道：

「我從前讀一本故事書，書上說世界最初的聲音是沒有生命的聲音，好比風的聲音，海的聲音，這個故事寫得很有趣，現在聽了我們大家的話，我覺得那個故事好像又有點不然，不知道什麼原故？」

「我覺得這個故事說得很好，——現在大約因為我們大家是站在海面前，聲音就在耳邊，所以反而不覺得那個話有趣。」

「如果不只有生命的東西有耳朵聽，那時的聲音是一個什麼現象呢？那時不就沒有聲音嗎？」

「你今天說話我都不喜歡，好像沒有眼睛的人說話一樣，說得那麼惡，——我就喜歡聲音替我們做伴，比如下雨走路傘上雨聲也同我們一塊兒走。」

細竹向著小千這麼說。大千又叫著細竹說道：

「細竹，要是世上人都一齊說一句話，一定同這個海一樣，響得利害。」

「你知道世上有多少人呢？還有別的鳥獸草木呢？」

小千答著大千。大千又詰問道：

「你知道這個海裡有多少波浪呢？」

「多少波浪是一齊說一句話麼？不是前浪推後浪麼？」

「細竹，你說小千同沒有眼睛的人說話一樣，我看她的耳朵尖得很，她聽得出一個一個的波浪響。」

細竹不答應大千，她看見小千好像生氣，大千說她的耳朵尖，她安慰著小千道：

「小千，我情願做小雨點從這裡走到那裡去，天晴的時候把你帶到下雨的地方，下雨的時候我又跟你到晴天來。」

「我情願做海裡的波浪，大家都聚在一塊兒，我們在世界上這裡到那裡能有幾步遠，卻同隔了一個世界一樣，其實都是給我們住的房子隔起來了。」

大千說著，望著海，扇子捏在手中自己扇，好像跟著波浪到遠遠的海天去了。

注：無題名，未刊。

附錄一

《橋》上卷上篇前七章初稿

一

小林放午學回來，見了飯連煮都沒有煮，便一口氣跑到「城外」去玩。這是東城外，離家只拐一兩個灣就到了，小林的口裡叫城外。他平素不在家，就在「祠堂」，他們的學館，不在祠堂那多半是在城外了。

夏天天氣倒不十分熱，然而他老是那樣忙著走路，也不能忍耐，日光之下現得額上一顆顆的汗珠，這招引一般洗衣的婦人，就算不認識他也要眼巴巴的望著他笑。

小林在河邊站了一會，忽然是在橋上了，一兩聲擣衣的聲響輕輕的送他到對岸的樹林裡去了。

壩上很少行人，這正是吃飯時分，上街的早已轉了頭。小林點著腳尖一步一搖的走，自己在傾聽自己似的，不是，在那裡看，看見了柳樹上一隻蟬。其實蟬多著哩，吱唔吱唔的，正同樹葉子一葉，把這小小一個人兒包裹住了。在小林只有這一隻，卻又沒有法子把它弄到樹下來。立刻不叫了，飛了。小林也就走，走一棵樹看一棵樹，直到看見那刺叢裡白尾巴雞公哩。

好一個白尾巴雞公，它不是高高的站在樹上。小林也沒有法子，只跟著它尾巴跑。前面有一匹黑狗，——小林又站住了，心頭突突的跳。那狗真個是說小林不該趕雞，站在那里昂著腦殼朝小林望。

小林也朝兩邊望起來了。樹不比那頭那樣密，一邊也是河，河卻不緊捱著壩，中間隔了一片草地，一邊是滿坂的莊稼。

草地上有一個婆婆，同一個小姑娘，坐在那裡放牛。好一匹黃牛，背上集著一隻八哥兒，翻著翅膀跳。小林看得出神，卻不敢下去。

那兩個人在瞄著他哩，還低聲的講些什麼。截然的轉過身回家，走不上十步，呀，抬起頭來喊這一聲了。挺挺一棵樹就在路旁，滿樹纏的是金銀花。

他真不知怎樣的高興，回去再也不怕媽媽埋怨，無故的一個人跑過河。掐花帶阿姐。

然而小林依然是探手不夠，捱著的有一棵矮樹，他立刻爬上去。這點本事他是有的，他在學裡常是同大家攀竹篙做猴子。從這樹的枝頭，伸手恰到那花藤，好在藤子只要捉住了，便可牽攏一大串。一面拉，一面揩汗。要得下來，把花沿著脖子掛，動也不動的坐住了。樹腳下是那放牛的小姑娘。

暫時間兩雙黑眼睛貓一般的相對。

小林不出聲的理出一串花來，直伸在那姑娘面前。

「梅兒，叫哥兒多謝。」

那婆婆也正走上壩來了。

「哥兒，——你姓程是不是？今年——十二歲了罷？吃過飯沒有呢？那麼，到我家去吃糯米飯好不好呢？綠豆糯米飯歡喜罷？」

小林沒有回答，圓圓的手已經很馴服的給婆婆握著了。他本是那樣大方，無論什麼生人，立刻可以成為熟友。媽媽時常說，終久一日仔細花子拐跑了哩。然而他並不覺到是去吃糯米飯的，只跟著走，連脖子上的金銀花也忘記了是在掛著了。

梅兒一手也牽著祖母，那一手是小林給她的花。彼此驚訝，而又歡喜的偷偷的看。婆婆俯視著笑，朦朧的眼裡似乎又有淚。

這是兩個孤兒，而梅兒是母親也沒有的了。

「同父親一般摸樣，你那父親當年過考，總是跟我的……」

聽得見的卻是：

「你的名字叫什麼呢？那麼，梅兒，叫小林哥，小林哥比你大兩歲。小林哥，你叫梅英妹妹罷。」

「梅英妹妹。」

小林接著就這麼叫，也許是不自覺的和著婆婆說罷。

梅兒頓時有點羞，那是確實的了。

那黑狗又在前面把尾巴只管搖。

小林車轉頭大聲的嚷起來了：

「那，那牛沒有人看哩！」

「不要緊的，它不會跑的。」梅兒說。

這樣他們下坂走進那綠油油的一片稻田上一簇瓦屋。

二

小林每逢到一個生地方，他的精神同他的眼睛一樣，新鮮得現射一種光芒。無論這是一間茅棚，好比下鄉做清明，走進茶鋪裡休息，他也不住的搜尋，一條板凳，一根煙管，甚至那牛矢黏搭的土牆，都給他神祕的歡喜。現在這一座村莊，幾十步之外，望見青磚高牆，森森的，許多大樹三面包圍著。瓦，墨一般的黑，仰對那碧藍深空。一面望，一面要被荷塘驚住了。就在稻田的盡頭，滿塘荷葉，彷彿裝不了，翻滾滾的，半開未開的花高長出來。繞過這塘，到了，只要踏上幾步石階。門口是許多小孩端著碗，站在那裡吃飯。

「我家來了新客，街上的小林哥兒。」婆婆帶笑的對著孩子們說，而他們都圍攏來，一兩個竟伸手觸小林的花了。

「你們要，我送你，把你那荷花掐一枝我好不呢？」

小林從脖子上拿下花來，以為他們稀奇他的花了，其實他們稀奇的是這麼一個新客。

梅英妹妹連忙說：「水深著哩，那要叫三啞叔去掐。」

「是的，等三啞叔回來。」婆婆答著。

荷花長在塘裡，小林是初見，以前只看見擺在攤子上的罷了。

這時，王媽（梅英的乳母）走出大門，見了小林，拍手道：

「噯喲！到我家來的嗎？畫也畫不了這麼體面啊！這真是一位貴客！三啞在河裡摸了這麼長一條鯽魚哩，奶奶。」

「那好極了，款待哥兒。」

「梅兒，你這金銀花？」

「小林哥哥掐的。」

「是的，我在壩上看見的，我的姐姐最喜歡金銀花。」

說到這裡，小林站住了，呆呆的望著婆婆。

婆婆也立刻站住。

「我的得人疼愛的。」但是她並不能知道小林心上這陡起的念頭——

「奶奶，我的媽媽要尋我吃飯。」

到了小林說出口，婆婆笑哈哈的解釋他聽了，因為她早就想到這一層。正在下壩的時候，三啞來叫吃飯，低聲囑咐他送你進城，到東門火神廟那塊找程太太，說小林哥兒被史家莊的奶奶留住，晚上就打發人送回的。這原不是唐突的事，他們本來相識，只不過婦人家沒有來往。

婆婆的笑裡又有眼淚哩。大概老年人的眼淚是笑出來的，她忽然若有所失了，剛才的熱鬧都給她的聲音打斷了。她本是安撫著小林，這時朝兩邊看，梅兒就在身旁瞪著眼睛緊貼王媽。

「進去吃飯呵，我們。」

三

我們現在回到小林的母親同姐姐。

小林家所在的地方叫做「後街」，後街者，以別於市肆。在這裡都是住戶，其不同乎鄉村，只不過沒有田，然而有園。

從他家出來，繞一兩個房子，是一片坦，就在這坦的一隅，一口井。小林放學回來的時候，他的姐姐正在井沿洗菜。他連忙跑近去，要姐姐給他吊桶，——

取水在他是怎樣歡喜的事呵！結果卻還得姐姐一路來拉繩子。深深的，圓圓的水面，映出這姊妹兩個，連姐姐的頭髮也看得清楚。姐姐暫時的真在看——小林把吊桶一撞，影子隨著水搖個不住了。

小小的篾籃盛著三四棵白菜，這白菜清綠極了。姐姐卷起袖子，灣著腰，慢慢的洗它乾淨。小林又伏在井邊，不是取水，朝水裡盡盡的望，一面還固意講話，引那回聲。抬頭，姐姐也站起來了。他於是先提著籃子跑，籃子交給了母親。

姐姐還沒有到家。

母親是在院子裡切蘿蔔菜，太陽下擱一個筐，切了，同時撒開晒，晒乾便是所謂醃菜。要小康人家才有，因為醃菜是拌肉吃的。平素，小林放學，飯已經煮在鍋裡接他。今天早晨的剩飯還夠一餐，等他回來再煮。剩飯最易冷，而他免不了在哪裡混玩一趟，回來稍遲了。小林因此賺得了兩個銅子。不待他叫出口，放學不吃飯，母親已經把手伸到荷包。接了銅子，三步當作兩步的跳出門檻，仿佛不讓母親仔細望他的後影似的。母親到底是在望，大概這樣休歇一休歇罷。

這時，姐姐進門。

只看見白菜，姐姐道：

「小林呢？」

「我叫他先去買兩個包子吃。」

其實兩個銅子是預備攢著的，小林最喜歡攢錢，母親把給他買東西吃，他老不買，而母親不能因此不把。到了許多許多的銅子，數在桌上，那才好玩哩。

聽了屋子裡的雞叫，姐姐走進去，進去揀蛋。揀蛋照例為小林，凡屬他喜歡做的事都歸他。母親特辦了一個筐子，裡面鋪些稻草，雞要生蛋，自然而然的會飛下去。有時忘記了揀，第二天，一回三四個。此刻是捕雞兒季節，雞蛋母親不准吃，小林自己也不要吃，而姐姐兩個蛋捧在手裡——

「媽媽，小林名下的，把雞蛋炒剩飯，他不愛吃。」

母親點頭，隨即把刀放下，動身到廚房。

一個莊稼漢進門，自稱是史家莊的長工，不消說，出乎他們的意外了。然而，這也只一忽，史家莊在母親立刻因了那一切回憶的中心變得稔熟了。

「真是一匹野馬，他寫字像是用手寫的，兩手上都是墨，跑到生人家。」

「那是你父親——」

是在吃飯。姐姐突然把筷子碗朝兜裡一按，端首對母親——母親知道的比她多了。

「你父親的一個朋友也不在，家裡是一位老太太。」

接著沒有話。

雞蛋炒飯共是兩份，姐姐歸弟弟，母親也暗自裡歸女兒了。現在小林的一份當然歸母親自己。

四

太陽快要落山，小林動身回家。

說聲走，三啞已經拿進了一枝荷花，是連根拔起的。稻草包著根，一花而且兩葉，不一經遞給小林，伸把梅英看。

「三啞叔做的好嗎？」

叫他去折的，原不是婆婆，是梅英。

「好，這真好！哥兒拿回去栽在缸裡，明年又開花哩。」

婆婆這麼說，花已經被小林接去了。三啞同時也蹲下去，笑閉了眼睛，嘴巴卻張得那麼大。

「哈哈，多謝三啞叔罷。」

「三啞叔，你送哥兒過橋才好哩。」

「那個自然，奶奶。」

大家一齊送出門，似乎都忘記了那金銀花，它這時湃在一盤清水裡了。梅英湃的。她先吃完飯，一個人到房裡辦這事。

門口依然有許多小孩。從坂裡朝門口走，是一個放牛的，騎在牛上。騎牛是多麼好玩的事，小林鼓起眼睛看。

「哥兒，你歡喜騎嗎？我也把我的牛牽來，有我不怕的。」

小林抿嘴笑。牛就在那堦下的稻草堆旁。

小林抱上牛背了。

孩子們喝采，梅英也靠著祖母笑。三啞牽繩，牛一腳一腳的踏，荷花在空中搖曳。

漸漸的進了稻田，門口望得見的，三啞的蓬髮，牛尾巴不時掃過禾，小林則鼉子一般高出一切。

他們是在講話。

「哥兒，我還沒有聽見你叫我　，我自己叫自己，『三啞叔』！」

「三啞叔。」

「哈哈哈。王家灣，老兒鋪，前後左右沒有一個不曉得我三啞叔，三啞叔就是史家莊，史家莊就是三啞叔，——三啞叔也有他的老家哩，三啞叔！」

「你不是奶奶屋的人嗎？」

「不是，不是，我也不叫三啞，我是叫老三。」

「是的，這個名字不好，三啞叔——」

「哈哈哈，叫罷，就是三啞叔。三啞叔是個討米的哩，哥兒，正是哥兒這麼大，討米討到奶奶的門口，哥兒，你看討米的有什麼話講？看見我只是吃飯，不說話，就叫我叫啞巴！」

小林豎著耳朵聽，三啞叔這樣的好人也討飯！立刻記起了他家隔壁有一個叫化子，他要同姐姐商量瞞著母親偷飯那叫化子吃。

「哥兒——你這眼睛是多麼玲瓏！你怕我嗎？哈哈哈。不要怕，三啞叔現在不是討米的，是一個忠心的長工，除非我的奶奶百歲升天，三啞叔是不離開史家莊的。」

小林又有點奇怪，討米的怎麼會變到長工，他急於想問一問底細，舌頭在那裡動，卻怕敢開口。總之三啞叔是再好沒有的一個人。

「三啞叔，你今天就在我家裡過夜好不好呢？我到攤子上買點好東西你吃。你喝酒不呢？」

「哈哈哈，我的哥兒，不，不，奶奶在家裡等。」

「要上壩了，下來罷，上壩不好騎。」一大會兒沒有言語之後，三啞說。

小林連忙跑上壩，平素習見得幾乎沒有看見的城圈，展在眼前異樣的新鮮。樹林滿被金光，不比來時像是垂著耳朵打瞌睡，蟬也更叫得熱鬧，疑心那叫的就是樹葉子。然而，這只使得小林眨一眨眼，他立刻馳到那掛在城頭的一輪紅日，祠堂，廟，西門，北門，最高的典當鋪的涼亭，都一一看得清楚。

三啞是在栓牛。

「這牲口，我一吼它就不走了，我把它拴在樹上。哥兒，它跟我有十幾年咧，我的奶奶留我放牛，二十五年共是三條。」

小林要說自己的話，聽了三啞的話，自己的話又忘了，只吐一聲：

「三啞叔。」

暫時的望著三啞。

「你先前到我家你怎會找得到呢？那有綠鼎的就是火神廟，這邊白垛子就是的，——三啞叔，我說你還是一路到我家去。」

三啞笑著擺頭。

「你不去，牽牛回去，我會過橋的，我時常過橋玩。」

「那麼你走，我望你過去就是了。」

小林兩手捧荷花，石橋上慢慢的過去，走到盡頭，回身，三啞還站在這頭，笑閉了眼睛，小林只聽得清聲音——

「走，哥兒。」

五

小林並沒有一直進城。

橋北城牆根的洲上，有許多趁涼來洗衣的。這洲一直接到北門，青青草地橫著兩三條小道，不知從什麼時候起，但開闢出來的，除了女人就只有孩子，孩子跟著母親或姐姐。生長在城裡而又嫁在城裡者，有她孩子的足跡，也就有她做母親的足跡。洲岸不高，春夏水漲，不另外更退出了沙灘，搓衣的石頭捱著岸放，恰好一半在水。其實，城裡也有許多池塘。住在西城南城的本可以到那離家較近的地方，而一月之內，多少總免不了下河幾趟。好在城圈子不大，走一遭，只算是散一散步，所以這是公共的一條小河。

記得有一位詩人寫了這樣的詩句：

小河的水，
昨夜我夢見我的愛人，
她叫我盡盡的走，

跟著你比你要快的盡盡的走，
一直追到那一角清流，
我的愛人曾經照過她的黑髮，
濯過她的素手。

小林現在上學，母親不准他閒耍。前四五年，當著這樣的天氣，母親洗衣，他就坐在草地。坐厭了，他仰睡著，底下是青草，頭上碧藍一片天，有的姑娘們輕輕的躲在他的背面，雙手去蒙住他的眼睛——

「你猜，猜不著我不放。」

他哪裡會猜不著呢？逗他甜甜的叫一聲姐姐罷了。

他最歡喜的是望那塔。塔立在北城那邊，比城牆還高得多多，相傳是當年大水，城裡的人統統湮死了，大慈大悲的觀世音用亂石堆成這一座塔，（錯亂之中卻又有一種特別的整齊，此刻同瓦一般顏色，長了許多青苔。）站在高頭，超度並無罪過的童男女。觀世音見了那悽慘的景像，不覺流出一滴眼淚，就在承受這眼淚的石頭上，長起一棵樹，名叫千年矮，至今居民朝拜。小林想，一滴眼淚居然能長一棵樹，將來媽媽打他，他跑到這裡來哭，他的樹卻要萬丈高，五湖四海都一眼看得見，到了晚上，一顆顆的星不啻一朵朵的花哩。

今天在河裡洗衣的是他的姐姐。

小林走過橋來，自然而然的朝那裡一望。姐姐也已經伸起腰來在招手了。她早已是一面洗一面留意她的弟弟的。

小林趕忙跑去，那荷花搖曳得甚是別致。

「小林，你真淘氣，跑那麼遠？你也不看看你這雙手。」

這一雙手倒墨汙得非常有趣。

姐姐接著不知道講什麼好了，仿佛是好久好久的一個分別。小林頭上有汗，把衣角替她揩，而這一剎那也的確在小林的生活上立了一大標杆，因為他心裡的話並不直率的講給姐姐聽，這在以前是沒有的，倘若要他講，那是金銀花同「梅英妹妹」了。其餘的都隨著三啞的回頭而不見，雖然當時是一樣的新鮮。

「你是怎麼認識的呢？怎無緣無故的跑到鄉下去呢？媽媽說有三四里路遠。」

「我是在壩上撞見那奶奶的，她說她明天到我家來玩。」

「哪，——你先回去，媽媽在家裡望，我還得一會。」

這時才輪到荷花。

「也是那奶奶把你的嗎？」

「是的，她叫我拿回來栽。」

小林轉眼向前，幾個姑娘已經洗完了，眼睛都是對他。

「你這花真好。」

小林抿嘴笑，回家。

城牆外一切都塗上了清清暮色，只有塔的尖頭同那千年矮獨放金光。

六

吃過早飯，祖母上街去了，梅英跟著王媽在家。全個村裡靜悄悄的，村外稻田則點點的是人，響亮的相呼應。

是在客房，王媽紡線，梅英望著那窗外的枇杷同天竹。祖母平常談給她聽，這客房從前是他父親的書房，天井裡的花臺，樹，也還是父親一手經營的，她因此想，該是怎樣一個好父親，栽這樣的好樹，一個的葉子那麼大，一個那麼小，結起果子來一個黃，一個紅，團團滿樹。太陽漸漸升到天頂，看得見的卻是一角青空，大葉小葉一叢叢的交映在粉牆，動也不動一動。這時節最吵人的是那許多雞兒，也都跑出去了，壩上壩下扒抓鬆土，只有可愛的花貓伏在由天井進來的門檻，腦殼向裡，看它那眼睛，一線光芒，引起了梅英的留意。

「王媽，貓在夜裡也會看的，是不是？」

「是的，它到夜裡眼睛格外張得大。」

「幾時我不睡，來看它，——哪怕有點嚇人，我看得見它，它看不見我。」

「說倒了，它看得見你，你看不見它。」

「不——我是說，我是漆黑的，它是亮的，同夜火蟲一樣。」

紡聲的咿唔忽然停住了，線紗斷了，梅英才也低頭看著王媽理線。

「奶告訴我說她就回，怎麼還不回？」

「小林哥哥的媽媽是要留奶奶吃飯的。這樣離不得奶奶，將來到人家做媳婦，看怎麼好？」

「叫三啞叔去問問。」

「人家要笑話你哩，——看小林哥哥，昨天在我們這裡玩到晚半天才回去。」

梅英是從沒有離開祖母吃過一餐飯的，今天祖母說是到小林哥哥家去，當時的歡喜同高興都聚在小林哥哥家，仿佛去並不是祖母要離開她了。

王媽預備煮中飯，暫時的休歇一下，眼睛抬到牆壁，微微的笑了。

「梅兒看這畫。」

梅英果然看。

是那畫屏當中的一塊，滿地的野花，一個小姑娘坐在上面，圍住她的兩個白兔兒。她仰望那天上的蝴蝶，真的是一個活梁山伯，一般大，一般黑，翅膀上許多花點點，不過，梁山伯可飛不得那麼高。

「小林哥哥就像那放風箏的。」

梅英默不作聲了，她覺得她倒的確像這邊的小姑娘。

「等奶奶回來叫奶奶看。」

王媽這麼說。梅英偏頭向王媽笑起來了，「奶回來了，」立刻走出堂屋，堂屋同客房只隔一道壁。

是一個婆婆，卻不是祖母。

「唱命畫的進門來，一帶福壽二帶財。」

那婆婆站在那裡唱。

「你又來唱命畫嗎？我奶不在家。」梅英惘然的說。

「老太太不在家，姑娘打發糯米粑，我替姑娘唱一個好命畫。」

王媽媽已經出來了——

「婆婆，好久沒有看見你呀。」

「媽媽，你好？這一晌跑得遠，跑到五祖山去了，有壽就要有財。媽媽，像我這樣的老妖精，早死早享福，——姑娘長高了許多哩，可憐見的，怪不得老太太那麼疼。」

婆婆說著去摸一摸梅英的手。梅英還沒有出世，她早已挾著畫包走進史家莊了。什麼地方她都到過，但似乎沒有人問過她的名姓，「唱命畫的，」大家就這麼稱呼著。梅英時常記起她那許多的畫，一張張打開看才好哩，然而要你抽了哪一張，她才給你看哪一張。

婆婆坐下。梅英捱近去，她這時心有所屬。

「婆婆，你今天來得巧，——梅英抽一張。」

梅英手裡已經拿了一張。婆婆開口——

「相公小姐聽我講，昔日有個趙顏郎——」

「趙顏求壽嗎？」王媽不等唱完高聲的問。

「是的，這是再好沒有的，你看，一個北斗星，一個南斗星，——趙顏後來活到九十九。」

梅英不覺笑。

「九十九，我奶要活到九十九。」

婆婆接著唱下去，他們沒有聽清梅英的話。梅英暗地裡替祖母抽了，她早就要祖母抽的，祖母只是擺頭罷了，心裡引起了傷感，「兒呵，你們真是孩子氣，我還抽什麼呢？」現在她真不知道怎樣的歡喜，「九十九」，巴不得祖母即刻回來，告祖母聽。

七

我曾經讀過希臘近代一位作家短短的一篇故事，題名《失火》。當我著手寫我的故事的時候，我便不知不覺聯想到那故事。

那是敘述一個鄉村晚間的失火，十二歲的小孩從睡夢中被他的母親喊醒，叫他跟著使女到他的叔父家去，並且叮嚀使女立刻又讓他好好的睡，否則他明天會不舒服的。

使女牽著小孩走，小孩的母親又從後面追來了，另外一個小姑娘也跟他們一路去。這小姑娘是她父親唯一的孩子，父親正在從窗戶當中搬出他的家具。

於是他們三人走。

剛剛到了叔父家裡，他們跑到那窗戶旁邊看。這真是他們永遠忘不掉的景致，窗戶正對火，遠遠的海同山都映照出來了。倘若不是天上的星，要疑心天已經亮了哩。

這男孩與其說他不安，倒不如說他是歡喜這樣不經見的情境。但是小姑娘她非常的窘，她的心痛楚了，她有一個娃娃，她不知道她的娃娃掉在那一角了。倘若火延到她的房子，她的娃娃將怎樣呢？有誰救她沒有呢？

小姑娘開始哭了，那孩子也不能再睡，她的哭使得他難過。屋裡的人都去睡。孩子爬起來，對他的小鄰家說道：

「我去替你拿娃娃。」

小姑娘的父親吃驚不小，見了孩子走到面前說著：

「亞莎巴斯亞的娃娃！」

娃娃在父親的荷包裡，有眼睛，有鼻子，有嘴，用墨水畫的，棉布結成一個團團做腦殼。

孩子拿了娃娃又跑去。

小姑娘的歡喜是不用說的，她抱著她的娃娃睡著了。

孩子的名字叫做斯得凡拿克斯。最後著者這麼說：我為什麼寫這一篇故事呢？單為了那娃娃嗎？還是別有原故呢？但是，我可以告訴你的，亞薩巴斯亞同斯得凡拿克斯現在是兩口子了。

我為什麼引這篇故事呢？它同我的故事有什麼關係呢？那是很簡單的。我們回到十年後，我也將學了那著者的話那麼說：我們的主人公，如你所讀過的，一個是坐在樹上掐金銀花，一個站在樹腳下接花。

事情的決定就在梅英祖母的上街。

附錄二

《橋》版本摭談

陳建軍

廢名所作長篇小說《橋》，版本甚夥。從初稿寫出到陸續刊發再到結集梓行，其版本幾經流變，且多有差異。在廢名的所有作品中，《橋》可謂是版本最為複雜者。本文主要依據廢名後人所提供的資料，擬對《橋》的版本情況作一簡單的介紹。

一

除多種印刷版本（包括原刊本、清樣本、單行本）外，《橋》尚有一種手校本和五種手稿本。為方便起見，姑且把五種手稿本分別稱之為甲稿、乙稿、丙稿、丁稿和戊稿（具體見文末「表一」和「表二」）。

《橋》分上、下兩卷，上卷又分上、下兩篇。甲稿屬於上卷上篇，從寫作時間上看，應為初稿，今存七章，有序號而無題名，共十五頁。第一章首頁右邊空白處有「一九二五年十一月」字樣。乙稿包括上卷上、下兩篇，當為謄清稿，也是有序號而無題名。其中，上篇缺「一」、「七」和「十」三章，存十五章，共五十三頁。據廢名自述，上篇未寫的內容還有三分之一，他寫到《碑》這一章就跳過去寫下篇了。下篇計二十六章，僅第二十一章無序號，共八十九頁。第二十六章末尾所具日期為：「一九三〇，三，六。」廢名在作於一九三二年四月二十日《橋》之〈序〉中說，「我開始寫這部小說是在十四年十一月，至去年三月本卷最後一章脫稿」。這一說法可從其手稿中得到印證。

甲、乙兩稿均未標點，但有分段提示，即凡有空格之處，就表示另起一段。這兩種稿本，應該都不是供報刊編輯之用的底稿。

《橋》上卷全稿攏總四十四章，在刊物上陸續揭載過。從一九二六年四月五日起，到一九二八年十一月二十二日止，以《無題》在《語絲》週刊上刊出三十章；一九二九年六月六日至一九三〇年三月十日，《華北日報副刊》先後刊出十章。一九三〇年八月十一日至九月十五日，上篇各章經著者重新釐訂後，又悉數連載於《駱駝草》週刊，其中第一章〈第一回〉、第二章〈金銀花〉、第三章〈史家莊〉、第五章〈落日〉和第七章〈貓〉係首次發表。今存〈第一回〉手稿一頁，有分段提示，無序號、題名和標點，文字上與《駱駝草》本幾乎完全相同，疑與乙稿非一時之作，可能是釐訂稿。

一九三二年四月，《橋》上卷單行本（「普及本」）由開明書店印行。全書除〈棗和橋的序〉（豈明即周作人）和〈序〉（廢名）外，凡四十三章，分「上篇」和「下篇」兩個部分。上篇十八章，下篇二十五章，均有章目，但序號不是從「一」到「四三」，而是上下兩篇分開排列。同年六月，其「精本」由開明書店出版。一九三三年六月，又由開明書店再版。

在家藏「普及本」中，著者手校了個別文字和標點，對章目、段落的編排格式作了部分調整。人民文學出版社一九五七年十一月版《廢名小說選》所收〈萬壽宮〉〈鬧學〉〈巴茅〉〈獅子的影子〉〈習字〉〈花〉〈送路燈〉〈瞳人〉〈碑〉〈棕櫚〉〈清明〉〈路上〉〈茶鋪〉〈花紅山〉〈今天下雨〉〈橋〉〈八丈亭〉〈塔〉和〈桃林〉等十九章，也有少量刪改。

丙稿、丁稿、戊稿屬於下卷。丙稿當係初稿，丁稿當為謄清稿，但仍有不少改動的痕跡。丙稿前兩章和丁稿前五章均寫在同一軟面抄上，封面字樣為印刷體「HAMMERMILL BOND LINEN Writing Pas. GEORG EWELSON & CO.149

ROAD WAY NEW YORY U.S.A」，扉頁署「橋 下卷 二十一年七月二十八日」，正文五十頁。丙稿第一章無序號、題名，第二章序號為「二」，亦無題名。丁稿前兩章分別題作「一　水上」「二　鑰匙」。這兩章之後緊接第三章、第四章、第五章，僅有序號，分別為「三」「四」「五」。丙稿後五章寫在另一抄本上，共六十七頁，其中前兩章無序號和題名，後三章無題名，序號分別為「八」、「九」、「十」。丁稿「六」、「七」兩章合為一冊，共十八頁。戊稿〈螢火〉、〈牽牛花〉兩章為《文學雜誌》所用之底稿，係以方格稿紙謄抄，前者有十二頁，後者有十三頁。其首頁右上方空白處均有「原稿用畢請退還」字樣。類似這種供報刊編輯之用且留存至今的手稿，大概只有這兩章。

《橋》下卷今存十章，〈水上〉〈鑰匙〉〈窗〉〈荷葉〉〈無題〉〈行路〉〈螢火〉〈牽牛花〉等八章先後在《新月》《學文》天津《大公報・文藝》和《文學雜誌》上刊載過；〈蚌殼〉一章循例應當刊於一九三七年九月一日《文學雜誌》第一卷第五期，因時局不靖，沒有付印，只留下清樣；第十章未曾公開發表。上卷四十幾章總共不到七萬字，而下卷十章就有近五萬言。

從一九二五年到一九三七年，《橋》之寫作前後歷時十餘載，在中國現代文壇上留下「十年造《橋》」的佳話。上卷出版以後，廢名的寫作興趣一直未減，他總想把它續完，但由於內外種種原因，這部小說最終還是成了一部未竟之作。

二

《橋》開始在《語絲》週刊發表的時候，因為沒有題目，所以就總題曰《無題》。廢名曾一度想取名為《雁字記》，他在一九二六年四月八日致周作人信中說：「現在這一套玩意兒，老是『無題』下去，仿佛欠了一筆債似的，今天把這一章謄寫起來，不禁喜得大叫，得之矣！——《雁字記》，不很好聽嗎？你以為如何？」上卷脫稿以後，廢名又擬命名為《塔》，但聽說郭沫若有一部小說劇作集就叫《塔》（編注：郭沫若《塔》，一九二六年一月由商務印書館出版），乃改題《橋》。刊於《駱駝草》上的上卷上篇各章，總題即為《橋》。《塔》和《橋》都是上卷下篇的章目，相對而言，廢名似乎更喜歡《塔》這個題目。定名《橋》，實在有點不得已而為之。

發表在《駱駝草》上的上卷上篇和《華北日報副刊》上的下篇後十章均有題

目，前者的題目與單行本的章目完全一致，後者的題目與單行本的章目略有出入。下篇第十九章、第二十章、第二十四章，《華北日報副刊》本分別題作〈八丈亭〉〈頂上〉和〈顏色〉，單行本分別改為〈橋〉〈八丈亭〉和〈塔〉。而原載《語絲》上的篇章則多無題名，有題名的僅七章，即上篇第五章、第十五章和下篇第七章、第八章、第十二章、第十三章、第十四章。除下篇第八章與單行本章目相同外，其餘的題名都有變動。上篇第五章原擬題為〈夏晚〉，第十五章原擬題為〈夜〉，但這兩個題目，廢名後來都沒有用，分別換成〈洲〉和〈花〉。下篇第七章本題〈沙灘上〉，單行本改題〈沙灘〉。下篇第十二章、第十三章和第十四章，原刊本合題為〈上花紅山〉，單行本則分別題作〈路上〉〈茶鋪〉和〈花紅山〉。

《駱駝草》和《華北日報副刊》上的各章都是順次發表的，而發表在《語絲》週刊上的各章則次序較為淩亂（可參見「表一」）。最先在《語絲》刊出的是上卷上篇第八章、第九章和第十章，直到一九二七年五月二十一日第一三二期，始見上卷上篇第一章部分文字。為便於讀者閱讀，廢名常常在某一章之前或之後附上一段說明性文字，以交待章與章之間的關係。例如：

這是還沒有名字的一部東西上面的八，九，十，三章，情節比較同前後少連絡，特地謄寫出來。三月七月。（編注：馮文炳：〈無題〉前記，一九二六年四月五日《語絲》週刊第七三期。）

這是原稿第十一章，與《語絲》七十三期上的三章是一串的，可參看。（編注：馮文炳：〈無題之二〉附記，一九二六年四月二十六日《語絲》週刊第七六期。）

這一章之前，有兩章，是相關的，鈔出來太長，沒有鈔，然而有幾處要統而觀之才好，實在抱歉。（編注：廢名：〈無題之四〉附記，一九二六年八月二十三日《語絲》週刊第九三期）

又這兩章照原稿秩序在本刊九三期上所發表的以及八九期上所發表的「之二」之前。（編注：廢名：〈無題之五〉附記，一九二六年九月二十五日《語絲》週刊第九八期。）

這兩章之間有一章，就是本刊八九期上所載「之二」。這三章之前緊接著九八期上的兩章。（編注：廢名：〈無題之六〉附記，一九二六年十一月十三日《語絲》週刊第一〇五期。

讀者如果真要看「下回」，請去翻本刊一二二期。如果要知道「程小林之水壺」，還得翻七三期，在那裡也可以知道「王毛兒」。至於「金銀花」，我可還留在我的書架上，非有特權看不到。（編注：廢名：〈無題之十一〉附記，一九二七年五月二十一日《語絲》週刊第一三二期。）

這回越發回轉頭去了，從原稿卷一第三章鈔一點，講的是「程小林之水壺」那個小林。（編注：廢名：〈無題之十二〉前記，一九二七年六月四日《語絲》週刊第一三四期。）

讀者不知記得《無題之四》與《無題之六》否？這一章前接著《無題》「六」第二節，後接著《無題》「四」。倘若不憚煩，可翻本刊九三期與一零五期。（編

注：廢名：〈無題之十三〉前記，一九二七年六月十八日《語絲》週刊第一三六期。）

從發表時間上看，這幾章的次序應該是：上篇第八章、第九章、第十章、第十一章、第十八章、第十二章、第十三章、第十五章、第十四章、第十六章；下篇第一章；上篇第一章、第三章、第十七章。在報刊上以這種忽前忽後、忽上忽下的方式連載一部長篇小說，《橋》恐怕算是中國現代文學史上絕無僅有的一例。《橋》之所以能以這種「異類」的方式發表，與其本身的文體特點不無關係。《橋》上卷上篇釐訂稿在《駱駝草》第十四期開始連載的時候，廢名特地寫了一篇《附記》，文中簡要談及自己的小說創作觀。他說：

關於長篇小說與短篇小說，我向來就有我的意見，一直到今日還沒有什麼改變。……無論是長篇或短篇我一律是沒有多大的故事的，所以要讀故事的人盡可以掉頭而不顧。我的長篇，於四年前開始時就想兼有一個短篇的方便，即是每章都要它自成一篇文章，連續看下去想增讀者的印像，打開一章看看也不致於完全摸不著頭腦也。因為這個原故，所以時常姑且拿到定期刊物上發表一下。（編注：〈橋〉附記，一九三〇年八月十一日《駱駝草》週刊第十四期。）

應該說，廢名的這種長篇小說創作理想，在《橋》中得到了充分的體現：既「沒有多大的故事」，又把各章當短篇來寫，使其「自成一篇文章」。當時的一些評論者早就注意到了《橋》的這一文體特徵。余冠英認為這部小說「章與章之間無顯然的聯絡貫串，幾乎每章都可以獨立成篇」。朱光潛也指出：「《橋》裡充滿的是詩境，是畫境，是禪趣。每境自成一趣，可以離開前後所寫境界而獨立。」包括上、下兩卷在內的《橋》著重寫的是「情趣」和「理趣」，而不以經營「故事」為目的。不過，《橋》雖然「沒有多大的故事」，但多少還是具有一定的故事性，其各章之間畢竟存在著時間上的承繼關係。儘管「幾乎每章可以獨立成篇」或「可以離開前後所寫境界而獨立」，但有的章節正如廢名自己所說的，還是「要統而觀之才好」。每章獨立成篇，可以為寫作和發表提供一些方便，但是把構成一部長篇小說的各章以非連貫性的方式刊出，假如沒有附上相關的說明性文字，有可能會給閱讀造成一定的障礙，使讀者有丈二和尚摸不著頭腦之感。

三

《橋》各版本文本之間存在很大的差異，特別是上卷上篇《第一回》經過多次改寫，其安放的位置也作了幾次大的調整。為便於比較，不妨將前四種文本一併過錄於下。

文本一：

我曾經讀過希臘近代一位作家短短的一篇故事，題名《失火》。當我著手寫我的故事的時候，我便不知不覺聯想到那故事。

那是敘述一個鄉村晚間的失火，十二歲的小孩從睡夢中被他的母親喊醒，叫他跟著使女到他的叔父家去，並且叮嚀使女立刻又讓他好好的睡，否則他明天會不舒服的。

使女牽著小孩走，小孩的母親又從後面追來了，另外一個小姑娘也跟他們一路去。這小姑娘是她父親唯一的孩子，父親正在從窗戶當中搬出他的家具。

於是他們三人走。

剛剛到了叔父家裡，他們跑到那窗戶旁邊看。這真是他們永遠忘不掉的景致，窗戶正對火，遠遠的海同山都映照出來了。倘若不是天上的星，要疑心天已經亮了哩。

這男孩與其說他不安，倒不如說他是歡喜這樣不經見的情境。但是小姑娘她非常的窘，她的心痛楚了，她有一個娃娃，她不知道她的娃娃掉在那一角了。倘若火延到她的房子，她的娃娃將怎樣呢？有誰救她沒有呢？

小姑娘開始哭了，那孩子也不能再睡，她的哭使得他難過。

屋裡的人都去睡。孩子爬起來，對他的小鄰家說道：

「我去替你拿娃娃。」

小姑娘的父親吃驚不小，見了孩子走到面前說著：

「亞莎巴斯亞的娃娃！」

娃娃在父親的荷包裡，有眼睛，有鼻子，有嘴，用墨水畫的，棉布結成一個團團做腦殼。

孩子拿了娃娃又跑去。

小姑娘的歡喜是不用說的，她抱著她的娃娃睡著了。

孩子的名字叫做斯得凡拿克斯。最後著者這麼說：我為什麼寫這一篇故事呢？單為了那娃娃嗎？還是別有原故呢？但是，我可以告訴你的，亞薩巴斯亞同斯得凡拿克斯現在是兩口子了。

我為什麼引這篇故事呢？它同我的故事有什麼關係呢？那是很簡單的。我們回到十年後，我也將學了那著者的話那麼說：我們的主人公，如你所讀過的，一個是坐在樹上掐金銀花，一個站在樹腳下接花。

事情的決定就在梅英祖母的上街。

文本二：

在這「新書」當中，有一篇小小的文章是我此刻就要談的。

題名 Fire，敘一個鄉村晚間的失火。一個較大的孩子，名叫 Stephanakis，同一個小姑娘，Aspasia，一路到一個地方去躲避——這樣反而麻煩得很，抄原文罷：

接著著者這麼說：

小林讀了這一個故事，是怎樣的歡喜入迷！他也常常喊什麼厭世，嘆什麼「萬古共悲辛」，那是無聊賴罷了，這故事——讓我打一個比方，不亞於日本的什麼仙人見了洗衣的女人露出來的腿子。

至於原因，當不用我說，他同他的琴子正有類似的遭際。所不同的，他們的doll是金銀花。而我著者，也還要待些時才能這樣說：據我訪問他在那裡一些知友的結果，他決然歸家，簡直是因了這Doll's Story。

文本三：

在這「新書」當中，有一篇小小的文章是我此刻就要談的。

They took their way down, and arrived at their destination. As soon as they got inside, they hurried to the window to see a sight which they never could forget. The window looked in the direetion opposite to the fire. They saw the sea and the hills beyond it, all illuminated. You might have thought that the day had already dawned, but for the stars.

The little lad was not very much discomposed; he rather enjoyed this unusual ocurrence.But as for the girl, she was quite upset, and her heart bled. It was for a doll that her heart bled; she had lost it in some dark corner. What would become of poor dolly if their house should take fire, and who would save her? The child began to cry, and the boy could not get to sleep again; the girl's crying made him sorry.

All the others went to sleep. The boy got up, and said to his little neighbur: 「I'll go and get your doll.」 And out he went, very quietly. By this time the fire had been got in hand; still it had not ceased to burn, and before long Stephanakis was close to the little girl's house, and there he stood in front of it, in the midst of all their goods and chattels.

「Aspasia's doll!」he said.

The girl's father turned round, and saw the boy with alarm.

「What do you want here?」said he.

The lad again asked for the doll.

「Here, take it, and be off, you imp, before your parents see you,」said he, and pulled out of his pocket a homemade doll, with eyes, nose, and mouth, all drawn in ink, upon a hump of calico tied into a knot to make its face.

The child took the doll, and fled.

When she saw it, the little girl's face beamed with joy.She hugged her dolly, and went to sleep.

那著者接著這麼說：

And now, how shall I explain it? Was it because of the doll's story? or was it some other reason? Anyhow, as a matter of fact, Stephanakis and Aspasia are now man and wife.

小林讀了這一個故事，是怎樣的歡喜入迷！他也時常喊什麼厭世，嘆什麼「自古共悲辛」，那是無聊賴罷了，這故事——讓我打一個比方，不亞於日本的什麼仙人見了洗衣的女人露出的腿子。

至於原因，當不用我說，讀者自然記得，他同他的琴子正有類似的遭際。所不同的，他們的doll是金銀花。而我著者呢，還要待些時才能這樣說：

And now, how shall I explain it?……

文本四：

我在展開我的故事之前，總很喜歡的想起另外的一個故事。這個故事，出自遠方的一個海國。一個鄉村，深夜失火，一個十二歲的小孩，睡夢中被他的母親喊醒，叫他跟著使女一路到他的叔父家躲避去，並且叮嚀使女立刻要讓他好好的睡，否則明天他會不舒服的。使女牽著小孩走，小孩的母親又從後面追來了，另外一個小姑娘也要跟他們去。

這個小姑娘，她的爸爸只有她這一個孩子，他正在奔忙救火，要從窗戶當中搬出他的家具。

於是他們三人走，到了要到的所在。這個地方正好望得見火，他們就靠近窗戶往那裡望，這真是他們永遠忘記不了的一個景致，遠遠的海同山都映照出來了，要不是天上的星，簡直天已經亮了。

這個男孩子，與其說他不安，倒不如（說）他樂得有這一遭，簡直喜歡得出奇。但是，那個小姑娘，她的心痛楚了，她有一個 doll，她不知道她把她放在哪一個角落裡，倘若火燒進了她的家，她的 doll 將怎麼樣呢？有誰救她沒有呢？

小姑娘開始哭了，孩子他也不能再睡了，她的哭使得他不安。

大家都去睡了。他爬起來，對他的小鄰家說道：

「我去拿你的doll。」

他輕輕的走，這時火已經快要滅了，一會兒他走到小姑娘的門口，伸手向她的爸爸道：

「亞薩巴斯的doll！」

姑娘的爸爸正在那裡搬東西，吃驚不小，荷包裡掏出亞薩巴斯的doll給了他，而且叫他趕快的走了。

這個故事算是完了。那位著者，最後這麼的讚嘆一句：這兩個孩子，現在在這個村裡是一對佳偶了。我的故事，有趣得很，與這有差不多的地方，開始是掐花。

《第一回》文本的變化，主要表現在以下幾個方面：

一是人名的變化。從「文本一」（甲稿）可知，《橋》中的女主人公起初是叫「梅英」，到了乙稿才更名為「琴子」。在乙（上）稿「六」中，有兩處把「琴子」寫成「梅英」；一處未動，一處塗改了。關於《火》（Fire）中兩個人物的名字，前三種文本都同時出現了。「文本二」（乙稿）和「文本三」（《語絲》本）直接用的是英文名Stephanakis和Aspasia，「文本一」譯為「斯得凡拿克斯」和「亞莎巴斯亞」。「文本四」（即前文所提到的那一頁手稿）未見小男孩的名字，只有小姑娘的名字，且譯成「亞薩巴斯」。《駱駝草》本及其之後的幾種版本（包括初版普及本、初版精本、再版本和自留手校本），又將其名改譯作「亞斯巴斯」。

二是文字的變化。單行本與《駱駝草》本相比，《第一回》只有一處異文，即末尾一句「開始是搯（掐）花」（「搯」字係誤植），單行本作「開始的掐花」。《駱駝草》本與「文本四」相比，除小姑娘的名字外，也僅有四處異文。「另外的一個故事」（第一自然段）、「天已經亮了」（第三自然段）、「他爬起來」（第六自然段）和「姑娘的爸爸」（第十自然段），《駱駝草》本分別改為「另外的一個小故事」「天已經亮了哩」「孩子他爬起來」和「姑娘的父親」。這些文本之間的差異還不算大，與單行本有較大差異的是前三種文本。不難看出，所有文本都敘述了「出自遠方的一個海國」的故事。「文本一」幾乎是原作的譯文，「文本二」在「抄原文罷」「接著著者這麼說」和「也還要待些時才能這樣說」之後均省略了計畫抄引的原文，「文本三」將「文本二」所省略的英文一一補上了，「文本四」基本上是對原故事的復述。有趣的是，在由這四種文本所形成的文本鏈中，「文本三」與「文本二」大體一致，「文本四」則出現了「返祖」現象，反而接近「文本一」，只不過在文字上更為簡練罷了。

三是地位的變化。「文本一」在初稿中是作為上卷上篇第七章來寫的，「文本二」和「文本三」在乙稿和《語絲》本中只是上卷下篇第一章的後半部分，而「文本四」及其之後的文本則被列為上卷的開篇之章。這種結構上的調整，勢必會帶來文本地位和功能的變化。

廢名對其曾經讀過的短篇小說《火》，始終念茲在茲。《火》出自英國古希臘學者勞斯為希臘現代小說家藹夫達利阿諦思所編譯的《希臘島小說集》（Tales from the Isles of Greece, being Sketches of Modern Greek Peasant Life），在廢名的遺物中存有這篇小說的英文原文列印件。廢名說：「我在展開我的故事之前，總很喜歡的想起另外的一個故事。」與其這樣說，倒不如反過來講：或許廢名正是看了《火》這篇小說，令他想起自己的「故事」，並由此而展開《橋》的寫作。《火》中的小男孩與小姑娘因為一個「doll」，後來成了一對佳偶；《橋》中的小林和琴子，「一個是坐在樹上掐金銀花，一個站在樹腳下接花」，他們在某年「菊花開時，將成夫婦之禮」。（編注：廢名：《水上》，一九三二年十一月一日《新月》月刊第四卷第五期。）兩篇小說的「故事」「有差不多的地方」，男女主人公也有「類似的遭際」，所不同者小林和琴子的「doll」是「金銀花」。廢名最終把「文本四」（包括後出文本）題作〈第一回〉置於《橋》上卷卷首，有預示或暗示整篇小說的結局之意，同時表明《橋》與《火》確實有差不多的地方，所以接下來的第二章寫的便是〈金銀花〉。這一結構上的調整與安排，較之於此前幾種文本，顯得更為合理些。

附表一：《橋》（上卷）版本

手稿本		《語絲》本		《駱駝草》本		《華北日報副刊》本		單行本
甲 序號	乙(上) 序號	題名	發表時間 期號	題名	發表時間 期號	題名	發表時間 期號	章目 (上篇)
七		無題 之十一	1927.5.21 第 132 期	第一回	1930.8.11 第 14 期			第一回
一				金銀花				金銀花
二	二			史家莊				史家莊
三	三	無題 之十二	1927.6.4 第 134 期	井				井
四	四			落日				落日
五	五	無題 之三	1926.7.26 第 89 期	洲				洲
六	六			貓				貓
	八	無題	1926.4.5 第 73 期	萬壽宮	1930.8.18 第 15 期			萬壽宮
	九			鬧學				鬧學
				巴茅				巴茅
	十一	無題 之二	1926.4.26 第 76 期	獅子的 影子				獅子的 影子
	十二	無題 之五	1926.9.25 第 98 期	送牛	1930.8.25 第 16 期			送牛
	十三			松樹 腳下				松樹 腳下
	十四	無題 之六	1926.11.13 第 105 期	習字	1930.9.1 第 17 期			習字
	十五	無題 之三	1926.7.26 第 89 期	花	1930.9.8 第 18 期			花
	十六	無題 之六	1926.11.13 第 105 期	送路燈				送路燈
	十七	無題 之十三	1927.6.18 第 136 期	瞳人	1930.9.15 第 19 期			瞳人
	十八	無題 之四	1926.8.23 第 93 期	碑				碑

續表

<table>
<tr><th colspan="2">手稿本</th><th colspan="2">《語絲》本</th><th colspan="2">《駱駝草》本</th><th colspan="2">《華北日報副刊》本</th><th>單行本</th></tr>
<tr><th>甲
序號</th><th>乙（下）
序號</th><th>題名</th><th>發表時間
期號</th><th>題名</th><th>發表時間
期號</th><th>題名</th><th>發表時間
期號</th><th>章目
（下篇）</th></tr>
<tr><td></td><td>一</td><td rowspan="2">無題
之十一</td><td rowspan="2">1927.5.21
第 132 期</td><td></td><td></td><td></td><td></td><td>第一的
哭處</td></tr>
<tr><td></td><td>二
三</td><td></td><td></td><td></td><td></td><td>且聽下
回分解</td></tr>
<tr><td></td><td>四</td><td>無題
之七</td><td>1927.3.12
第 122 期</td><td></td><td></td><td></td><td></td><td>燈</td></tr>
<tr><td></td><td>五</td><td rowspan="2">無題
之十三</td><td rowspan="2">1927.4.9
第 126 期</td><td></td><td></td><td></td><td></td><td>日記</td></tr>
<tr><td></td><td>六</td><td></td><td></td><td></td><td></td><td>棕櫚</td></tr>
<tr><td></td><td>七</td><td>沙灘上
（無題之
九）</td><td>1927.5.7
第 130 期</td><td></td><td></td><td></td><td></td><td>沙灘</td></tr>
<tr><td></td><td>八</td><td>楊柳（無
題之十）</td><td>1927.5.14
第 131 期</td><td></td><td></td><td></td><td></td><td>楊柳</td></tr>
<tr><td></td><td>九</td><td rowspan="2">無題
之十四</td><td rowspan="2">1928.2.27
第 4 卷
第 9 期</td><td></td><td></td><td></td><td></td><td>黃昏</td></tr>
<tr><td></td><td>十</td><td></td><td></td><td></td><td></td><td>燈籠</td></tr>
<tr><td></td><td>十一</td><td>無題
之十五</td><td>1928.3.5
第 4 卷
第 10 期</td><td></td><td></td><td></td><td></td><td>清明</td></tr>
<tr><td></td><td>十二</td><td>上花紅
山（無
題
之十六）</td><td>1928.3.19
第 4 卷
第 12 期</td><td></td><td></td><td></td><td></td><td>路上</td></tr>
<tr><td></td><td>十三</td><td rowspan="2">上花紅
山（無
題
之十七）</td><td rowspan="2">1928.5.7
第 4 卷
第 19 期</td><td></td><td></td><td></td><td></td><td>茶鋪</td></tr>
<tr><td></td><td>十四</td><td></td><td></td><td></td><td></td><td>花紅山</td></tr>
</table>

續表

手稿本		《語絲》本		《駱駝草》本		《華北日報副刊》本		單行本
甲 序號	乙(下) 序號	題名	發表時間 期號	題名	發表時間 期號	題名	發表時間 期號	章目 (下篇)
	十五	無題 之十八	1928.11.12 第4卷 第44期					蕭
	十六							詩
	十七					天井	1929.6.6 第82號	天井
	十八					今天下雨	1929.6.8 第84號	今天下雨
	十九					八丈亭	1929.7.19 第116號	橋
	二十					頂上	1929.7.26 第122號	八丈亭
	無序號					楓樹	1929.9.5 第154號	楓樹
	二十二					梨花白	1929.10.17 第184號	梨花白
	二十三					樹	1929.10.28 第193號	樹
	二十四					顏色	1929.11.16 第205號	塔
	二十五					故事	1930.1.17 第253號	故事
	二十六					桃林	1930.3.10 第280號	桃林

附表二：《橋》（下卷）版本

手稿本			清樣本	原刊本	
丙	丁	戊			
序號	序號、題名	題名	題名	題名	發表時間、報刊、期號
無序號	一　水上			水上	1932.11.1《新月》第4卷第5期
二	二　鑰匙			鑰匙	
	三			窗	1933.6.1《新月》第4卷第7期
	四			荷葉	1934.6.1《學文》第1卷第2期
	五			無題	
無序號	六			行路	1935.12.15天津《大公報・文藝》第60期
無序號	七	螢火		螢火	1937.7.1《文學雜誌》第1卷第3期
八		牽牛花		牽牛花	1937.8.1《文學雜誌》第1卷第4期
九			蚌殼		
十					

臺灣版後記

為重寫中國兒童文學史做準備

眉睫（簡體版書系策畫）

二〇一〇年，欣聞俞曉群先生執掌海豚出版社。時先生力邀知交好友陳子善先生參編海豚書館系列，而我又是陳先生之門外弟子，於是陳先生將我點校整理的梅光迪講義《文學概論》（後改名《文學演講集》）納入其中，得以出版。有了這個因緣，我冒昧向俞社長提出入職工作的請求。俞社長看重我對現代文學、兒童文學研究的能力，將我招入京城，並請我負責《豐子愷全集》和中國兒童文學經典懷舊系列的出版工作。

俞曉群先生有著濃厚的人文情懷，對時下中國童書缺少版本意識，且缺少人文氣質頗不以為然。我對此表示贊成，並在他的理念基礎上深入突出兩點：一是以兒童文學作品為主，尤其是以民國老版本為底本，二是深入挖掘現有中國兒童文學史沒有提及或提到不多，但比較重要的兒童文學作品。所以這套「大家小書」，頗有一些「中國現代兒童文學史參考資料叢書」的味道。此前上海書店出版社曾以影印版的形式推出「中國現代文學史參考資料叢書」，影響巨大，為推動中國現代文學研究做了突出貢獻。兒童文學界也需要這麼一套作品集，但考慮到兒童讀物的特殊性，影印的話讀者太少，只能改為簡體橫排了。但這套書從一開始的策劃，就有為重寫中國兒童文學史做準備的想法在裡面。

為了讓這套書體現出權威性，我讓我的導師、中國第一位格林獎獲得者蔣風先生擔任主編。蔣先生對我們的做法表示相當地贊成，十分願意擔任主編，但他畢竟年事已高，不可能參與具體的工作，只能以書信的方式給我提了一些想法，我們採納了他的一些建議。書目的選擇，版本的擇定主要是由我來完成的。總序也由我草擬初稿，蔣先生稍作改動，然後就「經典懷舊」的當下意義做了闡發。可以說，我與蔣老師合寫的「總序」是這套書的綱領。

什麼是經典？「總序」說：「環顧當下圖書出版市場，能夠隨處找到這些經典名著各式各樣的新版本。遺憾的是，我們很難從中感受到當初那種閱讀經典作品時的新奇感、愉悦感、崇敬感。因為市面上的新版本，大都是美繪本、青少版、刪節版，甚至是粗糙的改寫本或編寫本。不少編輯和編者輕率地刪改了原作的字詞、標點，配上了與經典名著不甚協調的插圖。我想，真正的經典版本，從內容到形式都應該是精緻的、典雅的，書中每個角落透露出來的氣息，都要與作品內在的美感、精神、品質相一致。於是，我繼續往前回想，記憶起那些經典名著的初版本，或者其他的老版本——我的心不禁微微一震，那裡才有我需要的閱讀感覺。」在這段文字裡，蔣先生主張給少兒閱讀的童書應該是真正的經典，這是我們出版本套書系所力圖達到的。第一輯中的《稻草人》依據的是民國初版本、許敦谷插圖本的原著，這也是一九四九年以來第一次出版原版的《稻草人》。至於解放後小讀者們讀到的《稻草人》都是經過了刪改的，作品風致差異已經十分大。俞平伯的《憶》也是從文津街國家圖書館古籍館中找出一九二五年版的原著來進行重印的。我們所做的就是為了原汁原味地展現民國經典的風格、味道。

什麼是「懷舊」？蔣先生說：「懷舊，不是心靈無助的漂泊；懷舊也不是心理病態的表徵。懷舊，能夠使我們憧憬理想的價值；懷舊，可以讓我們明白追求的意義；懷舊，也促使我們理解生命的真諦。它既可讓人獲得心靈的慰藉，也能從中獲得精神力量。」一些具有懷舊價值、經典意義的著作於是浮出水面，比如孤島時期最富盛名的兒童文學大家蘇蘇（鍾望陽）的《新木偶奇遇記》；大後方為少兒出版做出極大貢獻的司馬文森的《菲菲島夢遊記》，都已經列入了書系第二批順利問世。第三批中的《小哥兒倆》（淩叔華）《橋（手稿本）》（廢名）《哈巴國》（范泉）《小朋友文藝》（謝六逸）等都是民國時期膾炙人口的大家作品，所使用的插圖也是原著插圖，是黃永玉、陳煙橋、刃鋒等著名畫家作品。

中國作家協會副主席高洪波先生也支持本書系的出版，關露的《蘋果園》就是他推薦的，後來又因丁景唐之女丁言昭的幫助而解決了版權。這些民國的老經典，因為歷史的原因淡出了讀者的視野，成為當下讀者不曾讀過的經典。然而，它們的藝術品質是高雅的，將長久地引起世人的「懷舊」。

經典懷舊的意義在哪裡？蔣先生說：「懷舊不僅是一種文化積澱，它更為我們提供了一種經過時間發酵釀造而成的文化營養。它對於認識、評價當前兒童文學創作、出版、研究提供了一份有價值的參照系統，體現了我們對它們的批判性的繼承和發揚，同時還為繁榮我國兒童文學事業提供了一個座標、方向，從而順利找到超越以往的新路。」在這裡，他指明了「經典懷舊」的當下意義。事實上，我們的本土少兒出版是日益遠離民國時期宣導的兒童本位了。相反地，上世紀二三十年代的一些精美的童書，為我們提供了一個座標。後來因為歷史的、政治的、學術的原因，我們背離了這個民國童書的傳統。因此我們正在努力，力爭推出真正的「經典懷舊」，打造出屬於我們這個時代的真正的經典！

但經典懷舊也有一些缺憾，這種缺憾一方面是識見的限制，一方面是因為審稿意見不一致。起初我們的一位做三審的領導，缺少文獻意識，按照時下的編校規範對一些字詞做了改動，違反了「總序」的綱領和出版的初衷。經過一段時間磨合以後，這套書才得以回到原有的設想道路上來。

欣聞臺灣將引入這套叢書，我想這對於臺灣人民了解大陸的兒童文學是有幫助的。林文寶先生作為臺灣版的序言作者，推薦我撰寫後記，我謹就我所知，記述於上。希望臺灣的兒童文學研究者能夠指出本書的不足，研究它們的可取之處，為重寫兩岸的中國兒童文學史做出有益的貢獻。

二〇一七年十月於北京

眉睫，原名梅杰，曾任海豚出版社策劃總監，現任長江少年兒童出版社首席編輯。主持的國家出版工程有《中國兒童文學走向世界精品書系》（中英韓文版）、《豐子愷全集》《民國兒童文學教育資料及研究》，主編《林海音兒童文學全集》《冰心兒童文學全集》《豐子愷兒童文學全集》《老舍兒童文學全集》等數百種兒童讀物。二〇一四年度榮獲「中國好編輯」稱號。著有《朗山筆記》《關於廢名》《現代文學史料探微》《文學史上的失蹤者》，編有《許君遠文存》《梅光迪文存》《綺情樓雜記》等等。

民國時期經典童書 A0801011

橋(手稿本)

作　　者 廢　名
版權策劃 李　鋒

發 行 人 陳滿銘
總 經 理 梁錦興
總 編 輯 陳滿銘
副總編輯 張晏瑞
編 輯 所 萬卷樓圖書(股)公司
特約編輯 沛　貝
內頁編排 林樂娟
封面設計 小　草
印　　刷 百通科技(股)公司

出　　版 昌明文化有限公司
桃園市龜山區中原街 32 號
電　　話 (02)23216565
發　　行 萬卷樓圖書(股)公司
臺北市羅斯福路二段 41 號 6 樓之 3
電　　話 (02)23216565
傳　　真 (02)23218698
電　　郵 SERVICE@WANJUAN.COM.TW
大陸經銷
廈門外圖臺灣書店有限公司
電郵 JKB188@188.COM

ISBN 978-986-496-065-1
2017 年 12 月初版一刷
定價：新臺幣 520 元

如何購買本書：
1. 劃撥購書，請透過以下帳號
帳號：15624015
戶名：萬卷樓圖書股份有限公司
2. 轉帳購書，請透過以下帳戶
合作金庫銀行古亭分行
戶名：萬卷樓圖書股份有限公司
帳號：0877717092596
3. 網路購書，請透過萬卷樓網站
網址 WWW.WANJUAN.COM.TW
大量購書，請直接聯繫，將有專人為您服務。(02)23216565 分機 10

如有缺頁、破損或裝訂錯誤，請寄回更換

國家圖書館出版品預行編目資料

橋(手稿本) / 廢名著 . -- 初版 . -- 桃園市 : 昌明文化出版 ; 臺北市 : 萬卷樓發行, 2017.12
面;　公分 . --(民國時期經典童書)
ISBN 978-986-496-065-1(平裝)
859.08　　106021759